# 수레바퀴 아래서

Unterm Rad

아로파 세계문학 **10**

# 수레바퀴 아래서

Unterm Rad

**헤르만 헤세**
Hermann Hesse

송소민 옮김

아로파

# 차례▎

1장

Also war wirklich einmal der geheimnisvolle Funke von oben
in das alte Nest gesprungen.
이 오래된 마을에 그야말로 저 높은 하늘에서
신비한 불꽃이 내려온 셈이었다.

　중개업과 대리업을 하는 요제프 기벤라트 씨는 남들에 비해 두드러지
는 장점이나 개성이 없었다. 떡 벌어진 어깨와 건장한 체격은 도시의 여
느 사람들과 다를 바가 없었고 그럭저럭한 장사 수완에 돈을 진정으로
열렬히 숭배하는 사람이었다. 그 밖에는 조그만 정원이 딸린 작은 집과
가족 묘지를 소유하고 있었다. 종교관은 약간 깨었으면서도 교회 관습
을 고루하게 따르고, 신과 정부에 적절한 존경을 표했다. 시민이 지켜야
하는 엄격한 예의범절은 절대적으로 따랐다. 술을 몇 잔 마시기는 하지
만 절대 취하는 적은 없었다. 간혹 미심쩍은 사업에도 손을 댔지만 공적

으로 허용하는 한계를 넘어서는 일은 결코 없었다. 가난한 사람들은 집도 절도 없는 가난뱅이라 얕보고 부자는 돈 자랑하는 졸부라 욕했다. 지역 시민 단체의 일원으로 금요일마다 '독수리' 술집에서 열리는 볼링 경기에 참석했다. 또한 빵 굽는 날은 물론 라구 스튜와 소시지 수프를 먹는 날에도 빠지지 않고 나갔다. 그는 평소 일할 때는 싸구려 시가를 입에 물고, 식사 후와 일요일에는 고급 시가를 피웠다.

기벤라트 씨의 내면은 속물근성에 젖어 있었다. 정서에는 먼지가 쌓인 지 오래되었고 그나마도 거칠고 의례적인 가문 의식, 아들에 대한 자부심, 기분 날 때 가끔 가난한 사람들에게 베푸는 자선이 전부였다. 지적 능력은 타고난 약삭빠름과 산술 능력을 넘어서지 않는 극히 제한적인 수준이었다. 독서라고 해봐야 신문을 읽는 게 다였다. 예술을 즐기는 일은 매년 열리는 시민 협회 아마추어 공연과 가끔 있는 서커스 관람으로 충분했다.

기벤라트 씨는 이웃의 아무개와 이름과 집을 바꾼다 해도 조금도 달라질 게 없을 사람이었다. 또한 뛰어난 힘과 개성을 가진 사람들을 죄다 불신하고 평범하지 않은 것, 자유로운 것, 섬세한 것, 정신적인 것을 보면 본능적으로 질투의 적개심이 영혼 깊은 곳에서 끓어오르는 면도 도시의 여느 가장들과 다름없었다.

기벤라트 씨 이야기는 이만하면 충분하다. 그의 피상적인 인생과 자신도 모르고 있는 비극 이야기는 지독한 풍자가나 배겨 낼 테니 말이다. 이 남자에게 외아들이 있었다. 이제 그 아이 이야기를 하자.

한스 기벤라트는 의심할 여지 없이 재능이 뛰어난 아이였다. 그냥 보기만 해도 여기저기 뛰어다니는 아이들 가운데서 한스가 얼마나 특별하고 섬세한 아이인지 금방 알 수 있었다. 지금껏 슈바르츠발트의 자그마한 마을에 한스와 같은 아이는 없었다. 이 좁은 마을 너머로 눈길을 돌리고 큰 세상에 영향력을 미칠 수 있는 인물이 하나도 나오지 않았던 것이다. 소년의 진지한 눈동자, 영리해 보이는 이마, 세련된 태도는 도대체 누구를 닮은 것인지 알 수가 없었다. 혹시 어머니를 닮았을까? 몇 년 전에 세상을 떠난 어머니는 살아 있을 때 늘 병을 앓았고 우울해했다는 것 말고는 특별히 눈에 띄는 점이 전혀 없었다. 아버지는 아예 생각해 볼 여지도 없었다. 그러니 800~900년이라는 마을 역사에 건실한 시민들은 많이 나왔지만 아직 재능 있는 인물이나 천재가 나온 적은 없는 이 오래된 마을에 그야말로 저 높은 하늘에서 신비한 불꽃이 내려온 셈이었다.

신식 교육을 받은 관찰자라면 병약한 어머니와 가문의 적지 않은 역사를 고려해 아이의 지능이 과도하게 높아지는 현상을 두고 몰락의 징후라고 할지도 모른다. 하지만 다행히 그 도시에는 신식 교육을 받은 사람이 없었다. 그저 공무원이나 선생들 가운데 젊고 약삭빠른 사람들이나 신문 기사를 읽고 '현대적' 인간이 있는가 보다 짐작하는 정도였다. 그 도시에서는 자라투스트라가 한 말이 뭔지 몰라도 살아가는 데 문제가 없었고, 교양 있는 척도 할 수 있었다. 시민들의 결혼 생활은 탄탄하고 행복할 때가 많았다. 모든 생활이 구제할 수 없이 낡은 관습을 따랐다. 따뜻한 밥을 먹고 잘사는 시민들 중에는 지난 20년 사이에 수공업자에서 공장주가 된 이들도 있었다. 그들은 관리를 만나면 모자를 벗고 인사를 하며 사근사근하게 굴다가도, 자기들끼리 있을 때는 극빈자니 서기 종놈이니 하면서 그들을 깔보았다. 그러면서도 아들을 가능한 대학에서 공부시켜 관리로 만들려는 뜻이 가장 큰 야심이었으니 기이한 일이었다. 안타깝게도 그들의 야심은 늘 이루어지지 않은 아름다운 꿈으로 남았다. 자식들이 대개 라틴어 학교에서부터 공부가 어려워 낑낑대면서 낙제와 유급을 거듭한 끝에 간신히 졸업하는 수준이었기 때문이다.

한스 기벤라트의 재능은 의심할 여지가 없었다. 선생들, 교장, 이웃 사람들, 목사, 학교 친구들을 비롯해 모든 사람이 한스가 영민한 머리를 타고난 특별한 아이임을 인정했다. 그것으로 이미 한스의 미래는 확실하게 정해졌다. 슈바벤 지방에서는 부유한 부모를 둔 경우가 아니라면 재능이 있는 소년들 앞에는 단 하나의 좁은 길만 놓여 있었기 때문이다. 바로 주(州)에서 실시하는 시험을 거쳐 신학교에 들어간 뒤, 그곳에서 튀빙겐 수도원에 들어가고 나중에 설교단이나 대학 강단에 서는 길이었다. 매년 40~50명에 이르는 지방 소년들이 이 평탄하고 확실한 길로 들어섰다. 갓 입교식을 마친 소년들[1]은 과도한 공부로 비쩍 마른 채 국가 보조금으로 다양한 인문학 지식을 배우고 나서, 8년이나 9년 후에 대부분 기간이 그보다 더 긴 두 번째 인생길로 접어든다. 그때 국가로부터 받은 혜택을 되갚아야 했다.

몇 주 후에 '주 시험'이 다시 치러질 것이다. 해마다 '국가'가 주의 수재들을 선발하는 헤카톰베[2] 기간이면 소도시와 마을에 사는 수많은 가족들의 한숨과 기도, 그리고 소원이 시험이 치러지는 수도로 향했다. 아무튼 한스 기벤라트는 이 작은 도시가 어려운 경쟁에 내보낼 수 있다고 꼽은 유일한 후보자였다. 그 명예는 대단했다. 하지만 절대 이유 없이 얻은 명예는 아니었다. 한스는 매일 4시까지 진행되는 학교 수업

---

1) Neukonfirmierte. 입교식은 기독교에서 청소년 신자가 성서 문답과 신앙 고백으로 교회의 일원이 되는 종교 의식을 말한다.
2) Hekatombe. 고대 그리스에서 신에게 황소 100마리를 바친 종교 의식을 일컫는 말이다. 여기서는 힘들고 어려운 시험을 비유적으로 표현했다.

이 끝나면 곧이어 교장에게 직접 그리스어 특별 수업을 받았다. 6시에는 마을 목사가 친절하게도 라틴어와 종교 과목을 복습시켜 주었다. 그리고 일주일에 두 번, 저녁을 먹고 나서 한 시간씩 수학 선생의 지도를 받았다. 그리스어에서는 우선 불규칙변화 동사들을 위주로 불변화사로 표현할 수 있는 다양한 문장 연결 방법을 중점적으로 배웠다. 라틴어에서는 문장을 명료하고 간결하게 쓰는 법을 비롯해 특히 수많은 운율의 미묘함을 배우는 데 힘썼다. 수학에서는 복잡한 비례식이 중요했다. 수학 선생은 비례식이 이후 대학 공부와 인생에 별 필요가 없는 것처럼 보이지만, 사실은 그렇지 않다는 말을 자주 강조했다. 비례식은 실제로 매우 중요했다. 어찌 보면 몇몇 주요 과목보다 더 중요했다. 논리적 능력을 길러 주며, 명료하고 객관적이고 효율적인 모든 사고의 기초가 되기 때문이다.

하지만 정신적으로 부담을 느끼거나 이해력 향상에만 치우쳐 정서가 메마르지 않도록, 한스는 매일 아침 학교 수업이 시작하기 전 한 시간씩 입교식 대상자들을 위한 성서 강독을 들어야 했다. 브렌츠[3]의 교리 문답을 배우는 수업은 대답과 질문을 암기하고 낭송하는 방법으로 소년들의 영혼에 종교 생활의 신선한 숨결을 불어넣었다. 안타깝게도 한스는 기분 전환을 위한 이 수업을 소홀히 여기면서 축복을 스스로 없앴다. 교리 문답서에 라틴어 단어나 연습 문제를 적은 쪽지를 몰래 끼워 넣고 그 시간 내내 세속의 지식을 쌓는 데 몰두한 것이다. 그래도 양심이 아주 없는 것은 아니어서, 끊임없는 불안감과 은근한 두려움에 괴로워했다. 담임 목사가 자신에게 다가오거나 이름을 부를 때마다 겁을 먹고 움

---

3) Brenz. 요하네스 브렌츠(Johann Brenz, 1499~1570)는 독일 슈바벤 출신의 종교 개혁가이자 신교 신학자로, 루터를 지지해 종교 개혁에 앞장섰다.

찔했고, 대답을 할 때마다 이마에 땀이 맺히고 가슴이 두근거렸다. 하지만 대답은 항상 나무랄 데 없이 정확하고 발음도 흠잡을 데가 없어서 담임 목사는 언제나 흡족해했다.

수업 시간마다 숙제를 내 주는 바람에 차곡차곡 쌓인 작문 숙제나 암기 숙제, 예습과 복습은 늦은 밤 아늑한 전등 불빛 아래에서 마칠 수 있었다. 담임 선생은 집의 평온한 분위기에서 집중하는 공부가 특히 효과가 좋은 법이라고 격려했다. 화요일과 토요일에는 보통 집에서 밤 10시까지 공부했다. 하지만 다른 날에는 11시, 혹은 12시까지 이어지거나 때로 더 오래 걸리기도 했다. 아버지는 등잔 기름이 많이 쓰이는 게 조금 불만이었지만 그래도 아들의 공부를 흐뭇한 자부심으로 지켜보았다. 한스에게 뜻밖에 짬이 날 때나 한 주를 마무리하는 일요일에는 학교에서 다루지 않는 작가들의 작품을 읽거나 문법을 복습하라는 권고가 즉시 떨어졌다.

"물론 적당히, 적당히 해야지! 일주일에 두 번씩 산책은 꼭 필요해. 그게 기적 같은 효과가 있단다. 물론 날씨가 좋으면 책을 가지고 야외로 나가면 좋지. 상쾌한 공기 속에서 하는 공부가 얼마나 즐겁고, 얼마나 머리에 쏙쏙 들어오는지 알게 될 거다. 아무튼 고개를 들고 기운을 내거라!"

그래서 한스는 가능한 고개를 바싹 들고 다녔고 이제 산책 시간도 공부에 썼다. 밤을 새운 얼굴과 눈 밑이 거뭇해진 퀭한 눈으로 조용히 돌아다녔다.

"기벤라트를 어떻게 생각하십니까? 아이가 시험에 합격할까요?" 한 번은 담임 선생이 교장에게 물었다.

"그럼요. 합격할 겁니다. 아주 영리한 아이입니다. 한번 보세요. 지금 참으로 이지적으로 보이지 않습니까." 교장은 신이 나서 말했다.

지난 한 주 사이에 한스의 지적인 면은 더욱 두드러져 보였다. 예쁘장하고 부드러운 소년의 얼굴에 깊게 푹 파인 불안한 눈동자는 어렴풋한 열정으로 번쩍거렸다. 아름다운 이마에는 지성이 드러나는 가는 주름이 움찔거렸다. 가뜩이나 비쩍 마른 팔과 손은 보티첼리 그림의 나른한 우아함을 지닌 듯 축 처져 있었다.

이제 시험이 다가왔다. 내일 한스는 아버지와 함께 슈투트가르트로 떠난다. 그곳에서 주 시험을 치르고 신학교의 좁은 문으로 들어갈 자격이 있는지 보여 줄 것이다. 한스는 막 교장 선생님에게 인사를 하러 온 참이었다. "오늘 밤에는 더 이상 공부를 해서는 안 된다. 그러겠다고 약속해라. 내일 아침 아주 맑은 정신으로 슈투트가르트로 출발해야 한다. 한 시간 산책을 한 다음 제때 잠자리에 들어라. 젊은 사람들은 원래 잠을 푹 자야 해." 무서운 교장이 평소와는 달리 온화하게 말했다.

딱딱한 충고나 잔뜩 듣겠거니 내심 걱정한 것과는 달리 뜻밖의 친절한 소리에 살짝 놀란 한스는 안도의 한숨을 크게 내쉬고 학교를 나왔다.

늦은 오후의 뜨거운 햇살에 축 늘어진 커다란 키르히베르크 보리수가 반짝였다. 시장 광장에는 커다란 두 분수가 좌르르 물을 뿜으며 빛을 냈다. 들쭉날쭉하게 이어진 지붕들 위로 검푸른 전나무 숲이 비쭉 솟아 있었다. 소년은 이 모든 광경을 오랫동안 보지 못한 것 같았다. 평소와 달리 모든 것이 아름답고 매혹적으로 보였다. 머리가 아팠지만 그래도 오늘은 더 공부할 필요가 없었다.

한스는 한가롭게 광장을 지나 오래된 시청 건물을 지났다. 시장 골목과 대장간을 지나 오래된 다리 쪽으로 갔다. 그는 그곳에서 한참 어슬렁대다 마침내 넓은 다리 난간에 앉았다. 몇 주, 몇 달에 걸쳐 매일 네 번씩 이곳을 지나다니면서도 다리에 붙은 작은 고딕식 예배당에 시선을 한 번도 주지 않았다. 강과 수문, 방죽과 물레방아도 한 번 쳐다본 적이 없었다. 그뿐만 아니라 물놀이하는 터의 풀밭, 호수처럼 고요히 흐르는 깊은 녹색 강물, 한껏 휘어진 가지 끝이 물에 닿은 수양버들이 서 있는 강가, 강변에 죽 늘어선 피혁 공장에도 눈길 한 번 돌린 적이 없었다.

문득 옛날 생각이 떠올랐다. 여기서 얼마나 자주 헤엄치고 자맥질하고 노를 젓고 낚시질을 하며 반나절이든 하루 종일이든 시간을 보냈던가. 아아, 낚시! 이제 낚시하는 법마저 거의 다 잊어버렸다. 작년에 시험 준비 때문에 낚시를 그만두라는 소리를 들었을 때 얼마나 서럽게 울었나. 낚시! 그건 기나긴 학창 시절을 통틀어 가장 아름다운 추억이었다. 수양버들이 드리운 옅은 그늘 아래 서 있으면 가까이서 들려오는 물레방아 돌아가는 깊고 조용한 물소리! 강물에서 반짝이는 햇빛의 유희, 긴 낚싯대의 미세한 흔들림, 물고기가 떡밥을 덥석 무는 순간 낚싯줄이 팽팽히 당겨질 때의 긴장감, 차갑고 통통한 물고기를 손에 쥐었을 때 퍼덕이는 느낌이 주는 뭐라 표현할 수 없는 기쁨!

가끔 윤기가 반지르르한 잉어를 잡기도 했다. 또 뱅어와 돌잉어도 잡았다. 맛있는 붕어와 색이 곱고 조그만 연준모치도 잡곤 했다. 한스는 강물을 한참 바라보았다. 굽이쳐 흐르는 짙푸른 강을 물끄러미 바라보며 우울한 생각에 잠겼다. 거칠고 자유롭고 아름다운 소년 시절의 기쁨이 까마득한 옛일처럼 느껴졌다. 한스는 저도 모르게 주머니에서 빵을 꺼내 크고 작은 덩어리로 뭉쳐 강물에 던졌다. 그러고는 빵 조각이 물속으로 가라앉자 물고기들이 덥석 잡아채는 모습을 지켜보았다. 제일 먼저 아주 작은 황금 송어와 피라미가 나타나 작은 빵 덩어리를 게걸스럽게 집어삼키더니, 여전히 굶주린 듯 이내 주둥이를 뻐끔대며 큰 덩어리를 툭툭 쳤다. 이어 커다란 은빛 잉어가 천천히 조심스럽게 나타났다.

강바닥과 구별이 잘 되지 않는 시커멓고 넓적한 등을 드러내며 빵 덩어리 주위를 유유히 맴돌던 은빛 잉어는 순간 둥그런 입을 쩍 벌리고 먹이를 덥석 물었다. 느릿하게 흐르는 강물에서 축축하고 뜨뜻미지근한 물 냄새가 피어올랐다. 짙푸른 강물 위로 하얀 구름이 드문드문 흐릿하게 비쳤다. 물레방아에서 둥근 톱니바퀴가 돌며 신음하듯 끽끽대는 소리, 그리고 양쪽 둑에서 시원하게 쏴쏴 쏟아지는 물소리가 어우러졌다. 소년은 얼마 전 일요일에 있었던 입교식이 떠올랐다. 그날 엄숙한 감동의 시간에도 속으로 그리스어 동사를 외우고 있었다. 게다가 요즘은 생각이 완전히 뒤죽박죽으로 엉키는 일도 자주 있었다. 학교에서도 지금 하고 있는 수업이 아니라 전에 한 공부나 나중에 할 공부를 생각하기도 했다. 아무튼 시험은 잘 치를 수 있겠지! 한스는 멍한 기분으로 자리에서 일어났다. 하지만 어디로 가야 할지 망설여졌다. 그때 갑자기 건장한 손이 어깨를 턱 잡는 바람에 소스라치게 놀랐다. 다정한 남자의 목소리가 말을 걸었다.

"한스, 잘 있었니. 나와 같이 잠깐 걸을까?"

구둣방 주인 플라이크였다. 예전에 한스는 가끔 그 집에 가서 저녁 시간을 보내곤 했다. 하지만 지금은 그것도 그만둔 지 오래되었다. 한스는 같이 걸으며 신앙심이 깊은 경건주의자의 말을 건성으로 들었다. 플라이크는 시험 이야기를 꺼내며 행운을 빌고 격려해 주었다. 하지만 이야기의 목적은 시험이란 다만 외형적이고 우연적인 일에 지나지 않는다는 사실을 알려 주기 위한 것이었다. 시험에 떨어진다 해도 조금도 부끄러운 일이 아니라고 했다. 뛰어난 사람도 시험에서 떨어질 수 있다는 것이다. 그러니 혹시 그런 일이 일어난다 해도 신이 특별한 의도로 모든 영혼을 저마다 고유한 길로 이끈다는 사실을 잊지 말라고 했다.

한스는 이 아저씨에게 약간 양심의 가책을 느꼈다. 한스는 확고하고 의젓한 성품을 지닌 플라이크를 존경했다. 하지만 플라이크와 기도 모임을 갖는 경건주의자들을 두고 하는 우스갯소리를 아주 많이 들었고, 그럴 때면 양심에 찔리면서도 같이 따라 웃곤 했다. 한스는 자신의 비겁함이 부끄럽기도 했다. 얼마 전부터 이 구둣방 주인의 날카로운 질문 때문에 겁을 먹다시피 피해 다녔기 때문이다. 한스가 선생들의 자랑스러운 학생이 되고 자기 스스로도 조금 우쭐해진 후로 플라이크는 한스를 아주 우습게 여기며 자만심을 꺾으려 했다. 그 일로 소년의 영혼은 호의를 가지고 이끌어 주려는 사람에게서 서서히 멀어졌다. 청소년기의 반항이 한창인 때에 들어선 한스는 마뜩잖게 자의식을 건드리는 모든 것에 바짝 촉각을 세우고 예민하게 반응했다. 지금 이런저런 말을 늘어놓는 플라이크 옆에서 걸으면서도 그가 얼마나 호의의 마음으로 자기를 눈여겨보고 있는지 알지 못했다.

두 사람은 크로넨 거리 골목에서 마을 목사와 마주쳤다. 구둣방 주인은 깍듯하지만 냉랭하게 인사를 하고는 서둘러 가버렸다. 마을 목사가 신식을 좋아해서 예수의 부활을 믿지 않는다는 소문이 돌았기 때문이다. 이제 목사가 한스를 데리고 걸었다.

"어떻게 지내니? 이제 시험만 치면 끝이니 기분이 좋겠구나." 목사가 물었다.

"네, 좋아요."

"그럼, 끝까지 잘 유지해라! 우리 모두가 너에게 희망을 걸고 있다는 걸 잘 알고 있겠지. 특히 라틴어에서 뛰어난 성적을 거두기 바란단다."

"하지만 혹시 시험에서 떨어지면요." 한스가 조심스럽게 말했다.

"떨어져?" 목사는 깜짝 놀라 걸음을 멈추었다. "떨어지는 건 있을 수 없다. 절대로 있을 수 없지! 대체 왜 그런 생각을 해!"

"전 그냥, 혹시 그럴지도 모르니까요……."

"그럴 리 없다. 한스, 절대로 그럴 리 없어. 그런 걱정은 조금도 하지
마라. 그럼 아버지에게 안부 전해 다오. 용기를 내!"

한스는 마을 목사가 가는 모습을 바라보았다. 그러고는 구둣방 주인
을 찾아 두리번거렸다. 아저씨가 무슨 말을 했더라? 마음이 올바르고
신을 경외한다면 라틴어 따위는 그리 중요하지 않다고 했다. 말은 쉽지.
게다가 목사는 뭐라고 했지! 만일 시험에서 떨어지면 절대로 목사를 볼
낯이 없을 것이다.

잔뜩 짓눌린 기분으로 집에 돌아온 한스는 조용히 걸음을 옮겨 비탈
진 조그만 정원에 들어섰다. 정원에는 오래전부터 쓰지 않아 허물어진
정자가 있었다. 예전에 한스는 그 안에다 판자로 우리를 만들어 3년 동
안 토끼를 길렀다. 그러다 작년 가을에 시험 때문에 토끼를 빼앗겨 버렸
다. 기분 전환에 쓸 시간이 더 이상 없었다.

정원에 나온 지도 오래되었다. 텅 빈 칸막이는 금방이라도 쓰러질 것
같았다. 벽 모퉁이에 있던 종유석 무더기들은 다 무너져 내려앉았다. 나
무로 만든 조그마한 물레방아 바퀴는 뒤틀리고 망가진 채 수도관 옆에
서 나뒹굴었다. 한스는 그 모든 물건들을 자르고 만들며 즐거워하던 때
를 떠올렸다. 벌써 2년 전이었다. 까마득히 오래된 일이었다. 한스는 작
은 물레방아 바퀴를 집어 올려 이리저리 구부리고 완전히 부수어서 울
타리 너머로 내던져 버렸다. 이따위 것들은 다 버려야 했다. 죄다 옛날
에 끝난 일이었다. 문득 학교 친구 아우구스트가 떠올랐다. 아우구스트
는 물레방아를 만들고 토끼장을 짤 때 도와주던 친구였다. 둘은 오후 내
내 여기서 놀았다. 새총을 쏘고, 고양이를 뒤쫓고, 천막을 치고, 간식

삼아 노란 순무를 날것으로 먹었다. 그러다 한스는 공부에 전념했고, 아우구스트는 1년 전에 학교를 그만두고 기계공 견습생이 되었다. 그 후로 아우구스트는 딱 두 번 놀러 왔다. 물론 그도 이제 시간이 없었다.

구름 그림자가 골짜기 너머로 빠르게 흘러갔다. 해는 이미 산기슭에 걸쳐 있었다. 문득 소년은 땅에 엎드려 엉엉 울고 싶은 기분이 들었다. 하지만 그러는 대신 헛간에서 손도끼를 들고 나와 가냘픈 팔을 휘둘러 토끼장을 산산조각 냈다. 나뭇조각이 사방으로 흩어지고, 못은 끼익 소리를 내며 휘어졌다. 지난해 여름부터 있다가 썩어 버린 토끼 사료가 겉으로 드러났다. 한스는 닥치는 대로 손도끼를 내둘렀다. 그렇게 하면 토끼에 대한 그리움, 아우구스트에 대한 그리움, 옛날에 하던 온갖 장난에 대한 그리움을 완전히 없애 버릴 수라도 있다는 듯이.

"뭐, 뭐, 뭐, 뭐, 뭐, 대체 무슨 일이냐? 너 거기서 뭐 하고 있어?" 아버지가 창가에서 외쳤다.

"장작 패요."

한스는 더 이상은 말하지 않고 손도끼를 던져 버린 뒤 뒷마당을 지나 골목길로 달음질쳤다. 그리고 강가를 따라 상류로 거슬러 올라갔다. 저 멀리 양조장 근처에 뗏목 두 개가 묶여 있었다. 예전에는 자주 뗏목을 타고 몇 시간이고 강물에 실려 내려가곤 했다. 따뜻한 여름날 오후에 뗏목 나무 둥치에 철썩이는 물소리를 들으며 강을 따라 내려가다 보면 흥분되기도 하고 나른해지기도 했다. 한스는 줄이 느슨하게 풀어져 흔들리는 뗏목에 펄쩍 뛰어올라 버들가지 더미에 드러누웠다. 그리고 뗏목이 떠내려가는 상상을 해보았다. 뗏목은 급하게 떠내려가다 곧 천천히 강을 따라 흘렀다. 풀밭과 밭과 마을, 서늘한 숲가를 지나고, 이제 다리를 지나고, 들어 올린 수문 아래를 지났다. 이렇게 뗏목에 누워 있자니 모든 것이 옛날과 똑같은 기분이 들었다. 카프산에서 토끼에게 먹일 풀을 베어 오고 피혁 공장 앞 강가에서 낚시를 하던 때, 머리가 아프지 않고 걱정도 하나 없던 때였다.

한스는 피로감과 짜증 섞인 기분으로 저녁을 먹으러 집으로 돌아왔다. 아버지는 곧 시험을 보러 떠나는 일로 무척 흥분해 있었다. 아들에게 책은 다 쌌는지, 검은색 양복은 미리 준비해 놓았는지, 여행 중에 문법 공부를 할 생각인지, 몸 상태는 괜찮은지 수십 번도 더 물었다. 한스는 짧고 날카롭게 대답하고, 저녁도 먹는 둥 마는 둥 하고는 안녕히 주무시라고 인사했다.

"잘 자라, 한스. 푹 자거라! 내일 아침 6시에 깨우마. 사전 챙기는 것도 잊지 않았지?"

"네, 챙겼어요. 안녕히 주무세요!"

한스는 자기 방에서 불도 켜지 않은 채 어둠 속에 한참 앉아 있었다. 자그마한 그의 방은 지금까지 시험이 베풀어 준 유일한 은총이었다. 자신의 작은 방, 이곳에서 한스는 주인이었고 아무런 방해를 받지 않았다. 여기에서 쏟아지는 잠과 피로와 두통과 싸우며 밤늦도록 카이사르, 크세노폰[4], 문법과 사전, 수학 숙제와 씨름했다. 진득함과 끈기와 패기로 부글부글 열을 내며 덤비기도 했지만 절망감이 들 때도 많았다. 하지만 가끔은 이 방에서 잃어버린 소년 시절의 모든 즐거움보다 훨씬 더 값진 시간을 가지기도 했다. 자부심과 도취감, 학교와 시험을 비롯해 모든 것을 뛰어넘어 사회에서 좀 더 유능한 사람이 되기를 꿈꾸고 동경하면서 미리 승리감에 취하는 꿈같이 기이한 시간이었다. 그럴 때면 자신은 뺨

---

4) Xenophōn. 그리스의 역사가이자 소크라테스의 제자로, 군사 및 역사 저술 분야에서 활동했다.

이 퉁퉁하고 평범한 학교 친구들에 비해 실제로 뭔가 다르고 더 뛰어난 존재이며, 언젠가는 아득히 높은 곳에서 저 아이들을 아래로 내려다볼 것이라는 대담하고 황홀한 예감에 사로잡히곤 했다. 지금도 한스는 이 작은 방에 더 자유롭고 시원한 공기가 흐르기라도 하듯 숨을 크게 들이쉬며 꿈과 소망과 예감 속에서 몇 시간이고 몽롱하게 앉아 있었다. 엷은 눈꺼풀이 과로에 지친 큰 눈을 서서히 덮어 내렸다. 눈이 다시 한 번 떠지고 깜빡이다 다시 감겼다. 소년의 창백한 얼굴이 비쩍 마른 어깨로 기울어지고, 가냘픈 팔은 무겁게 축 늘어졌다. 한스는 옷을 입은 채로 잠이 들었다. 어머니의 부드러운 손길 같은 잠이 불안하게 뛰는 소년의 가슴을 고르게 만들어 주고 고운 이마에 잡힌 잔주름을 펴 주었다.

이런 일은 여태까지 없었다. 이른 시간인데도 교장이 직접 기차역까지 나왔다. 검은색 프록코트를 차려입은 기벤라트 씨는 기쁨과 자부심에 들떠 한시도 가만히 있지 못했다. 그는 교장과 한스의 주위를 총총걸음으로 맴돌다가 역장과 모든 역무원들로부터 아들의 시험에 행운을 빌고 두 사람의 즐거운 여행을 기원하는 인사를 받았다. 작고 딱딱한 짐가방을 왼손으로 들었다가 오른손으로 들었다가 하며 안절부절못하는 모습이었다. 우산을 겨드랑이에 끼웠다가 다시 무릎 사이에 끼우더니, 무릎에서 자꾸 떨어지는 우산을 주워 올리려 매번 가방을 내려놓기도 했다. 잠시 슈투트가르트를 다녀오는 게 아니라 저 멀리 미국으로 떠나는 것처럼 보일 지경이었다. 아들은 매우 침착해 보였지만, 속에는 은근한 두려움이 목구멍까지 차올라 있었다.

드디어 기차가 도착해 멈춰 섰다. 사람들이 기차에 올라타고 교장은 손을 흔들었다. 아버지는 시가에 불을 붙였다. 도시와 강이 골짜기 속으로 사라졌다. 여행은 두 사람에게 고역이었다.

슈투트가르트에 도착한 아버지는 갑자기 생기를 되찾더니 아주 유쾌하고 즐거운 사교가가 되었다. 그리고 며칠간 주의 수도에 올라온 소도시 사람의 환희에 사로잡혔다. 하지만 한스는 대도시의 광경을 보면서 거대한 압박감에 짓눌려 한층 더 불안해지고 말수가 줄어들었다. 낯선 얼굴들, 요란하게 장식한 화려하고 높은 집, 지루하게 긴 도로, 마차가 다니는 길, 거리의 소음에 주눅이 들고 괴로웠다. 두 사람은 숙모 집에서 묵었다. 낯선 집에서 친절하지만 수다스러운 숙모의 목소리를 들어야 했고, 하릴없이 앉아 있어야 했고, 아버지가 쉴 새 없이 격려를 해대는 통에 소년은 지쳐 나가떨어졌다. 한스는 서먹하고 당황스러운 기분으로 쪼그려 앉아 있었다. 낯선 주변, 도시풍으로 치장한 숙모, 무늬가 큰 벽지, 탁상시계, 벽에 걸린 그림, 창밖의 시끄러운 거리를 쳐다볼 때면 완전히 버림받은 기분이 들었다. 집을 떠나온 지도 까마득히 오래된 것 같고, 그 사이에 기껏 힘겹게 배운 내용을 죄다 까맣게 잊어버린 것 같았다.

　오후에 그리스어 불변화사를 다시 한 번 훑어보려 했지만 숙모가 산책을 나가자고 했다. 순간 한스는 속으로 푸른 풀밭과 숲의 바람 소리를 상상하고는 기쁜 마음으로 그러기로 했다. 하지만 곧 이곳 대도시에서의 산책은 고향과 종류가 다른 오락거리라는 사실을 알게 되었다.

　아버지는 시내에 볼일이 있다고 해서 한스는 숙모와 단둘이 집을 나섰다. 계단에서 벌써 불행이 시작되었다. 2층에서 뚱뚱하고 교만한 부인과 마주쳤다. 숙모가 무릎을 굽혀 인사를 하자마자 그 부인은 곧바로 야단스럽게 수다를 떨기 시작했다. 그 자리에 서서 15분을 더 보냈다. 한스는 계단 난간에 몸을 딱 붙이고 서 있었다. 부인이 데리고 있는 작은 개가 냄새를 킁킁 맡으며 그르렁댔다. 한스는 두 여인이 자신의 이야기도 한다는 것을 눈치로 알 수 있었다. 낯선 뚱보 부인이 코안경 너머로 계속 한스를 훑어본 탓이었다. 거리로 나오자마자 상점으로 들어간 숙모가 다시 나오기까지 또다시 한참 걸렸다. 그사이 길에 서 있던 한스는 겁에 질린 채 지나가는 사람들에게 이리저리 치였고, 부랑아들의 놀림을 받았다. 다시 상점에서 나온 숙모는 넓적한 초콜릿을 건넸다. 한스는 초콜릿을 좋아하지 않지만 고맙다고 인사하며 공손하게 받았다. 다음 모퉁이에서 두 사람은 선로 마차에 올랐다. 그리고 사람들로 가득 찬 마차에서 끊임없이 울리는 종소리를 들으며 이 거리 저 거리를 지나쳤다. 마침내 큰 가로수 길과 공원에 도착했다. 분수가 솟고 둘레에는 꽃이 가득 핀 꽃밭이 있었다. 조그만 인공 연못에는 금붕어가 헤엄쳤다. 두 사람은 이리저리 거닐며 다른 산책자들 사이를 돌아다녔다. 각양각색 옷을 우아하게 입은 사람들, 자전거, 휠체어와 유모차가 보였다. 사람들이 시끄럽게 떠드는 소리를 들으며 미적지근하고 탁한 공기를 들이마셨다. 드디어 두 사람은 벤치로 가 다른 사람들 옆에 앉았다. 쉬지도 않고 거침없이 말을 해대던 숙모가 이제 한숨을 내쉬면서 소년에게 다정한 미소를 지어 보이고는 초콜릿을 먹으라고 재촉했다. 한스는 먹고 싶지 않았다.

"아니, 왜 안 먹고 그러니? 그럴 필요 없어. 어서 먹으렴, 먹어!"

마지못해 한스는 초콜릿을 꺼내 은박지를 찢고 아주 조금 베어 물었다. 정말 먹고 싶지 않았지만 숙모에게 감히 그런 말을 할 용기가 없었다. 베어 먹은 초콜릿을 입속에서 녹이다 억지로 삼키는 사이 숙모는 또다시 많은 사람들 사이에서 아는 사람을 발견하고는 곧장 달려갔다.

"여기 앉아 있어. 금방 올게."

한스는 그때를 한숨 돌릴 기회로 삼고는 초콜릿을 잔디밭으로 휙 던져 버렸다. 그러고는 박자에 맞추어 다리를 흔들면서 수많은 사람들을 뚫어지게 쳐다보았다. 그러고 있자니 자신이 처량했다. 결국 불규칙 동사를 다시 한 번 외우기 시작했지만 끔찍하게도 아무것도 생각나지 않았다. 죄다 까맣게 잊어버렸다! 바로 내일이 시험인데!

숙모가 돌아와 들은 소리를 전했다. 올해 주 시험에 참가하는 응시자는 118명인데, 그중에서 36명만 합격한다고 했다. 그 순간 소년은 덜컥 겁이 나서 집으로 돌아가는 내내 입을 꾹 다물고 있었다. 집에 돌아오니 머리가 지끈지끈 아팠고, 한스는 또다시 아무것도 먹지 않으려 했다. 자포자기한 아들의 모습에 아버지는 따끔하게 혼쭐을 냈고, 숙모마저 못마땅하게 여겼다. 밤이 되자 한스는 깊고 무거운 잠에 빠졌지만 끔찍한 악몽에 시달렸다. 꿈에서 그는 117명의 응시자와 함께 시험장에 앉아 있었다. 시험관은 고향의 목사처럼 보이기도 했고, 숙모와도 비슷해 보였다. 한스는 다 먹어야 하는 산더미 같은 초콜릿을 앞에 두고 있었다. 눈물을 줄줄 흘리며 초콜릿을 먹는 사이에 나머지 시험 응시자들이 하나씩 하나씩 일어나 작은 문을 열고 사라졌다. 모든 응시자들이 초콜릿 더미를 다 먹어 치웠지만 한스의 초콜릿 더미는 점점 더 커지고 커지더니, 마침내 책상과 의자에까지 흘러넘치는 모양이 한스를 질식시키려 드는 것 같았다.

다음 날 아침 한스가 커피를 마시면서도 시험에 늦지 않으려고 시계에서 눈을 떼지 않는 사이, 작은 고향 도시에서는 수많은 사람들이 한스를 생각했다. 제일 먼저 구둣방 주인 플라이크가 있었다. 플라이크는 숙련공과 두 수습생을 비롯해 가족들이 둘러앉은 식탁에 수프를 앞에 놓고 기도했다. 구둣방 주인은 평소에 늘 하는 아침 기도에 오늘은 이런 말을 덧붙였다. "오, 주님, 오늘 시험을 보는 한스 기벤라트의 어깨 위에도 당신의 손을 얹으시고 은총과 힘을 주소서. 그리고 그가 언젠가는 당신의 이름을 널리 알리는 올바르고 정직한 일꾼이 되게 하소서."

목사는 한스를 위해 기도를 하지는 않았지만 아침을 먹으며 아내에게 말했다. "이제 기벤라트가 시험을 보러 가겠군. 한스는 특별한 사람이 될 거야. 벌써 사람들이 눈여겨보는 아이지. 그러니 내가 라틴어를 가르쳐 준 일이 나쁠 건 없겠지."

담임 선생은 수업이 시작하기 전에 학생들에게 말했다. "자, 이제 곧 슈투트가르트에서 주 시험을 시작한다. 우리 모두 기벤라트의 행운을 빌도록 하자. 비록 한스에게는 그런 행운이 필요하지 않지만 말이다. 왜냐하면 너희들 같은 게으름뱅이쯤은 열 명이 덤벼도 너끈하게 이길 수 있기 때문이지." 지금 학생들도 모두 결석한 한스를 생각하고 있었다. 특히 한스의 합격과 불합격을 두고 내기를 건 많은 학생들이 그랬다.

진심 어린 기원과 관심은 먼 거리를 뛰어넘어 멀리까지 영향을 미쳤다. 한스도 고향에서 사람들이 자신을 생각하고 있음을 느낄 수 있었다. 두근대는 가슴으로 아버지와 함께 시험장으로 간 한스는 겁을 잔뜩 먹은 채로 조교의 지시에 따랐고, 고문실에 들어온 범죄자처럼 키가 크고 창백한 소년들로 가득 찬 시험장을 둘러보았다. 하지만 막상 감독관이 들어와 정숙하게 한 후에 라틴어 작문을 위한 문장을 받아쓰도록 지시했을 때는 작문 내용이 우스울 만큼 쉬워서 안도의 숨을 크게 내쉴 수 있었다. 그는 신이 나서 빠르게 초안을 구상한 다음 신중하고 깔끔하게 글을 써 내려갔다. 한스는 시험지를 일찍 제출한 학생들 중에 하나였다. 비록 숙모의 집으로 돌아갈 때는 길을 잃고 두 시간이나 도시의 뜨거운 도로를 헤맸지만, 그렇다고 다시 찾은 평정심이 크게 흐트러지지는 않았다. 심지어 잠시나마 숙모와 아버지와 떨어져 있는 게 즐거웠다. 게다가 낯설고 시끄러운 수도의 거리를 돌아다니는 일이 용감한 모험처럼 느껴지기도 했다. 여기저기 물어 가며 어렵사리 집을 발견하고 들어가

자 대뜸 질문이 쏟아졌다.

"어떻게 되었냐? 시험은 어땠어? 차근하게 잘 봤니?"

"어렵지 않았어요. 그 문제는 제가 5학년 때도 이미 해석할 수 있는 정도였어요." 한스는 우쭐하게 말했다.

한스는 엄청난 허기를 느끼며 점심을 먹었다.

오후는 자유였다. 아버지는 몇몇 친척과 친구들에게 한사코 한스를 데리고 갔다. 그러다 어떤 집에서 검은색 복장을 한 숫기 없는 소년을 만났다. 역시 주 시험을 보러 괴핑겐에서 온 아이였다. 단둘이 남은 소년들은 수줍어하면서도 호기심을 가지고 서로를 쳐다보았다.

"넌 라틴어 시험이 어땠어? 쉽지 않았어?" 한스가 물었다.

"엄청 쉬웠지. 하지만 바로 그게 함정이야. 대부분 쉬운 시험에서 실수를 하지. 조심하지 않으니까. 쉬운 시험에도 함정이 숨어 있어."

"그렇게 생각해?"

"물론이지. 시험관들이 그렇게 바보들은 아니라고."

한스는 뜻밖의 말에 놀라 생각에 잠겼다. 이어 소심하게 물었다. "너 혹시 지금 라틴어 문제지를 가지고 있니?"

소년이 노트를 꺼냈고, 이제 두 소년은 함께 한 단어 한 단어씩 차근히 훑기 시작했다. 괴핑겐에서 온 소년은 라틴어에 매우 뛰어난 것 같았다. 한스가 전혀 들어 본 적 없는 문법 용어를 적어도 두 번이나 썼다.

"내일은 무슨 시험이지?"

"그리스어와 작문."

이제 괴핑겐 출신 소년이 한스에게 같은 학교에서 몇 명이나 시험을 보러 왔는지 물었다.

"나 말고는 없어." 한스가 말했다.

"와, 우리 괴핑겐에선 열두 명이 왔는데! 그중에 아주 똑똑한 아이들 셋이 있는데, 걔들 중에서 1등이 나올 거라 예상하고 있어. 작년 시험에서 1등 한 아이도 우리 괴핑겐에서 나왔지. 그런데 넌 시험에 떨어지면 김나지움5)에 가니?" 한스는 아직 생각해 본 적이 없었다.

"잘 모르겠어…… 아니, 아마 그러지 않을 거야."

"그래? 나는 아무튼 대학에 갈 거야. 주 시험에서 떨어져도 말이야. 시험에서 떨어지면 엄마가 울름으로 보내 준다고 했어."

소년의 얘기에 한스는 굉장히 깊은 인상을 받았다. 또 매우 뛰어난 세 명을 포함한 열두 명의 괴핑겐 수험생들 때문에 불안해지기도 했다. 더 이상 자신을 내세울 만한 것이 없었다.

집에 돌아온 한스는 곧바로 자리에 앉아 'mi'로 끝나는 동사를 다시 한 번 훑어보았다. 라틴어에는 자신이 있었기 때문에 전혀 불안하지 않았다. 하지만 그리스어는 좀 달랐다. 그리스어를 좋아해서 푹 빠지기도 했지만 그건 읽기의 경우에만 그랬다. 특히 크세노폰은 매우 아름답고 활기차고 신선하게 글을 썼다. 모든 문장이 경쾌하고 아름답고 힘차게 울렸다. 멋지고 자유로운 정신이 담겨 있었다. 이해하기도 쉬웠다. 하지만 문법 문제나 독일어를 그리스어로 옮겨야 하는 문제에서는 곧장 모순된 규칙과 형태로 된 미로에서 길을 잃은 느낌이 들었다. 아직 그리스어의 철자도 읽지 못했던 첫 수업 때와 거의 똑같이 겁에 질린 두려움이었다.

이튿날 시험은 정말로 그리스어와 독일어 작문 순서였다. 그리스어 시험 문제는 꽤 길고 쉽지 않았다. 작문 주제는 몹시 까다로워 자칫 잘못 이해할 수 있는 것이었다. 오전 10시부터 시험장이 후덥지근하고 더

---

5) Gymnasium. 독일의 9년제 인문계 중고등학교를 말한다. 이후 대학교에 진학한다.

워졌다. 한스는 좋은 펜을 가지고 있지 않았던 탓에 그리스어 시험에서 글씨를 깨끗하게 쓰느라 시험지를 두 장이나 망쳤다. 작문 시험에서는 아주 큰 난관에 부딪혔다. 옆자리에 앉은 뻔뻔한 수험생이 질문을 쓴 종이쪽지를 한스에게 밀어 넣고는 옆구리를 쿡쿡 찌르며 답을 알려 달라고 재촉했다. 옆 사람과 이야기를 나누는 것은 가장 엄격하게 금지된 일이었다. 걸리면 가차 없이 시험장을 나가야 했다. 한스는 겁에 질려 덜덜 떨면서 쪽지에 '귀찮게 하지 마.'라고 쓰고는 그 학생을 무시했다. 날이 무척이나 더웠다. 진득하게 규칙적으로 시험장을 돌면서 한순간도 쉬지 않던 감독관마저 손수건으로 얼굴에 흐르는 땀을 여러 번 닦아 냈다. 두터운 입교식 예복을 입은 한스는 땀을 뻘뻘 흘렸다. 머리가 아파 왔다. 그리고 마침내 오답을 잔뜩 쓰고 시험을 다 망친 것 같은 비참하기 짝이 없는 기분으로 시험지를 제출했다.

한스는 밥을 먹으며 어떤 질문에도 아무 말을 하지 않은 채 어깨만 으쓱해 보였다. 꼭 중범죄자 같은 표정을 짓고 있었다. 숙모는 위로를 했지만 아버지는 화가 머리끝까지 나 심기가 불편해진 모양이었다. 식사를 마치고 나서 아버지는 아들을 옆방으로 데리고 가서 다시 한 번 꼬치꼬치 캐물었다.

"시험을 망쳤어요." 한스가 말했다.

"왜 신중하게 보지 않았어? 정신을 바짝 차렸어야지, 젠장!"

잠자코 있던 한스는 아버지가 나무라기 시작하자 얼굴이 벌게져서 이렇게 내뱉었다. "아버지는 그리스어를 하나도 모르잖아요!"

최악은 오후 2시에 있을 구두시험이었다. 그것이 제일 두려웠다. 지글지글 끓는 도시의 거리로 나가자 완전히 녹초가 되었다. 근심과 걱정과 현기증으로 눈앞이 잘 안 보일 정도였다.

한스는 10분 동안 큰 녹색 책상에 앉은 세 시험관 앞에서 라틴어 문장을 몇 개 번역하고 시험관들의 질문에 답했다. 이어 또 다른 세 시험관 앞에서 10분 동안 그리스어를 번역하고 여러 질문을 받았다. 끝으로 시험관이 문법에서 동사의 불규칙 과거형에 대해 물었다. 한스는 대답을 하지 못했다.

"이제 가도 됩니다. 저기, 오른쪽 문으로 나가세요."

한스는 일어나 걸었다. 그런데 문 앞에서 갑자기 과거형이 떠올랐다. 한스는 우뚝 섰다.

"나가세요. 나가요! 혹시 어디가 불편합니까?" 시험관이 외쳤다.

"아니요, 과거형이 지금 생각이 났습니다."

한스는 방 안을 향해 과거형을 크게 외쳤다. 그리고 시험관 가운데 한 사람이 웃는 모습을 보면서 머리가 열로 펄펄 끓는 기분으로 뛰쳐나갔다. 이어 한스는 질문과 답을 기억해 내려 했지만 모든 게 뒤죽박죽이었다. 큰 녹색 책상의 표면, 프록코트를 입은 늙고 근엄한 시험관 세 명, 펼쳐 놓은 책, 그 위에 올려놓은 자신의 떨리는 손만 계속 떠오를 뿐이었다. 하느님 맙소사, 대체 뭐라고 대답을 했지!

거리를 걸으며 이미 몇 주일이나 여기에 있었고 다시는 이곳을 벗어날 수 없을 것 같은 기분이 들었다. 고향 집 정원, 짙푸른 전나무 산, 강가의 낚시터는 아주 멀리 떨어져 있고, 까마득히 오래전에나 한 번 보았던 것 같았다. 아, 오늘이라도 집에 돌아갈 수만 있다면! 이곳에 머물 의미가 더 이상 없었다. 시험을 망치고 말았다.

한스는 낭패스러운 오후 내내 가늘고 긴 우유 빵을 사서 거리를 돌아다녔다. 아버지와 대면하지 않을 생각이었다. 마침내 집으로 돌아오자 모두가 걱정하고 있었다. 완전히 지친 한스의 몰골이 말이 아니어서 식구들은 달걀 수프를 내주고 얼른 자러 가라고 했다. 아직 내일 봐야 할 산수와 종교 시험이 남아 있었다. 시험이 끝나면 고향으로 돌아갈 수 있다.

다음 날 오전에는 상황이 퍽 좋았다. 어제 주요 과목에서 그리도 운이 없더니 오늘 모든 게 술술 풀리는 것이 씁쓸한 아이러니 같았다. 하지만 아무래도 좋았다. 이제 집으로 돌아가는 거다!

"시험이 끝났어요. 이제 우리 집으로 돌아갈 수 있어요." 한스가 숙모에게 알렸다.

아버지는 하루 더 머물고 싶어 했다. 칸슈타트로 나가서 그곳 요양지에서 커피를 마실 생각이었다. 그런데 한스가 오늘 혼자서라도 집에 돌아가게 해달라고 하도 애원을 하는 바람에 아버지는 먼저 떠나도 좋다고 허락했다. 아버지는 한스를 기차역에 데려다주고 기차표를 쥐여 주었다. 숙모는 작별 인사로 뺨에 입을 맞추고 간식거리를 주었다. 완전히 지친 한스는 아무 생각 없이 기차에 앉아 창밖으로 스치는 푸른 언덕 지대를 지나 집으로 향했다. 짙푸른 전나무 산이 나타났을 때에야 비로소 소년에게 기쁨과 해방감이 몰려왔다. 식모 할머니와 자신의 작은 방과 교장 선생님, 천장이 낮은 낯익은 교실이 그리웠다. 그 모든 것을 곧 볼 생각에 마음이 즐거웠다.

다행히 역에서 호기심이 많은 사람들과 마주치지 않았다. 한스는 작은 짐 꾸러미를 들고 눈에 띄지 않도록 서둘러 집으로 돌아갔다.

"슈투트가르트에서는 좋았니?" 늙은 안나 할머니가 물었다.

"좋았냐고요? 시험이 좋을 게 뭐 있어요? 다시 집에 돌아와서 좋아요. 아버지는 내일 오신대요."

한스는 신선한 우유를 한 컵 마신 다음 창문 앞에 걸려 있는 수영복을 집어 들고 냇가로 뛰어갔다. 하지만 모든 사람들이 와서 물놀이하는 풀밭으로는 가지 않았다.

그는 시내에서 한참 떨어진 '저울'이라 부르는 곳으로 갔다. 높이 웃자란 수풀 사이로 수심이 깊은 강물이 유유히 흐르는 곳이었다. 한스는 옷을 벗고 차가운 물 온도를 살피며 천천히 손을 집어넣고는 이어 발을 담갔다. 소름이 약간 돋았다. 한스는 곧바로 강물에 뛰어들었다. 느린 물살을 거슬러 천천히 헤엄치니 지난 며칠간의 땀과 불안이 다 씻겨 내려가는 기분이 들었다. 강물이 가냘픈 몸을 감싸며 서늘하게 식혀 주는 동안 그의 영혼은 아름다운 고향을 되찾은 새삼스러운 환희로 가득 찼다. 한스는 잽싸게 물살을 가르다가 쉬고, 또다시 헤엄쳤다. 기분 좋은 차가움과 피로가 온몸에 퍼졌다. 물 위에 드러누워 몸을 맡기고 강을 따라 흘러갔다. 오후의 하루살이 떼가 황금빛으로 빙빙 돌며 나지막이 윙윙거리는 소리에 귀를 기울였다. 날쌔고 조그만 제비들이 늦은 오후의 하늘을 가르는 모습도 보였다. 어느새 해가 서산으로 기울며 하늘이 붉은 노을빛으로 물들었다. 한스는 다시 옷을 입고 꿈을 꾸듯 천천히 집으로 돌아갔다. 골짜기에 이미 땅거미가 짙게 깔려 있었다.

한스는 상인 자크만의 정원을 지나갔다. 아주 어렸을 때 몇몇 또래 아이들과 아저씨네 정원에서 풋자두를 몰래 훔쳐 먹은 적이 있었다. 하얀 전나무 각목들이 여기저기 놓여 있는 키르히너 목공소 터도 지나갔다. 거기는 예전에 늘 각목 밑에서 낚싯밥으로 쓰는 지렁이를 발견하던 곳이었다. 또 장학관 게슬러의 작은 집 앞도 지나갔다. 2년 전 얼음판 위에서 한스는 장학관의 딸 엠마에게 잘 보이려고 몹시 애를 태운 적이 있었다. 엠마는 도시에서 제일 우아하고 사랑스러운 여학생이었다. 엠마는 한스와 동갑이었다. 한동안 한스는 그 소녀와 이야기를 하거나 손이라도 한 번 잡아 보기를 얼마나 바랐는지 모른다. 하지만 그런 일은 결코 일어나지 않았다. 한스가 수줍음을 너무 많이 탔기 때문이다. 이후 엠마는 기숙 학교에 들어갔고 지금은 얼굴이 어떻게 생겼는지 기억도 잘 나지 않았다. 그런데 지금 문득 어릴 때의 추억이 떠올랐다. 모든 게 아주 아득한 옛일인 것만 같았다. 더욱이 그 이야기는 매우 강렬한 색과 너무도 기묘한 예감이 깃든 향기를 지녀서 이후에 겪은 일들은 모두 하찮은 것만 같았다. 예전에 저녁이면 나숄트 씨네 문간에 앉아 리제 아줌마가 감자 껍질을 벗기며 해주는 이야기를 듣곤 했다. 일요일이면 양심에 찔리면서도 동트는 이른 새벽부터 바지를 바짝 걷어 올리고 둑 밑에서 가재나 금붕어를 잡았다. 흠빡 젖은 일요일 예복을 입은 채 집에 돌아와 아버지에게 흠씬 두들겨 맞기도 했다! 그 시절에는 수수께끼 같고 기상천외한 일이며 사람들이 너무도 많았다. 까맣게 잊고 있었다! 마을에 목덜미가 굽은 구두장이 슈트로마이어가 있었다. 동네 사람들은 그가 아내를 독살했다고 굳게 믿었다. 또 모험을 좋아하는 '베크 씨'는 지팡이와 배낭만 메고 온 지방 각지를 두루두루 돌아다녔다. 사람들은 그에게 존칭을 붙여 불렀는데, 한때 그가 네 마리 말이 모는 호화 마차를 가진 부자였기 때문이다. 이제 한스는 그 모든 사람들의 이름 말고는 아무것도 기억나는 게 없었다. 수상쩍은 작은 골목길 세계를 잃어버린 대신에 그보다 더 생생하거나 경험할 만큼 가치 있는 일이 생긴 것도 아니라는 생각이 어렴풋이 들었다. 다음 날 역시 학교에 가지 않아도 되었다. 한스는 실컷 늦잠을 자며 자유를 누렸다. 점심때는 슈투트가르트에서 돌아오는 아버지를 마중 나갔다. 아버지는 큰 도시를 한껏 즐기고 온 터라 기분이 썩 좋았다.

"시험에 붙으면 원하는 걸 들어주마. 뭐가 하고 싶은지 잘 생각해 봐라!" 기분이 좋은 아버지가 말했다.

"아니, 아니에요. 전 틀림없이 떨어질 거예요." 소년이 한숨을 푹 내쉬었다.

"바보 같은 소리, 왜 그런 소리를 해! 그러지 말고 내가 맘 변하기 전에 얼른 소원이나 말해라."

"방학 때 낚시를 다시 하고 싶어요. 그래도 돼요?"

"좋아, 시험에 붙으면 해도 된다."

일요일인 다음 날, 천둥 번개가 치더니 세찬 비가 쏟아졌다. 한스는 방에서 책을 읽고 생각에 잠긴 채 여러 시간을 보냈다. 슈투트가르트에서 치른 시험을 다시 한 번 차근차근 생각해 보았다. 그럴 때마다 계속 지독히 재수가 없었고 그보다 훨씬 더 잘 볼 수 있었다는 결론만 났다. 합격은 완전히 틀린 일 같았다. 빌어먹을 두통! 한스는 서서히 커지는 불안에 짓눌리다 너무 걱정이 되어 마침내 아버지에게 갔다.

"아버지!"

"왜 그러냐?"

"여쭤볼 게 있어요. 소원 때문인데요. 낚시는 그냥 관둘래요."

"그런데 왜 지금 그 얘기를 다시 꺼내는 거냐?"

"왜냐하면 저는……. 휴, 제가 여쭤보고 싶은 거는 말이죠, 그러니까 혹시……."

"빨리 말해 봐. 뭘 그리 쩔쩔매고 있니! 그래, 뭐냐?"

"시험에 떨어지면 김나지움에 가도 되나 해서요."

기벤라트 씨는 말이 없었다.

"뭐? 김나지움?" 드디어 아버지가 입을 열었다. "김나지움에 가도 되냐고? 대체 어떤 놈이 그런 생각을 네 머릿속에 심어 놓은 거냐?"

"아무도 말하지 않았어요. 그냥 제 생각이에요."

한스의 낯빛에서 죽을 것 같은 두려움을 읽을 수 있었다. 하지만 아버지는 그 모습을 보지 않았다.

"나가, 나가. 참으로 기가 찰 노릇이군. 김나지움에 간다니! 넌 내가 무슨 재무부 장관이라도 되는 줄 아는 모양이구나." 아버지는 어이가 없는지 웃으며 말했다.

아버지가 하도 격하게 손사래를 치는 통에 한스는 그만 포기하고 절망적인 심정으로 나왔다.

"철없는 것 같으니! 턱도 없다! 이제 김나지움에도 가겠다고! 혼자서 난리도 아니구나." 아버지는 한스의 뒤통수에 대고 으르렁댔다.

한스는 30분이나 창턱에 올라 앉아 방금 말끔하게 청소한 마룻바닥을 뚫어지게 쳐다보았다. 신학교에도 김나지움에도 대학에도 갈 수 없다면 앞으로 어떻게 될지 상상해 보았다. 아마 치즈 가게나 사무실의 수습생 정도나 될 것이다. 평생토록 그토록 경멸해 왔고 기필코 벗어나려 한 사람들, 보잘것없이 궁색한 사람들 중에 하나가 될 것이다. 예쁘장하고 똑똑해 보이는 얼굴이 분노와 고통에 찬 찡그린 표정으로 일그러졌다. 화가 치민 한스는 벌떡 일어나 침을 탁 뱉고 라틴어 선집을 집어 냅다 벽에 던졌다. 그리고 거센 빗속으로 뛰쳐나갔다.

한스는 월요일 아침 일찍 다시 학교에 나갔다.

"잘 지냈니?" 교장이 물으며 악수를 청했다. "네가 어제쯤이면 찾아오겠지 하고 기다렸다. 시험은 어땠니?"

한스는 고개를 푹 숙였다.

"아니, 왜 그러느냐? 시험을 잘 못 봤어?"

"그런 것 같아요."

"자, 기다려 보자! 아마 오늘 오전에는 슈투트가르트에서 소식이 올

것 같구나." 늙은 교장이 한스를 위로했다.

오전이 끔찍하게 길었다. 소식은 오지 않았고, 점심시간에 한스는 속으로 울먹이느라 음식을 삼키지도 못했다.

오후 2시에 교실로 들어갔더니 담임 선생이 벌써 들어와 있었다.

"한스 기벤라트!" 선생이 크게 불렀다.

한스는 앞으로 나갔다. 선생이 악수를 청했다.

"기벤라트, 축하한다. 네가 주 시험에서 2등으로 합격했다."

기쁨에 겨워 잠잠한 순간이었다. 문이 열리며 교장이 들어왔다.

"축하한다. 자, 이제 뭐라고 한마디 해야지?"

소년은 너무 놀랍고 기뻐서 완전히 얼어붙었다. "어이, 아무 말도 안 할 테냐?"

"제가 그 문제만 알았더라면, 1등도 할 수 있었을 거예요." 얼떨결에 한스의 입에서 이런 말이 튀어나왔다.

"이제 집으로 돌아가거라. 가서 아버지께 말씀드려. 너는 더 이상 학교에 나올 필요가 없다고 말이다. 어차피 일주일 후면 방학이니까."

소년은 어지러움을 느끼며 거리로 나왔다. 서 있는 가로수와 햇빛으로 눈부신 광장을 쳐다보았다. 모든 게 평소와 다름없었다. 하지만 전보다 더 아름답고 더 의미가 있고 더 즐겁게 보였다. 시험에 붙었다! 그것도 2등으로! 처음에 느낀 환희의 물결이 지나가자 이번에는 뜨겁게 고마운 감정이 마음에 가득 찼다. 이제 목사를 피할 일이 없었다. 이제 공부를 계속할 수 있다! 이제 치즈 가게나 사무실 수습생 따위가 될 걱정은 할 필요가 없었다!

낚시도 다시 할 수 있었다. 한스가 집에 돌아오자 아버지가 마침 현관에 서 있었다.

"무슨 일이니?" 아버지는 가볍게 물었다.

"별거 아니에요. 이제 학교에 안 나와도 된대요."

"뭐? 대체 왜?"

"이제부터 저는 신학교 학생이니까요."

"세상에, 저런, 그러면 시험에 붙은 거냐?"

한스는 고개를 끄덕였다.

"성적은 좋아?"

"2등으로 붙었어요."

늙은 아버지는 그것까지 기대하지는 않았다. 할 말이 전혀 떠오르지 않는 아버지는 아들의 어깨를 연신 두드리고 고개를 저으며 크게 웃었다. 아버지는 무슨 말을 하려고 입을 열었다. 하지만 아무 말도 하지 못하고 고개만 다시 저을 뿐이었다.

"이런 세상에!" 드디어 아버지가 소리쳤다. 그리고 다시 한 번 외쳤다. "이런 세상에!"

한스는 집 안으로 뛰어 들어가 성큼성큼 계단을 올라 다락방으로 들어갔다. 텅 빈 다락방 벽장을 열어젖히고 그 안을 마구 뒤져 온갖 상자와 줄 다발과 코르크 조각을 다 끄집어냈다. 낚시 도구였다. 이제 한스는 무엇보다 낚시하기에 좋은 나뭇가지만 잘라 내면 되었다. 한스는 아버지에게 내려갔다.

"아버지, 주머니칼 좀 빌려 주세요."

"뭐 하려고?"

"가느다란 나뭇가지를 자르려고요. 낚시하게요."

아버지는 주머니에 손을 넣었다.

"자, 여기 가져가렴." 아버지는 활짝 웃으며 인심을 아주 후하게 썼다. "2마르크[6]다. 좋은 칼을 사렴. 단 한프리트네로 가지 말고 그 위쪽에 칼 만드는 도공에게 가서 사거라."

한스는 쏜살같이 달려갔다. 시험이 어땠냐고 물은 도공은 기쁜 소식을 듣고 특별히 좋은 칼을 내주었다. 강 아래쪽 브뤼엘 다리 밑에 아름답고 가느다란 오리나무와 개암나무가 있었다. 한스는 거기서 한참 고른 끝에 깃털처럼 가느다랗고 매끈한 나뭇가지를 잘라 서둘러 집으로 돌아왔다.

신이 난 한스는 발그레한 얼굴과 초롱초롱한 눈으로 낚시 도구를 마련했다. 낚시질만큼이나 좋아하는 일이었다. 오후를 보내고 저녁 내내 앉아 작업을 했다. 하얀색, 갈색, 녹색 줄을 각각 분리하고 꼼꼼하게 살피고 나서 수리를 했다. 끊어진 줄은 잇고 낡은 매듭과 꼬인 줄은 풀어냈다. 갖가지 모양과 크기의 코르크 조각과 깃대를 하나하나 달아 시험해 보고 다시 잘라 만들었다. 무게가 다양한 작은 납덩이를 망치질해서 동그랗게 다듬은 다음 칼로 틈새를 만들어 무게를 더하기 위해 낚싯줄에다 달았다. 다음은 낚싯바늘 차례였다. 낚싯바늘은 아직 몇 개 남아 있었다. 낚싯바늘 중에 어떤 것은 네 겹으로 된 검은 재봉실로 묶고, 어떤 것은 창자로 만든 줄로, 어떤·것은 꼰 말총으로 묶었다. 저녁 무렵에 준비가 다 끝났다. 이제 7주나 되는 긴 방학을 조금도 지루하지 않게 보낼 수 있게 되었다. 한스는 낚싯대만 있으면 하루 종일 혼자 물가에서 시간을 보낼 수 있었다.

---

6) Mark. 독일의 화폐 단위이다.

2장

Das war so köstlich. Zwischendurch fiel ihm plötzlich ein,
daß er das Landexamen bestanden habe.
정말 행복했다. 주 시험에 붙었고,
그것도 2등이라는 사실이 가끔씩 떠올랐다.

여름 방학은 바로 이래야 한다! 산 위로 용담초 빛깔 같은 푸른 하늘
이 펼쳐졌고, 몇 주 내내 햇볕이 뜨거운 날이 이어졌다. 때로 거센 소낙
비가 잠깐 쏟아질 뿐이었다. 강은 흐르고 흘러 수많은 사암석과 전나무
그늘이 드리워진 좁은 골짜기를 굽이굽이 지나왔지만 강물이 워낙 데워
진 상태라 늦은 저녁에도 헤엄을 칠 수 있었다. 소도시 주변에는 온통
베어 놓은 풀과 건초 냄새가 감돌았다. 긴 띠처럼 이어진 밀밭은 누런
황갈색으로 변했고, 개울가에 어른 키만큼이나 무성하게 자란 독미나리
풀들이 우산 모양으로 하얀 꽃을 피웠다. 꽃 주변에는 언제나 아주 조그

만 딱정벌레들이 바글거렸다. 속이 빈 줄기는 잘라 풀피리를 만들 수 있었다. 숲가에는 노랗고 솜털이 달린 노랑투구꽃이 당당한 자태를 뽐내고 있었다. 억세지만 하늘대는 꽃자루에서 흔들리는 부처꽃과 바늘꽃이 산비탈을 온통 보랏빛으로 붉게 물들여 놓았다. 숲속 전나무 아래에는 키가 크고 빨간 디기탈리스가 아름답고 이국적인 모습으로 서 있었다. 뿌리 쪽에는 은색 솜털이 난 잎사귀가 넓적하게 나 있고, 그 위로 뻗어 오른 강한 줄기에 빨간 꽃받침이 차례차례 달린 모습이었다. 그 옆에는 갖가지 버섯들이 나 있었다. 붉은색으로 반짝이는 파리버섯, 두텁고 넓적한 돌버섯, 기괴하게 생긴 선모, 산호처럼 가지가 많이 달린 싸리버섯. 그리고 특이하게 색이 없고 볼품없이 퉁퉁한 구상난풀도 있었다. 숲과 초원 사이에 잡초가 빽빽한 수많은 두렁에는 강인한 금잔화가 불타오르듯 샛노랗게 피어 있었다. 이어 에리카 꽃이 연보라색 긴 띠를 이루었다. 벌써 두 번째 풀베기를 앞둔 초원에도 황새냉이, 동자꽃, 샐비어, 체꽃이 알록달록 웃자라 있었다. 활엽수 숲속에서는 되새가 듣는 이 없이도 계속 지저귀고, 전나무 숲에서는 작은 적갈색 다람쥐가 나무 꼭대기 사이사이로 내달렸다. 두렁과 담장, 말라 버린 도랑에 녹색 도마뱀이 모습을 드러내고 따뜻한 햇볕을 쬐며 느긋하게 숨을 쉬고 있었다. 지칠 줄 모르는 매미 소리가 초원 너머로 쟁쟁하게 울려 퍼졌다.

이때쯤 도시에는 시골 분위기가 짙게 풍겼다. 거리에는 건초를 나르는 마차가 지나가며 건초 냄새를 풍겼고, 큰 낫을 만드느라 망치 두드리는 소리가 가득했다. 공장 두 개가 없었더라면 시골 마을이라 여길 법했다.

방학 첫날, 한스는 아침 일찍부터 일어나 부엌에 초조하게 서서 안나 할머니가 일어나기 훨씬 전부터 커피를 기다리고 있었다. 한스는 할머니가 불 지피는 것을 돕고 큰 그릇에서 빵을 가져온 다음 신선한 우유로 식힌 커피를 재빨리 마셨다. 그리고 주머니에 빵을 집어넣고 밖으로 뛰어나갔다. 철둑에서 멈춰 선 한스는 바지 주머니에서 둥근 양철통을 꺼내 메뚜기를 부지런히 잡아넣기 시작했다. 기차가 지나갔다. 철로가 크게 가파른 탓에 기차는 속도를 내지 않고 아주 천천히 지나갔다. 활짝 열린 창문 안에 몇 안 되는 승객들을 태운 열차는 가볍게 나부끼는 증기와 연기를 길게 남기고 떠났다. 한스는 지나가는 열차를 쳐다보았다. 하얀 연기는 소용돌이치다가 곧 햇빛이 밝은 깨끗한 공기 속으로 사라졌다. 이 모든 광경을 못 본 지가 이미 얼마나 오래되었나! 한스는 잃어버린 아름다운 시절을 두 배로 되찾고, 거리낌도 걱정도 없는 어린 소년으로 되돌아가고 싶은 듯 숨을 크게 들이마셨다.

메뚜기를 잡아넣은 통과 새로 마련한 낚시 도구를 가지고 다리를 건너 공원 뒤쪽을 가로질러 강에서 가장 깊은 곳으로 걸음을 옮겼다. 은밀한 환희와 사냥의 기쁨에 가슴이 뛰었다. 그곳은 버드나무에 몸을 기대고 앉아 다른 어떤 곳보다 편안히, 아무 방해도 받지 않고 낚시할 수 있는 장소였다. 한스는 낚싯줄을 풀어 조그만 납덩이를 달고, 낚싯바늘에 통통한 메뚜기를 가차 없이 꿰고는 저 멀리 강물 한가운데로 힘껏 던졌다. 오래전부터 익히 아는 놀이가 시작됐다. 작은 물고기들이 미끼 주위로 떼를 지어 몰려들어 낚싯바늘에 달린 미끼를 잡아채려 애썼다. 그렇게 미끼는 금세 다 먹혀 버렸고 이어 두 번째 메뚜기가 미끼가 되었다. 그리고 또 하나, 뒤이어 네 번째, 다섯 번째 미끼가 이어졌다. 한스는 점점 더 조심스럽게 바늘에 미끼를 달았다. 그리고 마침내 납덩이를 하나 더 달아 낚싯줄을 무겁게 만들었다. 그제야 비로소 큼지막한 물고기가 미끼를 물려고 덤볐다. 물고기는 미끼를 조금 잡아당겼다가 다시 놓앉다가, 또다시 미끼를 물려고 했다. 이제 드디어 물고기가 미끼를 물었다. 노련한 낚시꾼은 그 사실을 낚싯줄과 낚싯대에서 손가락으로 전해지는 떨림으로 알 수 있다! 한스는 일부러 한 번 줄을 확 당겼다가 조심스럽게 잡아당기기 시작했다. 물고기가 걸렸다. 한스는 모습을 드러낸 물고기가 황어임을 알아챘다. 곧 연노란색으로 빛나는 넓적한 몸뚱이, 삼각형 머리, 특히 배지느러미에 있는 아름다운 선홍색 띠를 볼 수 있었다. 녀석의 무게가 얼마나 될까? 하지만 무게를 가늠하기도 전에 황어는 필사적으로 몸부림치며 공포에 질려 물 위에서 퍼덕이다 달아났다. 물속에서 서너 번 빙빙 돌던 황어는 은빛 번개처럼 깊은 강물 속으로 쏜살같이 달아났다. 미끼를 꽉 물지 않은 것이다.

이제 낚시꾼의 마음속에서 사냥에 대한 흥분과 고도의 집중력이 눈을 떴다. 한스는 드리워진 가느다란 갈색 낚싯줄이 수면에 닿은 부분으로 날카롭게 시선을 고정했다. 뺨은 빨갛게 달아오르고 몸놀림은 아주 정확하고 민첩했다. 두 번째 황어가 미끼를 물고 낚여 올라왔다. 이어 잉어가 잡혔는데 너무 작아 아쉬웠다. 그 뒤로 연달아 모샘치가 세 마리 잡혔다. 아버지가 좋아하는 물고기라 한스는 특히 더 기뻤다. 모샘치는 작은 비늘로 덮인 통통한 몸통에 우스꽝스러운 흰색 수염이 달린 두툼한 머리가 있는 물고기다. 작은 눈에 몸 뒷부분이 날렵하고 색은 녹색과 갈색 중간인데, 육지에 올라오면 검푸른 강철색을 띠었다.

어느새 해는 중천에 떠오르고 둑에 물거품이 새하얗게 빛났다. 강물에서 뜨거운 공기가 어른어른 피어올랐다. 하늘을 쳐다보면 무크베르크 산 위로 손바닥만 한 구름들이 눈부시게 드문드문 떠 있는 모습이 보였다. 날이 더워졌다. 작고 새하얀 구름이 한가롭게 푸른 산 중턱에 가만히 걸린 모습만큼 한여름 무더위를 잘 말해 주는 것은 없었다. 밝은 햇빛을 가득 받은 새하얀 구름은 오래 쳐다볼 수도 없을 정도로 눈부셨다. 만일 작은 구름이 없다면 푸른 하늘과 반짝이는 수면만으로는 날이 얼마나 무더운지 알 수 없을 것이다. 하지만 하늘에 새하얀 거품처럼 동그랗게 떠 있는 구름 돛단배 몇 척을 바라보다 보면 문득 이글거리는 태양을 느끼고, 그늘을 찾으며 이마에 흐르는 땀을 닦아 내게 된다.

한스는 슬슬 집중력이 떨어졌다. 조금 피곤해졌다. 어차피 한낮에는 물고기가 잘 잡히지도 않았다. 가장 오래 살고 가장 덩치가 큰 은빛 황어들마저 이 시간이면 햇볕을 쬐려고 위로 올라온다. 녀석들은 시커멓고 커다란 떼를 지어 꿈을 꾸듯 천천히 강을 거슬러 헤엄치며 수면에 아주 가까이 올라와 있다가, 가끔 알 수 없는 이유로 화들짝 놀라곤 했다. 이 시간에는 낚시가 되지 않았다.

한스는 버드나무 가지에 낚싯줄을 걸쳐 물에 드리워 놓고 땅바닥에 앉아 녹색 강물을 쳐다보았다. 물고기들이 천천히 위로 올라왔다. 검은 등이 수면에 차례차례 드러났다. 따뜻한 온기에 이끌려 마치 마법에 걸린 듯 고요하고 느릿하게 움직였다. 뜨뜻한 물속에서 기분이 좋은 모양이었다! 한스는 장화를 벗고 물에 발을 담갔다. 물이 아주 미지근했다. 잡은 물고기를 찬찬히 들여다보았다. 고기들은 커다란 물뿌리개 속에서 헤엄치다 가끔 철벅거리는 소리를 냈다. 얼마나 아름다운가! 물고기들이 움직일 때마다 비늘과 지느러미에서 하얀색, 갈색, 초록색, 은색, 흐릿한 금색, 파란색이 다채롭게 반짝였다.

주위는 매우 조용했다. 다리 위로 다니는 자동차 소음도 거의 들리지 않고, 물레방아가 돌아가는 소리도 여기서는 희미하게 들릴 뿐이었다. 하얀 물거품이 이는 둑에서 끊임없이 철썩이는 나직한 물소리만이 고요하고 시원하게 들려서 마치 자장가 같았다. 뗏목 말뚝에 휘감기는 물소리도 잔잔하기만 했다.

그리스어, 라틴어, 문법, 문체론, 산수, 암기를 비롯해 숨 막히고 초조하게 보낸 긴 한 해의 고통스러웠던 혼란이 모두 졸음 오는 오후의 따스한 시간 속으로 고요히 가라앉았다. 한스는 머리가 조금 아팠지만 평소처럼 심하지는 않았다. 이제 다시 강가에 앉아서 둑에 부딪혀 하얗게 부서지는 물거품을 바라볼 수 있었다. 낚싯줄과 옆에 놓인 물뿌리개 속 물고기들이 헤엄치는 모습을 힐끔거릴 수 있었다. 정말 행복했다. 주 시험에 붙었고, 그것도 2등이라는 사실이 가끔씩 떠올랐다. 그럴 때마다 물에 담근 맨발을 찰싹찰싹 부딪고, 두 손을 주머니에 찔러 넣고 휘파람을 불었다. 한스는 휘파람을 썩 잘 불지 못했다. 그게 오래전부터 같은 반 아이들의 놀림을 받아 온 고민거리였다. 이 사이로 조그맣게 소리를 낼 수 있을 뿐이었다. 하지만 집에서 불기에는 그 정도면 충분했다. 게다가 지금은 듣는 사람도 없었다. 다른 아이들은 지금 교실에 앉아 지리 수업을 받고 있었다. 한스만 혼자 수업을 듣지 않고 자유를 누렸다. 한스는 아이들을 뛰어넘었고, 아이들은 한스보다 한참 뒤처져 있다. 아이들은 한스를 무척 들볶아 댔다. 아우구스트 말고는 친구가 없고 주먹다짐이나 놀이에 별 재미를 느끼지 않았기 때문이다. 이제 그 아이들, 어리석은 놈들, 그 미련한 놈들은 한스가 학교를 떠나는 모습을 지켜보아야 했다. 그 아이들이 얼마나 경멸스러웠는지, 생각하다 말고 입을 삐죽대느라 잠시 휘파람을 멈출 정도였다. 그러고 나서 낚싯줄을 감아올릴 때는 웃음이 하하 터져 나왔다. 낚싯바늘에 미끼가 하나도 남아 있지 않아서였다. 한스는 양철통에 아직 남아 있는 메뚜기들을 모두 풀어 주었다. 메뚜기들은 정신이 없는 듯 비틀대더니 곧 풀밭으로 기어 들어갔다. 근처 피혁 공장은 이미 점심시간이었다. 한스도 점심을 먹으러 갈 시간이었다.

점심 식탁에서는 거의 아무런 말이 없었다.

"좀 잡았니?" 아버지가 물었다.

"다섯 마리요."

"아, 그래? 아무튼 어미 물고기는 잡지 않도록 조심해라. 그러지 않으면 나중에 어린 물고기가 생기지 않으니까."

대화는 더 이상 이어지지 않았다. 너무 더웠다. 식사 후에 곧바로 물에 들어가면 안 되는 게 너무 속상했다. 왜 안 된다는 거지? 몸에 해로울 수 있기 때문이란다! 왜 해롭다고 하는지 사실 잘 알고 있었다. 그런데도 예전에는 그 말을 어기고 자주 물에 들어갔다. 하지만 지금은 절대로 그러지 않는다. 그런 어리석은 짓을 하기에는 이미 나이가 들었다. 세상에, 시험을 볼 때 감독관들이 그에게 존댓말을 썼다!

아무튼 한 시간 정도 정원의 가문비나무 아래 드러누워 있는 일은 전혀 나쁠 게 없었다. 그늘은 충분했다. 책을 읽거나 나비를 바라볼 수도 있었다. 한스는 2시까지 그늘 아래서 아쉬울 것 없이 누워 있다가 깜빡 잠이 들 뻔했다. 하지만 이제 물놀이하러 갈 시간이다! 몇몇 어린아이들만 물놀이하는 풀밭에 앉아 있었다. 좀 큰 아이들은 모두 학교에 앉아 있었다. 생각만 해도 기분이 짜릿했다. 아주 천천히 옷을 벗고 물속으로 들어갔다. 한스는 차가운 물과 따뜻한 물을 번갈아 즐길 줄 알았다. 조금 헤엄을 치고 잠수했다가 물장구를 쳤다. 강가에 배를 깔고 엎드려 물기가 빠르게 말라 버리는 살갗에 따가운 햇볕을 느껴 보기도 했다. 어린아이들은 공손하게 그의 주변에 살금살금 모여들었다. 그렇다, 한스는 유명해졌다. 게다가 보통 아이들과 모습이 다르기도 했다. 햇볕에 그을린 가느다란 목에 곱상한 머리가 자유롭고 우아하게 놓여 있었다. 이

지적인 얼굴에는 생각이 깊은 눈이 두드러져 보였다. 몸은 무척 말라서, 팔다리는 가녀리고 부드러운 데다가 가슴과 등에는 갈비뼈가 그대로 드러났다. 장딴지에 살도 거의 없었다.

오후 내내 한스는 햇볕을 쬐다 물에 들어가기를 반복했다. 4시가 지나자 같은 반 아이들 대부분이 왁자지껄하게 떠들며 달려왔다.

"와, 기벤라트! 너 완전히 살판났구나."

한스는 느긋하게 몸을 쭉 뻗었다. "뭐, 그렇지."

"신학교에는 언제 가냐?"

"9월이 되면. 지금은 방학이거든."

한스는 아이들의 부러움을 한껏 샀다. 뒷전에서 비아냥대는 소리가 크게 나면서 어떤 아이가 노래를 지어 불러도 한스는 아무렇지도 않았다.

나도 슐체 리자베트처럼
되면 좋겠네!
리자베트는 낮에도 침대에 누워 있는데
나는 그럴 수 없네.

한스는 그냥 웃어넘겼다. 그사이에 소년들은 옷을 벗었다. 한 아이가 곧장 물속으로 풍덩 뛰어들었고 다른 아이들은 먼저 조심스럽게 몸을 적셨다. 몇몇 소년은 물에 들어가기 전에 우선 풀밭에 드러누웠다. 잠수를 잘하는 아이를 보고 감탄을 터뜨리기도 했다. 물에 들어가지 못하고 머뭇거리던 아이는 다른 아이에게 떠밀려 물에 빠져서 살려 달라고 비명을 질렀다. 아이들은 서로 뒤쫓고, 내달리고, 헤엄쳤다. 물가에 앉아만 있는 소년들에게 물을 튀기기도 했다. 첨벙대는 소리와 고함으로 사방이 요란했다. 강 전체가 하얗고 물에 젖어 매끈한 몸들로 반짝였다.

한 시간 뒤에 한스는 자리를 떴다. 물고기가 다시 입질하는 따뜻한 저녁 시간이 되었다. 저녁 먹을 때까지 다리 위에서 낚시질을 했지만 물고기는 한 마리도 잡히지 않았다. 낚싯대를 던질 때마다 물고기들이 극성맞게 달려들어 순식간에 미끼를 잡아챘다. 하지만 낚싯줄에 걸린 물고기는 한 마리도 없었다. 낚싯바늘에 끼운 버찌가 너무 크고 물렀던 모양이다. 한스는 나중에 다시 해야겠다고 마음먹었다.

한스는 저녁을 먹으며 꽤 많은 지인들이 축하하러 집에 들렀다는 소리를 들었다. 아버지가 오늘 나온 주간 신문을 보여 주었는데 '소식란'에 다음과 같은 기사가 났다.

'이번 신학교 초등 입학시험에 우리 시(市)는 단 한 명의 지원자, 한스 기벤라트만 보냈다. 기벤라트가 2등으로 합격했다는 기쁜 소식이 왔다.'

한스는 신문을 접어 주머니에 찔러 넣었다. 아무 말도 하지 않았지만 환희와 자부심으로 가슴이 벅차올랐다. 저녁을 먹고 나서 다시 낚시를 하러 갔다. 이번에는 미끼로 쓸 치즈 조각을 조금 가지고 왔다. 물고기들이 치즈를 좋아하는 데다 어스름 속에서도 잘 보이는 모양이었다. 한스는 낚싯대를 놔두고 아주 단순한 손낚시 도구만 가져갔다. 한스가 가장 좋아하는 방법이었다. 낚싯대와 찌 없이 줄만 손에 쥐고 낚싯줄과 바늘로만 낚는 법이었다. 힘이 좀 더 많이 들기는 했지만 그게 훨씬 재미있었다. 미끼의 아주 작은 움직임도 조절하고, 물고기가 미끼를 건드리고 무는 움직임을 고스란히 느끼면서 그 느낌으로 마치 눈으로 보는 것처럼 물고기를 관찰할 수 있었다. 물론 이 낚시질을 잘하려면 노련한 손가락과 스파이처럼 매섭게 살피는 눈이 있어야 했다.

굽이진 깊은 강의 좁은 골짜기에는 해가 빨리 졌다. 다리 밑으로 시커먼 물이 고요하게 흐르고 아래쪽 물레방앗간에는 벌써 불이 켜졌다. 다리와 골목길에서는 시끄러운 수다와 노랫소리가 흘러나왔고 저녁 공기는 약간 축축했다. 물속에서 시커먼 물고기들이 물 위로 연신 펄떡펄떡 튀어 올랐다. 공기가 축축한 저녁이면 물고기들이 유난히 흥분해서 갈지자로 잽싸게 돌아다니고 공중으로 튀어 오르기도 했다. 그런가 하면 낚싯줄에 몸을 부딪치며 미끼를 향해 맹렬하게 달려들기도 했다. 마지막 치즈 조각을 다 써버렸을 즈음 한스는 작은 잉어 네 마리를 잡았다. 이 잉어를 내일 목사에게 가져갈 생각이었다.

뜨뜻한 바람이 골짜기 아래로 불었다. 날이 아주 깜깜해졌지만 하늘은 아직 훤했다. 어둠이 짙게 깔린 도시에 밝은 하늘을 배경으로 교회탑과 성의 지붕만 시커먼 형체로 뾰족하게 솟아 있었다. 저 멀리 어디엔가 번개가 치는 모양이었다. 멀리서 가끔 천둥소리가 나지막이 들려왔다.

한스는 10시에 잠자리에 들었다. 머리며 팔다리가 아주 편안하고 노곤하게 잠이 왔다. 참으로 오랜만에 있는 일이었다. 앞으로 자유롭고 아름다운 긴 여름날이 한스의 앞에 매혹적으로 펼쳐져 위로를 안겨 줄 것이다. 여유롭게 빈둥거리기, 물놀이, 낚시, 몽상으로 보내는 나날이 이어지리라. 분한 것은 딱 한 가지, 1등을 하지 못한 것이었다.


아침 일찍부터 한스는 어제 잡은 물고기를 전하러 목사관 현관에 서 있었다. 목사가 서재에서 나왔다.

"오, 한스 기벤라트! 잘 잤니! 축하한다, 정말 축하해. 그런데 뭘 가지고 온 거니?"

"그냥 물고기 몇 마리예요. 어제 제가 잡았어요."

"아이, 뭘 이런 걸 다! 고맙다. 안으로 들어가자." 한스는 친숙한 목사의 서재로 들어갔다. 사실 그곳은 목사의 서재로 보이지는 않았다. 방에서는 꽃 화분 향도, 담배 냄새도 나지 않았다. 많은 장서가 모두 말끔하게 겉칠되고 금색의 새 표지로 싸여 있었다. 여느 목사의 도서관에서 보던 낡고 비틀리고 벌레 먹고 곰팡이로 얼룩진 장서가 아니었다. 자세히 들여다보면 가지런히 정리된 책 제목에서 새 사상을 다루었음을 알수 있었다. 존경스럽기는 하지만 사라져 가는 세대의 고리타분한 신사들이 소유한 낡은 서재의 책과는 달랐다. 여느 목사의 서재에 있는 훌륭한 장서들, 예컨대 벵겔, 외팅거, 슈타인호퍼[7]를 비롯해 시인 뫼리케가 〈탑 위의 풍향계〉에서 참으로 아름답게 묘사한 경건한 신앙을 노래한 가수들의 책은 빠져 있었다. 혹은 수많은 현대 작품 속에 파묻혀 보이지 않는지도 몰랐다. 특히 신문지 철, 서서 쓰는 높은 책상, 신문과 잡지들이 어지럽게 흩어져 있는 책상, 이 모든 것들이 학구적이고 진지한 분위기를 자아냈다. 한스는 목사가 공부를 많이 한다는 인상을 받았다. 물론 실제로 공부도 많이 했다. 하지만 설교, 교리 문답, 성경 공부는 연구서나 학문 잡지 기사처럼 목사가 저서를 집필하는 데 필요한 사전 연구 탓에 뒷전으로 밀려났다. 몽상적인 신비주의와 암시로 이루어진 깊은 명상은 이 방에서 추방되었다. 또한 학문 차원을 뛰어넘어 암울한 민중의 영혼을 사랑과 동정으로 어루만지는 소박한 감성 신학도 쫓겨났다. 대신 이 서재에서 목사는 성경 비판에 열심이었고 '역사적 그리스도'를 찾으려 노력했다.

---

7) Bengel, Ötinger, Steinhofer. 세 사람 모두 독일의 신학자이자 경건주의자다. 경건주의는 17세기 말 독일의 개신교가 교의와 형식에 치우치는 것에 반대하여 일어난 신앙 운동으로, 성경을 중심으로 한 개인의 영적 생활의 체험과 실천을 중요시하여 경건한 생활을 하자고 주장한 운동이다.

신학도 다른 분야와 마찬가지였다. 신학 중에는 예술에 해당하는 신학이 있는가 하면 학문에 해당하거나 적어도 사실 그대로를 추구하는 신학도 있었다. 그것은 예나 지금이나 마찬가지다. 학자들은 언제나 오래된 포도주를 새 자루에 옮기는 일을 게을리했다. 그러는 사이에 예술가들은 아무 생각 없이 몇몇 외적인 오류를 계속 고집하면서도 수많은 이들에게 위안과 기쁨을 주었다. 비평과 창작, 학문과 예술 간에 오랫동안 계속되어 온 불평등한 싸움이었다. 이 싸움에서 늘 학문 쪽이 이겼지만 그렇다고 해서 누군가에게 유익할 것도 없었다. 하지만 예술은 언제나 다시금 영원에 대한 예감과 사랑과 위로와 아름다움에 대한 믿음의 씨앗을 흩뿌렸고 언젠가는 또다시 좋은 토양을 발견해 왔다. 결국 삶이 죽음보다 더 강하고, 믿음이 의심보다 더 크기 때문이다.

한스는 처음으로 높은 책상과 창문 사이에 놓인 작은 가죽 소파에 앉았다. 목사는 지나치리만큼 친절했다. 친한 동료를 대하듯 한스에게 신학교에서 어떻게 생활하고 공부하는지 알려 주었다.

마지막으로 목사가 말했다. "네가 신학교에 들어가 겪을 새로운 일 중에 가장 중요한 게 신약 성경을 그리스어로 배우는 거다. 너에게 새로운 세계를 열어 줄 거야. 공부하는 만큼 기쁨도 커지지. 물론 처음에 그리스어를 익히느라 애를 먹지만 말이다. 그건 아테네식 그리스어가 아니라, 새로운 정신이 만들어 낸 새로운 어법의 그리스어란다."

한스는 주의 깊게 귀를 기울였다. 진정한 학문의 영양분을 얻는다는 기분에 마음이 뿌듯했다.

목사가 말을 이었다.

"학교라는 틀 안에서 새로운 세계를 접하게 되면 당연히 신세계의 매력이 약간 흐려질 게야. 또 신학교에서 우선 히브리어를 배우느라 많은 시간을 빼앗기게 된단다. 혹시 생각이 있다면 방학 동안에 우리가 그리스어 공부를 조금 시작해 볼 수도 있겠지. 그러면 신학교에 들어가서 다른 과목을 공부할 시간과 여력이 생겨서 좋을 게다. 나와 같이 누가복음을 두세 장 읽을 수도 있어. 그러면 그리스어를 놀듯이 수월하게 배우게 될 거야. 내가 사전을 빌려 주마. 하루에 한 시간씩, 많으면 두 시간씩 매일 읽어 나가면 돼. 더 이상은 필요 없어. 넌 지금 당연히 푹 쉬어야 하니까 말이다. 물론 단지 제안일 뿐이란다. 그 일로 네가 얻는 즐거운 방학을 망치고 싶지 않단다."

한스는 물론 그러겠다고 대답했다. 비록 누가복음 공부가 밝고 푸른 자유의 하늘에 떠오른 흐린 먹구름 같았지만 거절하려니 부끄러웠다. 그리고 방학에 새 언어를 배우는 것이 고된 일이라기보다는 즐거움에 더 가깝게 여겨졌다. 그렇지 않아도 신학교에 가서 배울 여러 가지 새로운 과목이 조금 걱정되던 참이었다. 특히 히브리어가 걱정이었다.

한스는 흡족한 기분으로 목사관에서 나와 낙엽송이 늘어선 길을 지나 숲으로 들어갔다. 아까 살짝 스쳤던 불만은 벌써 날아가 버렸다. 생각할수록 목사의 제안이 점점 더 괜찮아 보였다. 신학교에 가서도 동급생들보다 앞서려면 야망을 가지고 더 열심히 끈기 있게 공부를 해야 한다는 것을 잘 알고 있었다. 반드시 남보다 앞서고 싶었다. 그런데 대체 왜 그래야 할까? 스스로도 이유를 알지 못했다. 3년째 한스는 사람들의 주목을 받아 왔다. 선생, 목사, 아버지, 특히 교장이 격려와 자극으로 끊임없이 한스를 바짝 죄어 왔다. 3년이라는 긴 세월 내내 한스는 학년이 올라갈 때마다 의심할 바 없는 1등이었다. 점차 한스 스스로도 서서히 1등에 자부심을 느끼고 남들이 따라오는 것을 용납하지 못했다. 게다가 지금은 빌어먹을 시험에 대한 두려움도 다 지난 일이 되었다.

그래도 완전히 자유로운 방학을 누리는 게 제일 좋았다. 산책하는 사람이 아무도 없는 아침의 숲은 평소와 달리 얼마나 아름다운가! 끝없이 펼쳐진 넓은 터에는 겹겹이 늘어선 가문비나무들이 기둥처럼 우뚝 서서 푸른 잎으로 둥근 아치를 이루었다. 큰 나무 아래에 자라는 관목은 별로 없었다. 여기저기 무성한 나무딸기 덤불만 가끔 보였다. 대신 땅에 부드러운 이끼가 넓게 퍼져 있고 키 작은 월귤나무 덤불이 있고 에리카 꽃이 피어 있었다. 이슬은 이미 말라 버렸다. 화살처럼 곧게 뻗은 나무 사이로 숲속 아침의 독특한 습기, 햇볕의 따스한 온기, 이슬 향기, 이끼 냄새, 송진 냄새, 바늘같이 뾰족한 전나무 잎과 버섯 냄새가 달콤하게 어우러져 모든 감각이 마취되는 느낌이 들었다. 한스는 부드러운 이끼 바닥에 드러누워 다닥다닥 매달린 까만 월귤나무 열매를 따 먹었다. 여기저기에서 딱따구리가 나무둥치를 딱딱 쪼는 소리와 질투심 많은 뻐꾸기가 짝을 부르는 소리가 들렸다. 거무스레한 전나무 꼭대기 사이로 구름 한 점 없는 짙푸른 하늘이 엿보였다. 저 멀리까지 곧게 뻗은 나무둥치가 한없이 늘어서서 견고한 갈색 벽을 이루었다. 그 사이로 드문드문 눈부시게 빛나는 황금빛 햇살이 흩어져 내려 촉촉한 이끼 위로 따스한 무늬를 만들었다.

　　한스는 사실 긴 산책을 할 작정이었다. 적어도 뤼첼 농장이나 크로쿠스 초원까지 가려 했다. 그런데 지금 이끼에 드러누워 월귤나무 열매를 따 먹으며 멍하니 허공만 바라보고 있었다. 왜 이토록 피곤한지 의아했다. 예전에는 서너 시간을 걸어도 이렇게 피곤한 적은 한 번도 없었다. 한스는 가까스로 일어나 제대로 걸어 봐야겠다고 마음먹었다. 몇백 걸음을 걸었다. 그리고 곧 다시 드러누웠다. 몸이 왜 이럴까 이상하게 여기며 이끼에 편히 누워 숨을 돌렸다. 누운 채로 눈을 깜박이며 나무둥치와 나무 꼭대기와 녹색 이끼 바닥으로 이리저리 불안한 시선을 돌렸다. 숲속 공기가 사람을 이토록 피곤하게 만들다니!

점심때쯤 집에 돌아왔는데 머리가 또 지끈지끈 아파 왔다. 눈도 따가웠다. 숲속 비탈길의 햇빛이 너무 눈부셨다. 한스는 오후 반나절 동안 짜증을 내며 집에 틀어박혀 있었다. 강가에 나가 헤엄을 치자 다시 기분이 상쾌해졌다. 이제 목사에게 갈 시간이었다.

길을 가는데 작업장 창가에 놓인 세발 의자에 앉아 있던 구둣방 주인 플라이크가 한스를 보고 불렀다.

"애야, 어딜 가는 길이냐? 요즘 도무지 볼 수가 없구나!"

"지금 목사님에게 가야 해요."

"아직도 가? 시험은 이미 끝났잖아."

"네, 지금은 다른 공부를 해요. 신약 성경이요. 그리스어 성경인데 이번에는 제가 배웠던 것과는 완전히 다른 그리스어로 되어 있어요. 이제 그걸 배워야 해요."

구둣방 주인은 모자를 목덜미 쪽으로 젖혔다. 골똘히 생각에 잠긴 듯 이마에 굵은 주름이 잡혔다. 그는 한숨을 크게 내쉬었다.

"한스야." 구둣방 주인이 나지막하게 말했다. "내 말 좀 들어 봐라. 내가 지금까지는 시험 때문에 잠자코 있었다만 이제 너에게 한 가지 주의를 주어야겠다. 목사가 믿음이 없는 사람이라는 걸 기억해야 한다. 그자는 성경이 틀렸고 거짓된 내용이라고 말하며 너를 속일 게다. 그러니 목사와 같이 성경을 읽으면 너도 모르는 사이에 믿음을 잃게 될 게야."

"그런데요, 플라이크 아저씨, 그냥 그리스어를 배우는 거예요. 신학교에 가면 어차피 배워야 하니까요."

"넌 그렇게 말하겠지. 하지만 성경을 경건하고 학식 있는 선생에게 배우는 것과 사랑의 주님을 믿지 않는 사람에게 배우는 건 완전히 다른 일이란다."

"네, 하지만 목사님이 실제로 주님을 믿지 않는지는 알 수 없잖아요."

"그렇지 않아, 한스야. 유감스럽게도 다 알려진 사실이다."

"그러면 저는 어떻게 하죠? 벌써 공부하러 간다고 말했는데요."

"그렇다면 가야지. 당연하지. 하지만 목사가 성경을 두고 인간이 쓴 작품이라고 하거나, 거짓이고 성령으로 쓰인 게 아니라고 하면 당장 내게 오거라. 그리고 우리 같이 이야기를 해보자꾸나. 그렇게 하겠니?"

"네, 아저씨. 하지만 그렇게 나쁘지는 않을 거예요."

"두고 보면 안다. 내 말을 꼭 새겨들어라!"

목사는 아직 집에 없었다. 한스는 서재에서 기다려야 했다. 금박을 입힌 책의 제목들을 들여다보는 사이에 구둣방 주인이 한 말이 떠올랐다. 한스도 목사와 신식 생각을 가진 성직자들을 두고 그런 식으로 하는 말을 이미 수없이 들어 왔다. 하지만 이제 처음으로 그 일에 휘말리게 되었다. 긴장감과 호기심이 들었다. 아무튼 이 문제가 한스에게는 구둣방 주인처럼 그렇게 중요하고 끔찍하지는 않았다. 그보다 오히려 이곳에서 오래된 거대 비밀의 배후를 파헤칠 수 있다는 기분이 들었다. 어린 시절 학교를 다닐 때는 전지하신 하느님, 영혼의 존속, 악마와 지옥에 대한 의문으로 가끔 환상에 잠겨 골똘히 생각하기도 했다. 하지만 그 의문들은 모두 열심히 공부에 몰두하던 지난 몇 년 사이에 잠들어 버렸다. 학교에서 배운 기독교 신앙은 구둣방 주인과 대화를 할 때 가끔씩 한스의 개인 생활에서 되살아났을 뿐이다. 구둣방 주인을 목사와 비교하면 웃음만 나올 뿐이었다. 구둣방 주인이 혹독하고 힘든 세월에서 얻은 확고한 신앙을 소년 한스는 이해할 수 없었다. 게다가 구둣방 주인은 사리

분별은 하지만 단순하고 편협한 사람이라, 많은 사람들이 그의 독실한 경건주의 태도를 비웃었다. 기도 모임에서 그는 엄격한 재판관이자 권위 있는 성경 해석자를 자처했다. 또 주변 마을을 돌아다니며 기도 시간을 가지기도 했다. 하지만 그 외에는 일개 수공업자일 뿐 다른 사람들과 마찬가지로 시야가 좁았다. 반대로 목사는 노련한 연설가이자 설교자였다. 그뿐만 아니라 부지런하고 엄격한 학자이기도 했다. 한스는 존경하는 마음으로 서적들을 쳐다보았다.

목사는 곧 돌아왔다. 프록코트를 벗고 집에서 입는 가벼운 검은색 상의로 갈아입고 학생에게 그리스어로 된 누가복음을 내주며 읽어 보라고 했다. 라틴어 공부 때와는 완전히 달랐다. 두 사람은 단 몇 문장만 읽고 까다로운 단어를 해석했다. 이어 선생은 간단한 예시를 들면서 노련하고 유창하게 그리스어의 독특한 정신을 설명해 나갔다. 그리고 책이 생겨난 내력과 시대에 대해 이야기했다. 그렇게 단 한 시간 만에 목사는 소년에게 학습과 독서의 완전히 새로운 개념을 알려 주었다. 한스는 각각의 문구와 단어마다 어떤 비밀과 사명이 숨어 있는지, 수천 년에 걸쳐 수많은 학자와 사상가와 연구가들이 이런 문제를 풀기 위해 어떤 노력을 해왔는지 알 것 같았다. 또 자신이 이 시간에 진리를 찾는 사람들 가운데 하나가 된 듯하기도 했다.

한스는 사전과 문법책을 빌려 집에 돌아와서도 저녁 내내 공부했다. 앞으로 수많은 작업과 학습을 거쳐야 진정한 연구의 길로 들어갈 수 있음을 느꼈다. 자신도 그 길로 접어들어 어떤 걸림돌에도 굽히지 않겠다고 다짐했다. 그사이 구둣방 주인은 싹 잊어버렸다.

며칠간 이 새로운 학문이 한스를 완전히 사로잡았다. 한스는 저녁마다 목사에게 갔다. 진정한 학식은 더 아름답고 더 어렵고 더 노력할 가치가 있는 것 같다는 생각이 매일같이 들었다. 오전에는 일찍 낚시를 하러 가고, 오후에는 수영을 하러 갔다. 그밖에는 집에서 나오는 일이 드물었다. 시험에 대한 불안과 승리감 속에 깊이 가라앉아 있던 야망이 다시 들끓어 한시도 쉴 수 없었다. 동시에 지난 몇 달 동안 아주 빈번하게 떠오르던 이상한 생각도 다시 생겨났다. 그것은 고통이 아니었다. 오히려 승리감에 도취한 열렬한 충동이 맥박을 뛰게 했다. 엄청나게 흥분한 힘이 앞으로 나아가려는 맹렬한 욕망을 부채질했다. 물론 그런 후에는 머리가 지끈지끈 아팠다. 하지만 미열과 더불어 공부와 독서의 진도가 돌진하듯 쑥쑥 나아갔다. 그러자 평소에 15분씩 걸리던 크세노폰의 그 어려운 문장이 장난처럼 수월하게 읽혔다. 날카로운 이해력으로 매우 어려운 부분을 사전도 거의 쓰지 않고 술술 읽어 나갔다. 즐거웠다. 이렇게 점점 뜨거워지는 공부의 열기와 지식에 대한 목마름이 의기양양한 자의식과 합쳐졌다. 마치 학교와 선생과 학창 시절은 이미 오래전에 지나간 일이고, 지식과 능력의 정상으로 향하는 자신만의 길에 들어선 기분이었다.

그 기분이 다시 한스를 덮치면서, 그는 유난히 생생한 꿈을 꾸다가 자주 얕은 잠에서 깨곤 했다. 밤에 머리가 아파 깨어났다가 다시 잠이 들지 못할 때마다 앞으로 나아가려는 욕심에 조바심이 일었다. 그리고 자신이 얼마나 많은 학생들을 앞질렀고, 선생이며 교장이 얼마나 존중하는 눈빛, 아니 경탄하는 눈빛으로 자신을 쳐다보는지 생각하며 오만한 우월감에 빠졌다.

교장은 자신이 한스에게 일깨워 놓은 훌륭한 야망이 점점 커지는 모습을 지켜보는 일이 내심 즐거웠다. 선생들을 두고 인정도, 융통성도, 영혼도 없는 꽉 막힌 인간이라고 할 수는 없으리라! 아니, 천만에, 오랫동안 부진하던 아이가 재능을 뿜어내는 것, 긴 나무 칼, 새총, 활 따위의 아이들 장난감에서 손을 떼고 앞으로 발전하기 시작하는 것, 진지한 공부로 인해 젖살이 포동포동한 아이에서 섬세하고 진지해지다 못해 거의 고행하는 소년이 되는 것, 얼굴이 어른스러워지고 지적으로 바뀌며, 눈빛은 깊고 목표 의식에 뚜렷해지고, 손은 더 하얗고 차분해지는 것을 볼 때 선생의 정신은 환희와 자부심에 넘쳐 활짝 웃는다. 선생의 임무와 국가가 부여한 사명은 바로 어린 소년의 거친 힘과 본능적 욕구를 제어하고 뿌리 뽑은 후 그 자리에 국가가 인정하는 침착하고 절제된 이상을 심어 주는 일이다. 이와 같은 학교의 노력이 없었으면 현재 행복한 생활을 하는 시민과 성실한 관리들 중에서도 어떤 이들은 제어할 수 없이 돌진하는 개혁가 아니면 전혀 쓸데없는 생각만 하는 몽상가가 되었으리라! 아이들의 내면에 존재하는 거칠고 무질서하고 다듬어지지 않는 부분은 우선 파괴해야 한다. 위험한 불꽃은 먼저 끄고 밟아서 완전히 꺼뜨려야 한다. 자연이 창조한 그대로의 인간은 예측할 수 없고, 속을 들여다볼 수 없는 위험한 존재다. 자연의 인간은 미지의 산맥에서 터져 나오는 큰 강이자 길도 질서도 없는 원시림이다. 나무를 솎아 내 원시림을 트고, 정화하고, 강력하게 억제해야 하는 것처럼 학교는 자연의 인간을 깨부수고, 무찌르고, 강력하게 억제해야 한다. 학교의 사명은 자연의 인간을 정부에서 인정하는 법칙에 따라 유익한 사회 일원으로 만들고, 인간에 내재하는 특성을 일깨우는 것이다. 그런 다음 그 특성은 병영에서 세심한 양성을 거쳐 영예롭게 완성된다.

어린 기벤라트는 얼마나 훌륭하게 발전했는가! 실없이 돌아다니며 장난치는 일을 스스로 그만두고, 수업 시간에 쓸데없이 웃는 일도 결코 없었다. 정원을 가꾸고 토끼를 기르는 일도, 취미로 하는 낚시질도 알아서 그만두었다.

어느 날 저녁, 교장이 직접 기벤라트의 집에 찾아왔다. 교장은 살갑게 구는 아버지를 정중하게 물리치고 한스의 방에 들어갔다. 한스는 누가 복음을 읽고 있었다. 교장은 더없이 다정하게 인사를 건넸다.

"기벤라트, 다시 열심히 공부를 하다니, 참 기특하구나! 그런데 요즘 왜 통 모습을 보이지 않는 게냐? 매일 네가 오기를 기다렸다."

"일찍이 찾아뵙고 싶었어요. 하지만 교장 선생님께 실한 물고기를 가져다 드리고 싶어서 그만." 한스가 사과했다.

"물고기? 무슨 물고기 말이냐?"

"음, 잉어나 뭐 그런 거요."

"아, 그렇구나. 그럼 다시 낚시를 하니?"

"네, 아주 조금만 해요. 아버지가 낚시질을 해도 된다고 하셨어요."

"흠. 그렇구나. 낚시를 많이 좋아하냐?"

"네, 그럼요."

"좋아, 아주 좋아. 네가 방학을 제대로 보내는구나. 그런데 이제 혹시 공부를 좀 해볼 생각은 없니?"

"아, 물론이죠. 교장 선생님, 물론이에요."

"하지만 네가 생각이 없다면 절대 강요하고 싶지 않구나."

"정말로 공부하고 싶어요."

교장은 몇 번 숨을 크게 내쉬고 가느다란 턱수염을 쓰다듬으며 의자에 앉았다.

"얘, 한스야, 일이란 게 그렇단다. 오랜 경험으로 보면 시험에서 아주 뛰어난 성적을 거둔 후에 곧장 갑자기 뒤처지는 경우가 번번이 생긴단다. 신학교에 가면 여러 가지 새로운 과목을 배워야 해. 그런데 방학 때

미리 공부하는 학생들이 많이 있어. 대개 시험에서 우수한 성적을 내지 못한 아이들이 그렇지. 그런 학생들이 갑자기 정상에 오른단다. 그러면 방학 때 월계관을 받고 느긋하게 논 아이들이 대가를 치르게 되는 게지."

교장은 다시 한숨을 내쉬었다.

"우리 학교에서 넌 항상 수월하게 1등을 해냈다. 하지만 신학교에 가면 재능이 매우 뛰어나거나 공부를 아주 열심히 하는 다른 학생들을 만날 텐데, 그 애들은 그렇게 손쉽게 뛰어넘을 수가 없단다. 무슨 말인지 알아듣겠니?"

"아, 네."

"그래서 제안을 하려 한다. 방학 동안 미리 공부를 좀 해두렴. 물론 적당히 해야지! 넌 지금 충분히 쉴 권리와 의무가 있어. 하루에 한 시간이나 두 시간쯤 공부하면 적당할 것 같구나. 미리 해두지 않으면 금세 궤도에서 벗어나기 십상이야. 다시 서둘러 기차에 오르자면 몇 주일이나 걸리지. 네 생각은 어떠냐?"

"저는 벌써 마음의 준비가 되었어요. 교장 선생님께서 이렇게 좋은 뜻으로 말씀하시니……."

"좋아. 신학교에서는 히브리어 다음으로 특히 호메로스가 새로운 세계를 열어 줄 거다. 지금 미리 탄탄한 기초를 마련해 두면 호메로스를 읽을 때 두 배는 즐겁고 이해하기도 훨씬 쉬울 거야. 호메로스는 고대 이오니아 지방 방언을 썼는데, 그의 언어와 운율은 무척 독특하고 고유하단다. 그래서 호메로스의 작품을 제대로 즐기려면 노력을 들여 철저하게 공부해야 해."

한스는 물론 이 새로운 세계에도 들어가고 싶은 생각이 있었다. 그는 최선을 다하겠다고 약속했다. 하지만 문제는 그다음이었다. 교장은 헛

기침을 하면서 다정하게 말을 이었다.

"솔직히 말하자면, 수학 공부도 몇 시간 할 생각이 있다면 좋겠구나. 물론 네가 수학을 못하는 건 아니지만. 그래도 네가 아주 잘하는 과목은 아니었지. 신학교에 가면 대수학과 기하학을 시작해야 해. 그러니 조금 미리 공부해 두면 좋을 텐데 말이다."

"네, 알겠습니다. 교장 선생님."

"네가 우리 집에 와서 공부하는 건 언제나 환영이다. 물론 너도 잘 알겠지. 나로서는 네가 재능을 발휘하는 모습을 지켜보는 게 당연한 의무란다. 하지만 수학은 아버지에게 부탁해서 수학 선생님에게 개인 교습을 받게 해달라고 해라. 일주일에 서너 시간이면 될 것 같구나."

"네, 그럴게요. 교장 선생님."

공부는 다시 열렬한 전성기에 들어갔다. 어쩌다 한 시간쯤 낚시를 하거나 산책을 할 때면 한스는 매번 기분이 찜찜했다. 늘 수영을 하던 시간은 헌신적인 수학 선생님이 공부 시간으로 잡았다.

대수학 공부는 아무리 열심히 해도 즐겁지 않았다. 뜨거운 오후에 물놀이를 가는 대신 수학 선생의 후끈한 방으로 향했다. 몰려드는 모기들과 먼지로 탁한 공기 속에서 피곤한 머리와 바짝 마른 목소리로 a 더하기 b, a 빼기 b를 외는 것은 정말 고역이었다. 게다가 공기 중에는 한스를 마비시키고 억누르는 무언가가 감돌고 있었다. 기분이 좋지 않은 날에는 그것이 절망과 좌절로 변하기도 했다. 수학은 참 희한했다. 한스는 꽉 막히고 이해력이 떨어지는 학생이 결코 아니었다. 가끔 멋지고 훌륭한 해답을 찾아내 기쁘기도 했다. 한스는 수학이 좋았다. 수학에서는 오류와 속임수가 있을 수 없었다. 또 주제를 벗어나거나 거짓된 옆길로 빠질 가능성도 없었다. 똑같은 이유에서 한스는 라틴어도 무척 좋아했다. 명료하고 확실하고 뜻이 분명한 라틴어는 의심스러울 게 거의 없었기 때문이다. 그런데 수학에서는 모든 답이 맞더라도 사실 그 이상의 진정한 것은 전혀 나오지 않았다. 수학 공부를 하고 있으면 마치 평평한 길을 걸어가고 있는 기분이 들었다. 그러니까 항상 앞으로 나아가면서 어제는 이해하지 못한 내용을 오늘은 조금 더 이해하지만, 탁 트인 광경이 눈앞에 펼쳐지는 산 정상에는 절대로 오를 수 없는 것과 같았다.

교장에게 배우는 시간이 좀 더 활기찼다. 교장은 젊음의 생기가 넘치는 호메로스의 언어에서 매혹적이고 뛰어난 내용을 많이 끄집어낼 줄 알았다. 한편으로 목사 또한 신약 성경 속의 새로운 변종 그리스어에서 같은 일을 했다. 하지만 결국 호메로스가 더 나았다. 처음에 어려움을 넘기고 나면 곧 예기치 않은 놀라움과 즐거움이 생겨났다. 거부할 수 없는 매력이 계속 솟아나는 작품이었다. 한스는 비밀스럽고 아름다운 울림을 가진 어려운 시구(詩句)를 놓고 앉아 초조와 긴장에 부르르 떨기 일쑤였다. 허둥지둥 사전을 뒤적이며 고요하고 쾌적한 정원을 열어 줄 열쇠를 찾으려 안달했다.

또다시 숙제가 많아졌다. 저녁에도 또 책상에 앉아 밤늦도록 숙제에 매달려 있을 때마저 있었다. 아버지는 아들이 열심히 하는 모습을 뿌듯한 마음으로 지켜보았다. 아버지의 둔중한 머릿속에는 편협한 사람들이 가지는 이상, 자신의 출신에서 가지 하나가 자라나면서 간절한 마음과 존경심으로 우러러보던 높은 곳으로 쭉 뻗어 나가는 것을 보고 싶은 이상이 은연중에 살아 있었다.

방학 마지막 주에 들어서자 교장과 목사는 갑자기 다시 유난히 상냥하고 다정하게 마음을 썼다. 두 사람은 소년에게 산책을 나가라고 했다.

공부를 그만하라면서 활기차고 원기 왕성하게 새로운 인생의 길에 들어서는 게 얼마나 중요한지 강조했다.

한스는 낚시를 하러 몇 번 나가기도 했다. 머리가 많이 아파 제대로 집중하고 앉아 있을 수 없었다. 강은 이제 초가을의 파란 하늘빛을 담고 있었다. 한스는 사실 여름 방학을 왜 그리 기뻐했는지 알 수 없었다. 지금은 방학이 지나가고 완전히 다른 생활과 배움이 시작하는 신학교에 들어가는 게 오히려 기뻤다. 낚시질도 관심 밖의 일이 되어 물고기도 더 이상 거의 잡지 않았다. 아버지가 낚시에 대해 농담을 한 번 하자 한스는 낚시를 아예 그만두고 낚싯줄을 다락방 상자에 집어넣어 버렸다.

방학이 끝날 무렵에야 비로소 몇 주 내내 구둣방 주인 플라이크를 찾아가지 않았다는 생각이 났다. 지금도 내키지 않지만 한번 찾아가야 했다. 저녁이었다. 아저씨는 어린아이를 양 무릎에 하나씩 앉혀 놓고 거실 창가에 앉아 있었다. 창문을 열어 놨는데도 가죽과 구두약 냄새가 온 방에 진동했다. 한스는 어색해하며 크고 거친 아저씨의 오른손을 잡았다.

"그래, 요즘 어떻게 지내냐? 목사님에게서 열심히 배웠니?" 구둣방 주인이 물었다.

"네, 매일 가서 많이 공부했어요."

"무슨 공부?"

"주로 그리스어였지만 다른 것도 배웠어요."

"그래서 나에게는 아예 오고 싶지 않았구나?"

"오고는 싶었어요. 하지만 플라이크 아저씨, 그럴 겨를이 없었어요. 매일 목사님과 한 시간씩, 교장 선생님과 두 시간씩 공부해야 했고 수학 선생님에게 일주일에 네 번씩 가야 했거든요."

"방학인데? 그런 터무니없는 일이 있나!"

"모르겠어요. 선생님들이 그러라고 하셨어요. 그리고 뭐, 공부는 어렵지 않아요."

"그렇겠지." 플라이크가 소년의 팔을 잡았다. "공부하는 건 좋아. 그런데 팔이 대체 이게 뭐냐? 얼굴도 무척 여위었구나. 머리는 아직도 아프니?"

"가끔 아파요."

"말도 안 된다. 한스, 이건 죄악이야. 네 나이에는 신선한 공기를 많이 쐬고, 운동도 충분히 하고, 푹 쉬어야 해. 대체 무엇 때문에 방학이 있는 게야? 방에 처박혀 공부하라고 있는 게 아니지. 정말 살가죽밖에 없구나!"

한스는 하하 웃었다.

"넌 분명 고난을 잘 헤쳐 나갈 거다. 하지만 지나친 건 지나친 거야. 그런데 목사님에게서 배운 건 어땠니? 무슨 말을 하시던?"

"여러 가지 이야기를 하셨어요. 하지만 나쁜 이야기는 전혀 없었어요. 목사님은 정말 엄청나게 많은 걸 아시던데요."

"성경을 모독하는 이야기를 전혀 하지 않았다고?"

"네, 한 번도 그런 적 없어요."

"잘 되었구나. 왜냐하면 말이다, 영혼에 해를 입는 것보다 육체가 열 번 상하는 편이 더 낫기 때문이야! 너는 나중에 목사가 될 거다. 값지고도 어려운 직무란다. 사실 목사직은 대부분 너희들처럼 어린 사람들보다는 다른 사람들에게 맞는 일이야. 하지만 너는 자격이 있는 것 같다. 언젠가는 영혼을 돕고 가르치는 사람이 될 수 있을 게다. 네가 그렇게 되기를 진심으로 바라고 기도하마."

구둣방 주인은 일어나 두 손으로 소년의 어깨를 꽉 잡았다.

"한스야, 잘 가라. 늘 선량한 사람으로 남으렴! 주님께서 은총을 베풀고 보호하시기를, 아멘."

엄숙한 말투와 기도, 방언이 섞이지 않은 표준어에 소년은 움츠러들고 불편해졌다. 목사는 작별할 때 그러지 않았다.

떠날 준비와 작별 인사로 어수선한 며칠이 빠르게 지나갔다. 침구와 옷가지, 속옷과 책을 넣은 짐은 미리 부쳤고 이제 여행 가방을 쌌다. 서늘한 아침, 아버지와 아들은 마울브론으로 출발했다. 고향을 떠나고 아버지의 집에서 나와 낯선 학교에 들어가려니 기분이 묘하면서도 무거웠다.

3장

Kein einziger dachte daran,
daß er heute sein Kind gegen einen Geldvorteil verkaufe.
부모들 가운데 단 한 사람도 오늘 금전적 이익 때문에
자식을 팔았다고는 생각하지 않았다.


　주의 북서쪽, 나무가 우거진 언덕과 고요하고 작은 호수 사이에 시토
교단의 마울브론 수도원이 있다. 아름다운 옛 건물이 오래도록 견고하
게 잘 유지되어 웅장하게 서 있는 곳이다. 매혹적인 거주지처럼 보이는
수도원은 외관과 내부가 모두 화려하고, 아름답고 푸른 주위 환경과 어
우러져 고귀하고 경건하게 수백 년 동안 이어져 왔다. 수도원을 방문한
사람은 높은 담장에 난 그림처럼 아름다운 정문을 지나 넓고 조용한 뜰
에 들어선다. 뜰에는 분수가 솟고 그 곁에 오래된 나무들이 엄숙하게 서
있다. 양쪽에는 긴 세월을 견딘 견고한 옛 석조 건물들이 있다. 뒤쪽 정

면에는 '천국'이라 불리는 후기 로마네스크 양식의 본당이 있다. 그 우아하고 매혹적인 아름다움은 비할 데가 없다. 거대한 교회 지붕에는 바늘 같이 뾰족하고 작은 탑이 익살스럽게 서 있다. 그 작은 탑이 어떻게 무거운 종의 무게를 견뎌 내는지는 알 수 없다. 오랜 세월을 꿋꿋이 버텨 낸 회랑은 그 자체가 아름다운 작품이고, 아름다운 분수가 흐르는 예배당을 보석처럼 품고 있다. 그뿐 아니라 힘차고 우아한 십자형의 둥근 지붕이 있는 성직자 식당, 또 예배실 하나, 담화실, 평신도 식당, 수도원장 관사, 그리고 교회당 두 채가 어우러져 웅장함을 자랑한다. 그림처럼 아름다운 담장, 돌출된 창, 정문, 작은 정원, 물레방아, 숙소 들이 육중하고 오래된 건축물을 아늑하고 활기차게 장식하고 있다. 넓고 텅 빈 앞뜰은 고요히 꿈속에 잠겨 나무 그림자와 어울려 놀고 있다. 정오가 지난 시간에만 잠시 여기에 활기 같은 것이 돈다. 수도원에서 쏟아져 나온 젊은이들이 넓게 흩어져 운동하고 외치고 대화하고 웃음을 나누고 공도 차면서 놀다가 휴식 시간이 지나면 담장 뒤로 자취도 없이 사라진다. 이미 많은 사람들이 이 앞뜰에서 이곳이야말로 진실한 인생과 기쁨을 위한 장소라는 생각을 했다. 넘치는 생동감과 행복이 자라나는 장소, 성숙하고 선량한 사람들이 즐거운 생각을 해내고 밝고 아름다운 작품을 창조하는 곳이라 믿었다.

오래전부터 산등성이와 숲 뒤에 숨어 세상과 동떨어져 있던 이 신성한 수도원은 개신교 신학생들을 받아들였다. 아름답고 평온한 환경이 감수성이 예민한 젊은이들을 둘러쌌다. 동시에 도시와 가족생활의 산만함에서 오는 영향에서 벗어날 수 있고, 해로울 수 있는 현실 생활을 보지 않아도 되는 곳이었다. 그럼으로써 소년들은 수년 동안 히브리어와 그리스어를 포함해 기타 과목들의 공부를 진정한 인생의 목표로 둘

수 있었다. 또 젊은 영혼들의 갈증을 모두 순수하고 이상적인 학문에 바칠 수 있었다. 거기에 또 한 가지 중요한 요소가 자기 규율과 공동체 의식을 기를 수 있는 기숙사 생활이었다. 신학생들의 생활과 공부를 지원하는 재단은 학생들이 장래에 어느 때든 인정받을 수 있는 특별한 정신을 가진 사람으로 크도록 신경을 썼다. 그것은 정교하고 확실하게 도장을 찍는 일과 다름없었다. 드물게 학교를 뛰쳐나가는 몇몇 거친 학생들을 제외하고, 슈바벤 신학교 학생들은 모두 평생토록 신학교 출신이라는 인정을 받을 수 있었다.

입학할 때 어머니와 같이 수도원 신학교에 들어온 학생은 평생 그날을 고마움과 미소가 절로 번지는 감동으로 기억할 것이다. 한스 기벤라트는 거기에 해당하지 않아서 아무런 감동 없이 지나갔다. 하지만 다른 수많은 어머니들을 유심히 지켜보면서 특별한 인상을 받았다.

이른바 '도르멘트'라고 불리는 벽장이 죽 늘어선 넓은 복도에 방석과 바구니가 여기저기 놓여 있었다. 부모와 같이 온 소년들은 가지고 온 짐을 모두 풀어 정리하느라 부산했다. 학생들 모두 번호가 있는 옷장을 배정받고, 공부방에서 쓰는 번호가 달린 책꽂이도 하나씩 받았다. 아들과 부모는 바닥에 무릎을 꿇고 앉아 짐을 풀었다. 조교는 그 사이를 군주처럼 어슬렁거리며 여기저기 선의의 조언을 했다. 다들 옷을 활짝 펼치고 셔츠를 접고 책을 꽂고 장화와 슬리퍼를 가지런히 놓았다. 모든 학생들이 가진 물건은 대개 비슷비슷했다. 최소한의 속옷 가짓수와 그 밖의 생활필수품 목록이 미리 정해져 있었기 때문이다. 소년들은 자신의 이름을 새긴 양철 세숫대야를 꺼내 큰 세면장에 두고 그 옆에 해면과 비눗갑과 빗과 칫솔을 놓았다. 그뿐만 아니라 학생들마다 전등과 석유통과 식사 도구도 가지고 왔다.

소년들은 너 나 할 것 없이 모두 흥분해서 바쁘게 움직였다. 아버지들은 빙그레 웃으며 서 있거나 도와주려 하면서도 자꾸만 회중시계를 들여다보았다. 아무튼 아버지들은 꽤나 지루해하면서 꾹 참으려 애썼다. 하지만 어머니들은 일하는 데 온통 마음을 쏟았다. 옷가지와 속옷을 하나하나 손에 들고 구겨진 주름을 쫙 펴고, 끈을 제대로 풀고 나서 옷장 안에 최대한 단정하고 실용적으로 쓸 수 있도록 조심스레 나누어 넣었다. 그러면서 다정하게 주의를 주고 조언을 덧붙였다.

"새 셔츠는 특히 조심히 다루렴. 3마르크 50페니히[8]나 주고 산 거야."

"빨래는 한 달에 한 번씩 기차 편으로 보내. 급하면 우편으로 부치렴. 검은 모자는 일요일에만 쓰는 거야."

풍만하고 포근해 보이는 부인이 높은 상자 위에 앉아 아들에게 단추 꿰매는 법을 알려 주고 있었다.

"집이 그리우면 언제든 편지를 보내렴. 어쨌든 크리스마스까지 얼마 남지도 않았잖아." 다른 쪽에서 이런 소리가 들렸다.

아직도 꽤 젊고 예쁜 부인이 사랑스러운 아들의 꽉 찬 옷장을 훑어보며 속옷과 상의와 바지를 어루만지듯 쓸었다. 옷을 만지고 나서는 어깨가 크고 포동포동한 아들을 쓰다듬기 시작했다. 아들은 부끄러워 당황스럽게 웃으며 피하려 했다. 그리고 나약해 보이지 않으려고 두 손을 주머니에 찔러 넣었다. 작별은 아들보다 어머니가 더 힘들어하는 것 같았다.

다른 경우는 반대였다. 아들들은 정리를 하는 어머니들을 물끄러미 쳐다보고 있었다. 당황스러워하는 아들들의 눈빛은 엄마와 같이 다시 집으로 돌아가고 싶은 듯 보였다. 모든 학생들이 이별의 두려움과 갑자

---

8) Pfennig. 독일 화폐 단위로, 1페니히는 100분의 1 마르크이다.

기 북받치는 애정과 애착의 감정을 남이 볼까 부끄러워하며 자신이 씩씩하다는 반항적인 자부심으로 힘겹게 싸우고 있었다. 금방이라도 울음을 터뜨릴 듯한 소년들도 억지로 덤덤한 표정을 짓고 아무렇지도 않은 척 행동했다. 그 모습에 어머니들은 미소를 지었다.

거의 모든 소년들이 생활필수품 외에도 사과 자루, 훈제 소시지, 과자 상자와 같은 몇 가지 사치품을 짐에서 꺼냈다. 스케이트를 가지고 온 소년들도 많았다. 작은 덩치에 암팡진 소년은 커다란 햄을 통째로 가지고 있어서 큰 주목을 끌었다. 그 소년도 그것을 전혀 숨기려 하지 않았다.

어떤 소년이 집에서 곧바로 왔고, 어떤 소년이 이미 다른 기관이나 기숙 학교에 있다가 왔는지 금세 구별이 갔다. 하지만 기숙사 경험이 있는 소년들도 흥분과 긴장감에 휩싸여 있기는 마찬가지였다.

기벤라트 씨는 아들이 짐을 푸는 것을 능숙하게 도우며 요령 있게 행동했다. 그는 다른 사람들보다 더 일찍 일을 마친 뒤 한스와 나란히 지루해하며 서 있다가 하릴없이 주위를 둘러보았다. 여기저기에서 지도와 주의를 주는 아버지들, 위로와 조언을 하는 어머니들, 위축되어 가만히 듣고 있는 아들들을 지켜보던 기벤라트 씨는 자신도 아들 한스에게 인생의 길을 가는 데 필요한 중요한 조언을 하는 게 좋을 것 같았다. 기벤라트 씨는 한참 생각한 끝에 옆에서 잠자코 있는 아들에게 슬그머니 어색하게 다가갔다. 아버지가 갑자기 굉장히 엄숙한 말투로 시화집을 읊는 듯 온갖 미사여구를 늘어놓는 바람에 한스는 어리둥절했다. 옆에 서 있던 목사가 아버지의 말을 듣고 우스워서 씩 웃는 모습을 보기 전까지 가만히 듣고만 있었다. 부끄러워진 한스는 아버지를 옆으로 잡아당겼다.

"그러니까 네가 우리 집안을 명예롭게 해주겠지? 또 어른들의 말씀을 잘 들어야지?"

"네, 물론이에요." 한스가 말했다.

아버지는 입을 다물고 홀가분하게 숨을 내쉬었다. 아버지는 또 지루해지기 시작했다. 한스도 꽤나 썰렁한 기분이 되었다. 곧 불안한 호기심으로 창 너머 고요한 회랑을 내려다보았다. 고풍스럽고 은둔적인 기품과 고요함이 감도는 회랑은 이곳 위쪽에 소란스러운 아이들의 생기 넘치는 삶과 두드러진 대조를 보였다. 곧 한스는 수줍어하며 분주하게 움직이는 동급생들도 지켜보았다. 그중에 아는 아이는 아무도 없었다. 슈투트가르트에서 만났던 괴핑겐 출신 수험생 동료는 유창한 라틴어 실력에도 합격하지 못했는지 보이지 않았다. 한스는 그 아이 생각을 금방 접고 미래의 친구들을 쳐다보았다. 전체적으로 소년들이 갖춘 준비물의 종류와 가짓수가 비슷하다 해도 농부의 아들과 도시의 아들, 잘사는 집 아들과 가난한 집 아들을 쉽게 구분할 수 있었다. 부잣집 아들은 물론 신학교에 오는 경우가 드물었다. 부모의 자부심이나 신중한 견해 때문이기도 하고, 아이들의 재능 때문이기도 했다. 하지만 여전히 교수와 고위 관리들은 자신이 보낸 수도원 생활을 기억하고 자식을 마울브론으로 보내곤 했다. 그래서 40명 가량의 소년들이 입은 검은색 상의는 옷감과 재단이 가지각색으로 달랐다. 더 나아가 소년들의 태도와 방언과 거동에서 더 큰 차이가 보였다. 뻣뻣한 팔다리에 바짝 마른 슈바르츠발트 출신, 밝은 금발에 입이 크고 건강해 보이는 알프스 지방 출신, 활동적이고 자유롭고 명랑한 저지대 출신도 있었다. 그리고 뾰족한 장화를 신은 세련된 슈투트가르트 출신도 있었는데, 이들은 세련된 방언이라고 할 수 있는 약간 되바라진 언어를 썼다. 이 꽃다운 나이의 소년들 가운데 약 5분의 1이 안경을 쓰고 있었다. 우아해 보일 정도로 가냘픈 슈투트가르트 출신의 응석받이 약골 아이는 **빳빳**한 고급 펠트 모자를 쓰고 품위 있는 태도를 보였다. 하지만 소년은 그 특이한 장식품 때문에 첫날부터 벌써 짓궂은 아이들이 자신을 놀리고 때려 주려고 벼르고 있다는 사실을 전혀 알지 못했다.

주의 깊은 관찰자라면 지금 이 겁먹은 소년들의 무리가 주의 청소년들 중에서 잘못 선발되지 않았음을 잘 알 수 있을 것이다. 멀리서도 주입식 교육을 받았음을 금방 알아차릴 수 있는 평범한 머리를 가진 아이들 외에, 매끈한 이마 속에 더 높은 인생에 대한 꿈이 아직 반쯤 잠자고 있는 섬세한 정신을 가진 아이들도 있고, 반항적이고 다부진 녀석들도 있었다. 어쩌면 영민하고 고집 센 슈바벤 두뇌들 중에 몇 명은 세월이 흘러 큰 세상으로 나갈 것이다. 그들은 건조하고 완고한 생각을 새롭고 강력한 체제의 중심으로 만들 수도 있을 것이다. 슈바벤 사람들은 잘 교육받은 신학자들을 슈바벤 지방과 세상에 내놓았을 뿐만 아니라 전통적으로 철학적 사고 능력에 대한 자부심도 있었다. 그래서 이곳에서 이미 여러 번 유명한 예언자나 이단자들이 나왔다. 결실이 풍요로운 이 슈바벤 지방은 비록 정치적 전통에서는 다른 주에 비해 크게 뒤떨어졌지만 적어도 신학과 철학의 정신 영역에서는 여전히 세상에 확고한 영향력을 행사해 왔다. 그뿐만 아니라 이 지방 사람들에게는 오래전부터 아름다운 형식과 몽상적인 시를 좋아하는 경향이 있어서 때로는 이름 있는 시인과 작가들도 나왔다.

외형상으로는 마울브론 신학교의 시설과 관습에서 슈바벤 지방의 특색을 전혀 느낄 수 없었다. 오히려 수도원 시절부터 이어진 라틴어 이름표 옆에 고전적 이름표가 새로이 부착되었다. 학생들이 배정받은 방의 이름은 '포룸', '헬라스', '아테네', '스파르타', '아크로폴리스'였다. 마지막에 있는 가장 작은 방 이름이 '게르마니아'였는데, 그 이름을 기반으로 게르만 민족의 현재에서 로마와 그리스의 이상을 추구할 가능성을 찾는 것 같았다. 하지만 그것 역시 외형적인 모습일 뿐이었고 실제로는 히브리어로 된 이름이 더 잘 어울렸을 것이다. 아무튼 재미난 우연인지 아테네 방으로는 마음이 관대하고 말솜씨가 뛰어난 학생이 아니라 고지식하고 지루한 학생들이 몇 명 들어갔다. 스파르타 방에는 전사나 고행자들이 아닌 쾌활한 소년들과 뻔뻔한 녀석들이 더러 들어갔다. 한스 기벤라트는 동급생 아홉 명과 함께 헬라스 방을 배정받았다.

저녁에 한스는 처음으로 아홉 아이들과 같이 서늘하고 휑한 침실에 들어가 좁은 학생 침대에 누웠다. 기분이 이상했다. 천장에 큰 석유등이 달려 있었다. 붉은 석유등 불빛 밑에서 옷을 벗고, 10시 15분에 조교가 불을 껐다. 이제 아이들은 옆으로 나란히 누웠다. 옷은 두 침대 사이에 있는 작은 의자에 걸쳐 놓았다. 기둥에 길게 늘어진 줄에는 아침 종이 매달려 있었다. 소년들 중에 두셋은 벌써 서로 아는 사이인지 조심스레 소곤거리다 곧 조용해졌다. 다른 소년들은 아직 서먹해서 각자 약간 짓눌린 마음으로 쥐 죽은 듯 침대에 누워 있었다. 잠이 든 소년들은 깊은 숨소리를 냈다. 개중에 잠을 자면서 팔을 쳐드는 소년이 있는지 리넨 이불이 버석거렸다. 아직 깨어 있는 소년들은 아주 조용하게 누워 있었다. 한스는 오랫동안 잠들지 못했다. 옆 사람의 숨소리에 귀를 기울이고 있는데, 그 옆 사람 다음 침대에서 무섭게도 이상한 소리가 들렸다. 그 침대에 누운 소년이 이불을 머리까지 뒤집어쓰고 울고 있었다. 멀리서 들리는 것 같은 나지막한 흐느낌에 한스는 기분이 이상해졌다. 집은 그립지 않았지만 작고 조용한 자신의 방이 그리웠다. 미지의 새 미래와 많은 동급생들이 무섭고 두렵기도 했다. 아직 자정이 되지 않았지만 여전히 깨어 있는 소년들은 하나도 없었다. 옆으로 나란히 누운 소년들은 줄무늬 베개에 뺨을 대고 잠이 들었다. 슬퍼하는 아이, 반항적인 아이, 활발한 아이, 소심한 아이, 모두들 달콤한 휴식과 망각 속에 깊이 빠졌다. 오래된 뾰족한 지붕과 탑, 돌출된 창, 고딕식 첨탑, 담벼락과 끝이 뾰족한 아치형 회랑 위로 창백한 반달이 떠올랐다. 달빛은 기둥을 장식한 돌림띠와 문턱을 비추고, 고딕식 창과 로마네스크 양식의 정문으로 흘러 들어와 회랑에 있는 크고 우아한 분수의 물 받침대 안에서 여린 금빛으로 잔잔히 떨렸다. 헬라스 방 침실의 세 창문으로도 노란 달빛 줄기가 들어와 점점이 빛 자국을 만들었다. 그렇게 달빛은 예전에 한때 잠든 수도사들 옆에 머물렀듯 지금 잠든 소년들의 꿈 옆에 가만히 내려앉아 있었다.

　다음 날, 예배당에서 입학식이 있었다. 선생들은 프록코트를 입고 서 있고, 교장이 축하 연설을 했다. 학생들은 생각에 잠겨 몸을 구부린 채 의자에 앉아 있었다. 이따금 뒤돌아보며 뒤편에 앉은 부모들을 힐끔거리기도 했다. 어머니들은 깊은 생각에 잠겨 아들들을 바라보며 미소를 띠었다. 똑바로 서서 교장의 연설을 듣는 아버지들의 모습은 사뭇 진지하고 단호해 보였다. 뿌듯한 자긍심과 아들을 기특해하는 마음과 아름다운 희망으로 가슴이 벅차올랐다. 부모들 가운데 단 한 사람도 오늘 금전적 이익 때문에 자식을 팔았다고는 생각하지 않았다. 마지막으로 이름이 하나씩 불리면 학생들은 앞으로 나가 교장과 악수를 했다. 지금부터 학생들은 잘 성장할 경우 인생이 끝날 때까지 국가의 보호와 지원을 받게 되었다. 하지만 그것이 공짜로 주어지는 게 아니라는 생각을 하는 학생들은 아무도 없었다. 물론 아버지들도 마찬가지였다.

학생들에게 더욱 진지하고 감동이 뭉클 일어나는 순간이 왔다. 이제 아버지, 어머니와 작별해야 할 때였다. 일부는 걸어서, 일부는 우편 마차를 타고, 일부는 가까스로 잡은 차량에 서둘러 올라타고 남겨진 아들들의 눈빛을 뒤로한 채 떠났다. 온화한 9월의 공기 속에 손수건이 한참이나 흔들렸다. 마침내 떠나는 부모들이 숲에 가려졌다. 이제 아들들은 생각에 잠긴 채 묵묵히 돌아서서 수도원으로 돌아왔다.

"자, 부모님들께선 떠나셨다." 조교가 말했다.

학생들은 서로 쳐다보고 인사를 하며 우선 같은 방을 쓰는 동료들과 어울리기 시작했다. 잉크병에 잉크를 넣고 등잔에는 기름을 채우고 책과 공책을 정리하며 새로운 방에 익숙해지려 했다. 또한 서로를 호기심 있게 쳐다보며 대화를 나누기 시작했다. 고향과 지금까지 다닌 학교에 대해 묻고 다 같이 진땀을 흘렸던 주 시험을 떠올렸다. 책상 주위에 수다스러운 무리가 모이고 여기저기서 쾌활한 소년들의 웃음소리가 터져나왔다. 저녁이 되자 같은 방 학생들은 이미 선박 여행의 막바지에 이른 승객들보다 서로를 훨씬 더 많이 알게 되었다.

한스와 같이 헬라스 방에 배정된 아홉 동료들 중에 네 명이 조금 독특하고, 나머지는 대체로 평범한 축에 들었다. 제일 먼저 슈투트가르트 대학교수의 아들인 오토 하르트너는 재능이 많았다. 침착하고 자신감에 넘치는 태도도 나무랄 데가 없었다. 게다가 어깨가 넓은 당당한 체격에 옷도 잘 입었는데, 그의 확고하고 당당한 모습이 같은 방의 아이들에게 깊은 인상을 남겨 주었다.

이어 알프스의 작은 지방 학교 출신인 카를 하멜이 있었다. 하멜과 안면을 트는 데는 조금 시간이 걸렸다. 종잡을 수 없는 모순투성이에다 냉담한 척하는 태도에서 벗어나는 일이 좀체 없었기 때문이다. 그러다가

느닷없이 열정적으로 변해 기분에 들뜨면 난폭하게 굴기도 했지만, 그런 태도는 오래가지 않고 곧 다시 속으로 숨어들었다. 이러한 성향 때문에 카를이 조용히 지켜보는 관찰자인지 그저 마음을 숨기는 음흉한 아이인지 분간할 수 없었다.

성격이 그리 복잡하지는 않았지만 눈에 띄었던 헤르만 하일너는 슈바르츠발트 지방의 부유한 집 아들이었다. 첫날부터 하일너가 시인이자 문예가라는 것을 알 수 있었다. 그가 주 시험에서 6운각으로 작문을 했다는 소문이 쫙 퍼져 있었다. 그는 활기차게 말을 많이 했고 훌륭한 바이올린을 가지고 있었다. 표면에 나타나는 성격은 미성숙한 청소년기의 감상과 무분별이 뒤섞여 있었다. 하지만 깊은 내면을 보는 능력도 있었다. 몸과 정신이 또래보다 성숙한 하일너는 이미 나름대로 자신의 길에 접어들기 시작했다.

헬라스 방에서 가장 특이한 소년은 에밀 루치우스였다. 옅은 금발의 이 소년은 비밀스러운 구석이 있고, 늙은 농부처럼 끈기 있고 성실하며 무미건조했다. 체격과 모습은 아직 미숙하면서도 어딘가 소년 같아 보이지 않았다. 그에게는 더 이상 변화될 게 없을 듯한 어른스러운 면이 있었다. 입학 첫날부터 다른 아이들이 지루해하거나 수다를 떨면서 익숙해지려 애쓰고 있을 때 그는 조용하고 침착하게 앉아 문법책을 펼쳐놓고 있었다. 손가락으로 귀를 틀어막고 열심히 공부하는 모습이 마치 잃어버린 세월을 되찾으려는 것 같았다.

시간이 흘러 베일이 조금씩 조금씩 벗겨지자, 이 조용한 괴짜의 본성이 매우 교활한 구두쇠에 이기주의자라는 사실이 드러났다. 그런데 그런 악덕조차 얼마나 완벽한지 아이들은 오히려 일종의 존경심을 느끼거나 적어도 눈감아 줄 수 있을 정도였다. 루치우스의 절약하는 방법과 이익을 얻는 갖가지 방법이 아주 서서히 드러나면서 아이들의 놀라움을 자아냈다. 그런 행동은 아침에 일찍 일어나면서부터 시작되었다. 루치우스는 제 물건을 아끼기 위해 세면장에 가장 먼저 나타나거나 가장 늦게 나타나서 다른 학생의 수건을 썼다. 가능하면 비누도 다른 아이들 것을 썼다. 그렇게 해서 루치우스는 항상 자신의 수건을 두 주일 또는 그 이상으로 깨끗하게 유지할 수 있었다. 하지만 수건은 일주일마다 한 번씩 새것으로 교체하는 게 규칙이었다. 월요일 아침마다 조교가 수건이 교체되었는지 점검했다. 그래서 루치우스도 월요일마다 일찌감치 새 수건을 번호가 적힌 못에 걸어 두었다. 하지만 점심때 쉬는 시간이 되면 새 수건을 다시 걷어 깔끔하게 접어 상자에 집어넣은 뒤 상태가 아직 괜찮은 수건을 되걸어 놓았다. 그의 비누는 딱딱하고 내놓는 일도 드물어서 한 개를 가지고 여러 달을 버텼다. 그렇다고 해서 에밀 루치우스가 용모를 단정히 하는 일을 게을리한 것은 결코 아니었다. 항상 말쑥한 모습을 보였다. 가느다란 금발은 세심하게 빗질해 가르마를 탔고, 속옷과 겉옷도 깨끗하게 유지했다.

루치우스의 절약은 세면장에서 아침 식사로 이어졌다. 아침 식사는 커피 한 잔, 각설탕 한 조각, 빵 한 개가 전부였다. 대부분 학생들은 그것으로 충분치 않았다. 한창때 청소년들이 여덟 시간 잠을 자고 나면 아침에 배가 무척 고프기 마련이었다. 루치우스는 매일 받는 각설탕 한 조각을 먹지 않고 아껴 두었다가, 항상 구매자들에게 설탕 두 조각에 1페니히, 스물다섯 조각에 공책 하나로 쳐서 팔았다. 저녁에는 비싼 기름을 아끼려고 다른 아이의 불빛 옆에서 공부하는 것을 당연하게 여겼다. 그런데 루치우스는 가난한 집 아들이 아니라 사실 꽤 넉넉한 집안 출신이었다. 오히려 몹시 가난한 집 아이들이 경제관념이 없거나 아낄 줄을 몰랐다. 그들은 항상 가진 것보다 더 많이 쓰고 대부분 저축할 줄 몰랐다.

에밀 루치우스는 자신의 경제 방식을 소지품과 손에 넣을 수 있는 물건에만 한정하는 것이 아니라 정신의 왕국에까지 뻗쳐 자신의 장점을 발휘해 최대한 이익을 얻어 내려 했다. 매우 영리한 그는 모든 정신적 자산이 상대적 가치를 가진다는 사실을 결코 잊지 않았다. 그래서 나중에 시험에서 좋은 성적을 거둘 수 있는 과목만 집중해 공부했다. 나머지 과목들은 적당히 평균을 유지하는 것으로 만족했다. 루치우스는 자신이 배우고 얻는 성적을 항상 같은 신학생들의 성적에 기준을 두고 거기에 맞추었다. 두 배로 많이 아는 2등이 되느니 차라리 절반만 아는 1등이 되자는 식이었다. 그래서 다른 학생들이 저녁에 놀이나 독서를 하면서 시간을 보낼 때 그는 조용히 앉아 공부했다. 다른 학생들이 떠드는 소리에 조금도 방해를 받지 않았다. 때로 부러운 기색은커녕 오히려 즐거운 눈빛으로 아이들을 쳐다보기도 했다. 다른 학생들도 모두 공부를 한다면 자신의 노력이 그만큼 티가 나지 않을 것이기 때문이다.

이 근면한 노력가의 교활한 행태와 간계를 아무도 나쁘게 여기지 않았다. 하지만 너무 허풍을 떨거나 지나치게 이익을 탐하는 사람들이 으레 그렇듯 루치우스도 곧 어리석은 짓을 저지르고 말았다. 그는 수도원의 모든 수업이 무료인 점을 이용해 바이올린을 배워야겠다는 생각을 해냈다. 그러나 루치우스에게는 바이올린에 대한 어떤 기초 지식도 없었다. 예민한 음감과 재능을 가졌거나 음악을 좋아하는 것도 결코 아니었다! 하지만 루치우스는 바이올린을 배우는 일도 결국 라틴어나 수학을 배우는 것과 마찬가지라고 생각했다. 듣자 하니 음악은 앞으로 생활에 쓸모가 있어서 배워 두면 인기를 얻을 수 있고 남에게 좋은 인상을 줄 수 있다고 했다. 아무튼 바이올린 교습은 아예 공짜였다. 신학교에서는 교습용 바이올린까지 그냥 쓸 수 있었다.

음악 선생 하스는 루치우스가 찾아와 바이올린을 배우고 싶다고 했을 때 머리카락이 삐쭉 솟았다. 합창 시간에 이미 루치우스의 실력을 확실히 파악했기 때문이다. 비록 모든 학생들이 루치우스의 노래 실력 덕분에 꽤나 유쾌한 시간을 보냈지만 선생인 하스만은 절망스러웠다. 음악 선생은 루치우스에게 바이올린을 배우지 말라고 설득하느라 무던히 애썼다. 하지만 루치우스는 살며시 공손한 웃음을 띠고 자신의 정당한 권리를 끌어대며 음악을 배우고 싶은 의욕을 억누를 수 없다고 강조했다. 결국 루치우스는 가장 나쁜 연습용 바이올린을 받아 매주 두 시간 수업을 받고, 매일 30분씩 혼자 연습을 하게 되었다. 하지만 첫 개인 연습 시간이 끝난 후에 같은 방 아이들은 그 연습이 최초이자 마지막이어야 한다며 끔찍한 바이올린 소리를 결단코 금지하겠노라고 단단히 못 박았다. 그때부터 루치우스는 연습할 수 있는 조용한 구석을 찾아 온 수도원을 돌아다니며 쉬지 않고 바이올린을 켜댔다. 그럴 때마다 활이 마구 긁히면서 나는 끽끽거리며 징징대는 괴상한 바이올린 소리에 근처에 있는 사람들이 불안해지곤 했다. 시인 하일너는 그 소리가 마치 시달리는 낡은 바이올린이 온통 벌레 먹은 구멍을 통해 살려 달라고 절망적으로 외치는 것 같다고 했다. 발전이 조금도 없자 난처해진 음악 선생은 거칠고 신경질적으로 변했다. 루치우스는 날이 갈수록 더 형편없이 바이올린을 켰다. 지금까지 자기만족에 빠진 소상인 같던 얼굴에 근심 어린 주름이 잡혔다. 참으로 비극이 아닐 수 없었다. 마침내 음악 선생은 루치우스에게 바이올린에 전혀 소질이 없다고 단언하고 더 이상의 교습을 거부했다. 그러자 가짜 의욕에 넘쳐 있던 루치우스는 이번에는 피아노를 선택했다. 역시나 결실 없는 여러 달 동안 스스로를 괴롭히고 나서야 마침내

지칠 대로 지쳐 조용히 포기하고 말았다. 하지만 훗날 음악 이야기가 나올 때면 루치우스는 자신도 일찍이 피아노와 바이올린을 배웠다고 하면서, 피치 못할 상황으로 아름다운 예술에서 점차 멀어져 안타까울 뿐이라고 넌지시 말했다.

이처럼 헬라스 방에는 괴짜 기숙생들 때문에 웃을 일이 많았다. 문예 애호가 하일너도 가끔 우스꽝스러운 광경을 연출했다. 카를 하멜은 풍자가와 재치 있는 관찰자 역할을 했다. 그는 다른 학생들보다 나이가 한 살 더 많은 까닭에 우월감을 약간 가졌지만 나이가 다른 아이들의 존중을 받을 만큼 큰 역할을 하지는 않았다. 변덕스러운 하멜은 일주일마다 체력을 싸움질하는 데 쓰고 싶은 욕구로 들끓었다. 그럴 때는 끔찍할 정도로 거칠었다.

한스 기벤라트는 하멜을 놀라운 눈으로 지켜보며 선량하고 침착한 학생으로서 자신의 길을 조용히 갔다. 한스는 열심히 공부했다. 루치우스와 맞먹는 한스의 노력은 하일너를 제외한 같은 기숙생들의 존중을 받았다. 천재 특유의 경솔함을 자랑하는 하일너는 가끔 한스에게 개미처럼 노력한다고 놀리기도 했다. 비록 밤에 숙소에서 주먹다짐이 심심찮게 일어났지만 빠르게 성장해 가는 소년들은 대체적으로 서로 친하게 잘 지냈다. 자신이 어른이라고 느끼고, 여전히 어색하지만 선생들이 자신들을 존칭하는 것에 걸맞게 학문적 진지함과 훌륭한 태도를 갖추려 열심히 노력했다. 대학에서 갓 공부를 시작한 학생들이 김나지움을 회상하듯 방금 졸업한 라틴어 학교를 오만과 동정이 섞인 기분으로 회상하기도 했다. 하지만 가끔씩 짐짓 꾸며 낸 품위를 뚫고 천진한 사내아이 기질이 나타나기도 했다. 그럴 때 숙소는 쿵쿵 발 구르는 소리와 소년들의 거친 욕설로 들썩거렸다.

공동생활 첫 주를 보낸 소년들은 화학 반응처럼 혼합하고 균형을 잡는 모습을 보였다. 떠도는 구름들이 둥그렇게 뭉치기도 하고 다시 풀어져 다른 모양을 만들기도 하다가 마침내 견고한 덩어리로 굳는 것과 같았다. 과정을 지켜보는 교장이나 선생에게는 유익하고 유쾌한 경험이었을 것이다. 학생들은 처음의 쑥스러움을 극복하고 모두가 서로를 충분히 알고 나자, 큰 파도가 일듯 혼란스럽게 서로를 찾아다녔다. 무리가 생기고 우정과 반감이 나타났다. 같은 지방과 같은 학교 출신 학생들이 뭉치는 일은 드물었다. 대부분 새로운 친분을 쌓아 도시 학생은 농부의 아들과 친구가 되고, 알프스산맥 출신은 저지대 출신 학생과 어울리며 다양함을 추구하고 서로 보완하려는 숨은 충동을 표출했다. 소년들은 망설임 속에 상대를 탐색했다. 동등 의식과 더불어 분리되려는 욕구가 나타났다. 학생들 가운데 몇몇은 이때 처음으로 유년기의 정지된 상태에서 인성 형성의 싹이 트기 시작했다. 애착과 질투에서 나온 말로 다 표현할 수 없는 미묘하고 사소한 장면들이 연출되었다. 그것은 깊은 우정의 결속이나 뚜렷한 적대감으로 번져 나갔다. 학생들에 따라 다정한 사이가 되어 즐거운 산책을 하는 것이나 격렬한 몸싸움과 주먹다짐을 하는 것으로 끝을 맺기도 했다.

한스는 그런 활동에 겉으로는 참여하지 않았다. 카를 하멜이 다가와 한스에게 열렬한 우정의 감정을 과격하게 고백하자 소스라치게 놀라 물러났다. 하멜은 곧 스파르타 방 기숙생과 친구가 되었다. 한스는 혼자였다. 지평선 위로 그리움이 묻어나는 우정의 나라가 강렬한 감정이 되어 떠올랐다. 조용한 충동이 한스를 그리로 끌어당겼다. 하지만 수줍음 때문에 곧 움츠러들었다. 어머니 없이 자란 엄격한 소년 시절을 거치며 나긋한 기질은 줄어들고, 특히 겉으로 보이는 열광적인 감정을 두려워했다. 게다가 거기에 소년다운 자부심과 야심이 더해졌다. 한스는 루치우스와는 달리 진정으로 지식을 추구했다. 하지만 루치우스와 마찬가지로 공부를 방해할 수 있는 모든 것과 거리를 두려 했다. 그래서 한스는 열심히 책상에만 딱 붙어 있었다. 하지만 우정이 깊은 다른 학생들이 서로를 다정하게 쳐다보는 모습을 보면 질투도 나고 동경하는 마음도 일었다. 카를 하멜은 한스와 맞는 친구는 아니였지만, 누군가 다른 사람이 와서 강하게 끌어당겼다면 한스는 기꺼이 따랐을 것이다. 한스는 수줍은 소녀처럼 앉아 자기보다 더 강하고 용기 있는 자가 나타나 자기를 데리고 가서 마음을 빼앗고 행복하게 해주기를 기다리기만 했다.

　그런 일 말고도 수업 시간에 할 공부가 워낙 많았기에 첫 학기는 매우 빠르게 지나갔다. 특히 히브리어 수업 때 배워야 할 게 많았다. 마울브론 주위를 에워싼 수많은 작은 호수와 연못에 창백한 늦가을의 하늘과 시들어 버린 물푸레나무와 자작나무와 떡갈나무, 그리고 석양이 길게 비쳤다. 아름다운 숲에는 초겨울의 스산한 바람이 마지막 춤을 추듯 환호성을 지르며 거세게 휘몰아쳤다. 이미 가벼운 서리가 여러 번 내렸다.

　시적인 헤르만 하일너는 마음이 맞는 친구를 얻으려 했지만 뜻대로 되지 않았다. 요즘 그는 매일 외출 시간에 혼자 외롭게 숲을 돌아다녔다. 특히 숲가의 호수를 좋아했다. 갈대숲으로 둘러싸여 우울한 정조가 깔린 갈색 호수 위에 낙엽이 지는 활엽수 가지가 드리워져 있었다. 우울하고 아름다운 숲의 정경이 몽상가 하일너의 마음을 강하게 끌었다. 이곳에서 하일너는 꿈결같이 가느다란 나뭇가지로 고요한 물에 동그라미를 그리고, 레나우의 〈갈대의 노래〉를 읽었다. 낙엽이 떨어지는 소리와 앙상한 나뭇가지에서 와삭거리는 소리가 우울한 화음을 자아낼 때면 키 작은 갈대 위에 누워서, 가을에 어울리는 죽음과 소멸이라는 주제를 깊이 생각할 수 있었다. 그럴 때면 주머니에서 작은 검은색 수첩을 꺼내 연필로 시를 한두 줄 적곤 했다.

10월 말의 어느 흐린 날, 점심때가 지난 시간에도 하일너는 시를 쓰고 있었다. 그때 혼자 산책을 하던 한스 기벤라트가 그곳에 들어섰다. 한스는 문학청년 하일너가 작은 수문 위 판자 다리에 앉아 무릎에 수첩을 올려놓은 채 뾰족한 연필을 입에 물고 생각에 잠겨 있는 모습을 보았다. 옆에는 책이 펼쳐져 있었다. 한스는 천천히 다가갔다.

"하일너, 안녕! 여기서 뭐 해?"

"호메로스를 읽고 있어. 그러는 기벤라트, 너는 어쩐 일이냐?"

"못 믿겠는데, 나는 네가 뭘 하는지 알아."

"그래?"

"물론이지. 시를 짓고 있잖아."

"그런 것 같아?"

"그럼."

"이리 와서 앉아!"

기벤라트는 하일너 옆 판자 위에 앉아 물 위로 다리를 흔들었다. 서늘한 바람이 고요히 불어 호수 여기저기로 갈색 낙엽이 한 잎 그리고 또 한 잎 빙빙 돌다가 소리 없이 내려앉았다.

"여기는 좀 황량하다." 한스가 말했다.

"그렇지."

둘은 바닥에 드러누웠다. 그러고 있자니 가을 정취가 깔린 주위에 삐죽 솟은 나무 꼭대기는 잘 보이지 않고, 구름 섬이 고요히 떠 있는 파란 가을 하늘만 보였다.

"구름이 참 아름답다!" 한스가 편안하게 쳐다보며 말했다.

"그래, 기벤라트. 내가 저런 구름 한 점이 될 수 있다면!" 하일너가 한숨을 쉬었다.

"그러면?"

"저 하늘에서 떠돌아다닐 수 있잖아. 아름다운 배처럼 숲과 마을과 읍(邑)과 주(州) 위를 날아다닐 수 있겠지. 넌 배를 본 적이 없니?"

"못 봤어. 하일너, 넌 본 적 있어?"

"아, 물론 봤지. 맙소사. 넌 그런 게 뭔지 전혀 모르는구나. 하기야 오로지 공부나 죽어라 들고팔 줄만 아니까!"

"그러니까 넌 나를 멍청이라고 생각하는 거니?"

"그런 말은 안 했어."

"네가 생각하는 것처럼 그렇게 멍청하지는 않아. 아무튼 배 이야기 좀 더 해봐."

하일너는 돌아눕다가 하마터면 물에 빠질 뻔했다. 그는 이제 배를 깔고 누워 팔꿈치를 괴고 두 손으로 턱을 받쳤다.

"라인강에서 그런 배를 봤어. 방학 때였지. 한번은 일요일이었는데 배위에서 음악 소리가 나더라. 밤에 말이야. 색색으로 등불이 켜져 있었어. 불빛이 강물에 반사되어 반짝였어. 우리는 음악을 들으며 강물을 따라 흘러 내려갔어. 사람들은 라인 포도주를 마시고, 소녀들은 하얀색 원피스를 입고 있었지." 하일너가 말했다.

한스는 들으면서 아무 말도 하지 않았다. 대신 눈을 감고 여름밤에 물살을 가르며 나아가는 배, 흐르는 음악, 붉은 조명, 하얀색 원피스를 입은 소녀들을 그려 볼 수 있었다. 하일너가 말을 이었다.

"그래, 지금과는 완전히 달랐지. 여기서 그런 걸 아는 사람이 누가 있냐? 엄청나게 답답한 애들, 속을 알 수 없는 음흉한 애들! 다들 지치도록 공부하느라 자신을 학대하면서 히브리어 철자 말고는 아무것도 모르지. 너도 다를 바 없어."

한스는 잠자코 있었다. 이 하일너라는 녀석은 특이한 아이였다. 몽상가이자 시인이었다. 한스는 이미 여러 번 그에게 놀랐다. 다들 알듯이 하일너는 공부를 정말 조금밖에 하지 않았다. 그런데도 아는 게 많고 정답도 척척 내놓을 줄 알았다. 그러면서도 지식을 경멸했다.

하일너는 또다시 조롱하기 시작했다. "우리는 호메로스의 〈오디세이아〉를 마치 요리책 읽듯 하지. 한 시간에 두 구절 읽고 나서 단어를 하나하나 곱씹으며 구역질이 날 때까지 샅샅이 파헤치잖아. 수업 시간이 끝날 때는 항상 이래. 여러분들은 호메로스가 얼마나 세련된 언어를 구사했는지 알겠지요. 여러분들은 지금 시 창작의 비밀을 들여다본 것입니다! 쳇, 그건 단지 불변화사와 동사의 과거형 주위에다 소스를 조금 뿌린 것에 지나지 않아. 질식하지 않게 말이야. 그딴 식으로 나에게서 호메로스 작품을 죄다 훔쳐 가는 거야. 도대체 우리가 고대 그리스어 따위를 배워서 뭐 하냐? 우리 중에 누가 그리스식으로 살겠노라 시도만 해도 당장 퇴학당할걸. 게다가 우리 방 이름이 헬라스라는 건 뭐야? 진짜 웃긴다니까! 왜 '쓰레기통', '노예 우리', '공포의 도가니'라고 하지 않는 거지? 고전 따위는 전부 헛짓거리야."

하일너는 공중에 침을 탁 뱉었다.

"너 말이야, 아까 시를 쓰고 있었지?" 이제 한스가 물었다.

"응."

"어떤 시야?"

"여기, 호수와 가을에 대한 시."

"보여 주라!"

"안 돼, 아직 완성하지 않았어."

"그럼 완성하면 보여 줄 거야?"

"그러지 뭐."

둘은 몸을 일으켜 천천히 수도원으로 돌아갔다.

"그런데 넌 벌써 봤겠지, 저곳이 얼마나 아름다운지?" '천국'을 지나가면서 하일너가 입을 열었다. "넓은 현관, 아치형 창문, 회랑, 식당을 봐. 고딕 양식과 로마네스크 양식으로 지어진 호화로운 건물 모두가 정교한 예술가들의 작업이야. 그런데 대체 무슨 일이라니. 이 훌륭한 곳이 성직자가 되려는 서른대여섯 명의 가련한 소년들을 위한 거라니. 국가에 돈이 마냥 남아도는 모양이지."

한스는 오후 내내 하일너를 생각할 수밖에 없었다. 그는 대체 어떤 사람인가? 한스가 지닌 걱정과 소원이 하일너에게는 전혀 없었다. 그는 자신만의 생각과 말을 가지고 있었다. 남보다 더 뜨겁고 자유롭게 살았고, 이상한 고민을 하면서 주변 모든 것을 경멸하는 듯했다. 하일너는 오래된 기둥과 담장의 아름다움을 알고 있었다. 여기에 자신의 영혼을 시에 반영하고, 환상으로 자신만의 허구적 삶을 일구어 내는 신비하고 특이한 기술이 있었다. 활기차고 분방한 하일너는 한스가 1년에 걸쳐 하는 것보다 더 많은 농담을 매일같이 했다. 그리고 우울해하면서도 자신의 슬픔을 마치 낯설고 기이하고 귀한 것으로 여기며 즐기는 듯 보였다.

그날 밤, 하일너는 다양하고 유별난 자신의 성격을 기숙사 전체에 드러냈다. 동료 가운데 허풍선이에다 쩨쩨한 오토 벵거라는 학생이 그에게 시비를 걸었다. 하일너는 한동안 침착하게 농담을 던지며 여유롭게 굴다가 느닷없이 그의 따귀를 갈겼다. 순식간에 두 사람은 격렬하게 엉겨 붙어 물고 뜯으며, 마치 키를 놓친 배처럼 사방으로 부닥치고 넘어져 가며 반원을 그리듯 헬라스 방을 뒹굴었다. 또 둘이 벽에 처박히고 의자를 우당탕 뒤로 넘어뜨리기도 했다. 그러더니 결국에는 둘 다 바닥에 누워 씩씩대며 말없이 입에 거품을 물었다. 동료들은 불안한 표정으로 서서 싸움을 지켜보면서 엉겨 붙은 두 사람을 피해 다니느라 다리를 빼기도 하고 잽싸게 책상과 전등을 치우기도 했다. 그리고 짜릿한 긴장감으로 싸움의 최후를 기다렸다. 몇 분 후 하일너가 간신히 몸을 일으키더니 씩씩대며 일어섰다. 몰골이 말이 아니었다. 벌건 눈에 셔츠 깃은 찢어지고 바지 무릎에 구멍이 나 있었다. 상대가 다시 하일너를 공격하려 했다. 하지만 하일너는 팔짱을 끼고 서서 오만하게 말했다. "난 더 이상 싸우지 않아. 하지만 네가 치고 싶으면 쳐봐." 오토 벵거는 욕설을 내뱉으며 방을 나갔다. 한편 책상에 기대고 서 있던 하일너는 전등 불을 켜더니 두 손을 주머니에 찔러 넣었다. 뭔가 깊이 생각하는 듯했다. 갑자기 그의 눈에서 눈물이 뚝뚝 떨어졌다. 한 방울, 두 방울, 계속 눈물이 흘렀다. 있을 수 없는 일이었다. 눈물을 보이는 것은 신학교 학생들에게 최악의 수치였기 때문이다. 그런데 하일너는 조금도 눈물을 숨기려 하지 않았다. 그는 방을 나가지 않고 조용히 서서 창백해진 얼굴을 스탠드 쪽으로 돌렸다. 눈물을 닦아 내지도 않았다. 주머니에 넣은 손도 빼지 않았다. 다른 아이들이 하일너 주위에 모여들어 호기심과 쌀쌀맞음이 뒤섞인 눈으로 지켜보았다. 마침내 하르트너가 앞으로 나서서 말했다. "야, 하일너, 창피하지도 않냐?"

울던 하일너는 깊은 잠에서 막 깨어난 사람처럼 천천히 주위를 둘러보았다.

"창피해? 너희들한테? 아니, 천만에." 그는 비웃듯 큰 소리로 말했다.

하일너는 얼굴에 흐른 눈물을 닦고 화를 억누르는 듯 크게 웃어 보이고는 불을 끄고 방을 나갔다.

한스 기벤라트는 그 광경이 펼쳐지는 내내 자기 자리에 앉아 놀라움에 두근대는 가슴으로 하일너를 힐끔거렸다. 15분쯤 지난 뒤 한스는 용기를 내어 방을 나간 하일너를 찾아 나섰다. 그는 춥고 어두운 도르멘트의 폭이 넓은 창턱에 앉아 꼼짝도 하지 않은 채 회랑을 쳐다보고 있었다. 뒤에서 보니 하일너의 어깨와 길쭉하고 날카로운 두상이 소년 같지 않고 이상할 정도로 진지해 보였다. 하일너는 한스가 가까이 다가가 창가에 설 때까지도 몸을 움직이지 않았다. 한참 후 하일너는 고개를 돌리지도 않고 새된 목소리로 말했다. "뭐야?"

"나야." 한스가 소심하게 말했다.

"왜?"

"그냥."

"그래? 그럼 가봐."

마음이 상한 한스는 정말로 가려고 했다. 그때 하일너가 한스를 잡았다.

"가지 마. 진심이 아냐." 하일너는 일부러 농담하듯 말했다.

둘은 서로 얼굴을 바라보았다. 아마 서로 얼굴을 진지하게 쳐다본 적은 이때가 처음일 것이다. 두 사람은 상대방의 소년다운 매끈한 얼굴 뒤로 고유한 형태를 지닌 독특한 인생, 그리고 자신만의 방식으로 나타나는 특별한 영혼이 깃들어 있다고 상상해 보려 했다.

헤르만 하일너가 천천히 팔을 뻗어 한스의 어깨를 잡더니 얼굴이 닿을 정도로 아주 가까이 끌어당겼다. 한스는 순식간에 다른 사람의 입술이 자신의 입술에 닿는 기이한 느낌에 소스라치게 놀랐다.

너무도 낯선 압박감에 가슴이 마구 두근거렸다. 어두운 도르멘트에서 이처럼 가까이 서 있는 것도 모자라 이런 갑작스러운 입맞춤은 모험적이고 새롭고 어쩌면 위험하기도 한 일이었다. 누군가에게 들키면 얼마나 경악할 일인가 하는 생각이 퍼뜩 떠올랐다. 이 입맞춤은 조금 전에 하일너가 눈물을 보인 일보다 훨씬 더 우스꽝스럽고 수치스러운 짓으로 여겨지리라는 생각이 확연하게 들었기 때문이다. 한스는 아무 말도 할 수 없었다. 다만 피가 머리끝까지 치솟는 느낌에 당장 달아나고 싶었다.

만일 어른이 이 광경을 지켜보았다면 부끄러운 우정 고백에서 나타나는 서툴고 수줍은 부드러움을 보고, 앞날이 유망한 두 소년의 갸름하고 진지하지만 앳된 얼굴에 아직 반쯤은 아이의 분위기가 남아 있고 반쯤은 수줍고 아름다운 청년의 반항심이 깃든 모습에 은근히 기쁨을 느꼈으리라.

서서히 젊은이들이 공동생활을 알아 가기 시작했다. 서로를 알아 갔고, 저마다 상대에 대해 어느 정도 판단하고 관심을 가지게 되었다. 그러면서 꽤 많은 친구 관계가 생겨났다. 같이 히브리어 단어를 공부하는 친구들도 있고, 같이 그림을 그리거나 산책을 하거나 실러의 작품을 읽는 친구들도 있었다. 라틴어를 잘하지만 수학을 못하는 학생이 라틴어를 못하고 수학을 잘하는 학생과 친구가 되기도 했다. 그들은 서로의 우정을 기반으로 공부를 통해 얻은 결실을 즐기려 했다. 또한 계약과 물품의 공유라는, 다른 형태의 우정도 있었다. 그래서 첫날에 많은 부러움을 샀던 햄을 가진 소년은 상자에 맛있는 사과를 잔뜩 가지고 있는 슈탐하임 출신의 과수원 집 아들과 사귀어 자신에게 모자라는 반쪽을 채웠다. 어느 날 소년은 햄을 먹으면서 목이 말라 사과를 하나 달라고 청했고 그 대신 햄을 주었다. 둘은 같이 앉아 조심스럽게 대화를 나누었다. 한쪽에서는 가진 햄이 다 떨어지면 바로 집에서 보내 준다고 했고, 사과를 가진 소년 쪽에서도 내년까지 쭉 아버지의 저장고에서 사과를 가져다 먹을 수 있다고 했다. 그래서 단단한 우정 관계가 형성되었다. 이 관계는 이상과 격정으로 맺어진 우정보다 더 오래 지속되었다.

끝까지 홀로 지내는 학생들은 드물었는데 그중에 루치우스가 있었다. 예술에 대한 탐욕스러운 사랑이 그때도 한창 꽃피고 있었다.

또 서로 어울리지 않는 친구들도 있었다. 가장 어울리지 않는 친구로 헤르만 하일너와 한스 기벤라트가 손꼽혔다. 무분별한 성격과 성실한 성격, 시인과 노력가였다. 둘 다 똑똑하고 재능이 많다는 점은 인정받았다. 하지만 하일너는 약간 조롱이 섞인 천재라는 명성을 즐기는 한편, 한스는 모범생이라는 평을 들었다. 하지만 아무도 두 사람을 귀찮게 하지는 않았다. 저마다 자신의 우정을 중요시하고 자기들끼리 지내려 했기 때문이다.

하지만 그런 개인적 관심사와 체험 때문에 수업을 소홀히 하지는 않았다. 오히려 학교는 거대한 악곡이자 리듬이었다. 그에 비해 루치우스의 음악과 하일너의 서툰 시작(詩作)을 포함해 모든 동아리, 거래, 가끔 일어나는 싸움질은 그저 소소한 오락거리로 덧붙는 장난일 뿐이었다. 특히 히브리어에 할 공부가 많았다. 이 기이하고 아주 오래된 여호와의 언어는 어렵고 딱딱했지만, 마치 수수께끼처럼 살아 있는 고목과도 같았다. 마디가 많은 이 나무는 소년들의 눈앞에서 수수께끼처럼 쑥쑥 자라나 기이한 가지를 뻗으며 색과 향이 특이한 꽃을 피워 놀라움을 주었다. 나뭇가지와 옴폭 파인 구멍과 뿌리에는 수천 년 된 소름 끼치는 정령과 다정한 정령이 함께 깃들어 있었다. 정령들은 환상 속의 무시무시한 용, 소박하고 사랑스러운 동화, 주름지고 버석거리는 진지한 백발노인 옆에 있는 아름다운 소년과 눈매가 잔잔한 소녀 또는 호전적인 여인네들의 모습으로 나타났다. 루터가 번역한 성경에서 꿈결같이 아득하게 울리던 것이 이제는 거칠고 진솔한 언어 속에서 피와 목소리를 찾았다. 그리고 오래되고 무겁지만 끈질기고 으스스한 생명을 얻었다. 적어도 하일너에게는 그렇게 보였다. 모세 5경[9]을 매일 매시간 싫어하면서도 거기에서 더 많은 생명과 영혼을 발견한 하일너는 모든 어휘를 알고 실수 없이 술술 읽어 내려가는 끈기 있는 학생들보다 더 많은 것을 빨아들였다.

그에 비해 더 부드럽고 밝으며 내면으로 접근하는 신약 성경은 언어의 오래된 멋과 깊고 풍부한 면은 덜하지만 젊고 열정적이고 몽상적인 정신으로 가득 채워져 있었다.

호메로스의 〈오디세이아〉도 있었다. 힘찬 울림으로 세차게 흘러가는 균형 잡힌 구절에서 이미 사라져 버린 행복한 삶에 대한 기별과 예감이 마치 물의 요정의 하얗고 통통한 팔이 솟아나듯 뚜렷하게 드러났다. 그것은 어떤 힘으로 둘러싸인 거센 모습으로 확연하게 잡힐 듯 솟아나다가도 곧 몇몇 어휘와 구절에서는 꿈과 아름다운 예감으로 어른거리기도 했다.

반면에 크세노폰과 리비우스[10] 같은 역사가는 사라지거나 거의 광채를 잃고 미미하게 여린 빛으로 옆에 서 있을 뿐이었다.

친구 하일너의 눈에는 모든 것이 자신과 다르게 보인다는 사실을 알고 한스는 크게 놀랐다. 하일너에게 추상적인 것은 존재하지 않았다. 그가 상상할 수 없거나 환상의 색으로 그릴 수 없는 것은 아무것도 없었

---

9) Pentateuch. 구약 성경의 처음 다섯 권으로 〈창세기〉, 〈출애굽기〉, 〈레위기〉, 〈민수기〉, 〈신명기〉를 이른다.
10) Livius. 고대 로마 역사가로, 주요 저서로는 《로마 건국사》가 있다.

다. 그렇게 되지 않은 모든 것에는 전혀 관심이 없었다. 하일너에게 수학은 간계의 수수께끼로 희생자를 억눌러 놓고 섬뜩하고 사악한 시선으로 그를 사로잡는 스핑크스였다. 그렇기 때문에 하일너는 괴물 스핑크스를 멀리 빙 돌아 비켜 갔다.

두 소년의 우정은 특이한 형태였다. 하일너에게 우정은 오락이자 사치였고 편안함 또는 변덕이었다. 하지만 한스에게 우정은 자랑스럽게 지키는 보물이기도 하고, 힘겹게 짊어지는 무거운 짐이기도 했다. 여태까지 한스는 저녁 시간을 늘 공부에 바쳤다. 그런데 지금은 매일같이 하일너가 공부가 지겨워지면 한스를 찾아와 책을 빼앗으며 말을 걸었다. 한스는 친구가 너무도 좋았지만 결국에는 매일 저녁 찾아올까 봐 불안에 떨었다. 그리고 정해진 자습 시간에 어떤 과목도 소홀히 하지 않으려고 곱절이나 서둘러 열심히 공부했다. 하일너가 한스의 이러한 노력을 이론적으로 공격하기 시작하자 한스는 한층 더 곤혹스러웠다.

"그건 일당 벌이 같은 짓이야. 너는 공부가 좋아서 자발적으로 하는 게 아니라 그저 선생이나 네 아버지가 무서워서 하는 거잖아. 1등이나 2등을 해서 얻는 게 뭐냐? 나는 20등이지만 그렇다고 너희 공붓벌레들보다 멍청하진 않아." 하일너가 말했다.

또한 한스는 하일너가 교과서를 어떻게 다루는지 처음 봤을 때도 기겁했다. 한번은 강의실에 교과서를 놔두고 와서, 다음 수업인 지리학을 예습하러 하일너의 지도책을 빌린 적이 있었다. 그때 한스는 매 쪽마다 연필로 모조리 낙서를 해놓은 책을 보고 소름이 끼쳤다. 피레네반도 서해안은 괴상하게 생긴 옆얼굴이 되어 있었다. 코가 포르투에서 리스본까지 뻗어 있고, 스페인 피니스테레곶(串) 부근은 곱슬머리로 칠해져 있었다. 한편 세인트빈센트곶은 멋지게 꼰 콧수염이 달린 털보가 되어 있었다. 그런 식으로 한 장 한 장 그림 낙서가 채워져 있었다. 지도 뒷면의 백지에는 캐리커처를 그려 놓고 뻔뻔하고 익살스러운 문구를 적어 놓았다. 얼룩진 잉크 자국도 물론 빼놓지 않았다. 책을 성스러운 물건이자 귀한 보물처럼 다루어 온 한스는 하일너의 대담함이 신성 모독에 해당하는 범죄 행위 같으면서도 한편으로는 영웅적인 행위로 보였다.

하일너에게는 착한 한스가 그저 편안한 장난감이나 애완용 고양이쯤으로 보일 수도 있었다. 한스 스스로도 가끔 그런 생각이 들었다. 하지만 하일너 쪽에서 한스에게 매달렸다. 한스가 필요했기 때문이다. 하일너는 속마음을 털어놓을 수 있고, 자기 말을 들어 주고, 자신을 칭송해 줄 누군가가 있어야 했다. 학교와 인생에 대해 혁명적인 말을 할 때 가만히 귀를 기울이며 경탄해 주는 사람이 필요했다. 또 마음이 우울할 때면 위로해 주고 무릎을 베고 누울 수 있는 사람이 필요했다. 그런 천성을 가진 이들이 으레 그렇듯 젊은 시인 하일너도 이유 없이 약간은 어리광 같은 우울한 감정에 휩싸이곤 했다. 일부는 아이의 영혼과의 소리 없는 작별 때문이고, 일부는 아직 목표를 찾지 못한 힘과 예감과 욕망이 끓어넘치기 때문이기도 했다. 또한 남자가 되는 과정에서 생기는 이해할 수 없는 어두운 충동 때문이기도 했다. 그럴 때면 하일너는 동정을 받고 어리광을 부리고 싶은 병적인 욕구로 가득 찼다. 예전에 그는 어머니의 애지중지한 사랑을 받았다. 그리고 여인과 사랑을 나누기에 아직 성숙하지 않은 지금은 자기를 따르는 온순한 친구가 위안을 주는 역할을 했다.

밤마다 하일너는 지독하게 우울해진 채로 한스를 찾아올 때가 많았다. 한스에게 공부를 그만하라고 꾀어 같이 도르멘트로 나가자고 졸랐다. 둘은 추운 강당이나 천장이 높고 컴컴한 예배실을 왔다 갔다 하거나 추위에 덜덜 떨면서 창턱에 앉아 있곤 했다. 그럴 때면 하일너는 하이네 작품을 읽는 시적인 소년답게 자신에 대한 온갖 한탄을 늘어놓으며 약간은 유치한 우울의 구름에 완전히 휩싸여 있었다. 한스는 비록 제대로 이해하지는 못했지만 그럼에도 큰 인상을 받았고 때로는 자신마저 우울한 기분에 감염되기도 했다. 예민한 문예가인 하일너는 특히 음울한 날씨에 발작을 일으켰다. 비탄과 신음은 대부분 늦가을의 비구름이 하늘을 잔뜩 어둡게 만들고 구름 뒤에 흐릿한 틈새로 모습을 드러낸 달이 구름과 함께 유유히 흘러갈 때 절정에 이르곤 했다. 그럴 때면 하일너는 오시안[11]의 분위기에 흠뻑 도취되어 모호한 우울감에 빠져서는, 한숨과 연설과 시구를 아무 잘못도 없는 한스에게 쏟아부었다.

그런 고뇌의 광경에 짓눌려 시달리면서, 한스는 남은 시간을 다급하게 공부에 쏟았지만 공부는 점점 더 힘에 부쳤다. 예전의 두통이 다시 시작된 것은 그리 놀랍지도 않았다. 피곤해서 아무것도 못하고 보내는 시간이 점점 더 늘었고 꼭 필요한 공부만 하는데도 겨우겨우 힘을 내야 해서 큰 걱정이었다. 한스는 유별난 친구와 나누는 우정이 자신을 지치게 하고 지금까지 아무도 건드려 본 적 없는 본질의 일부를 아프게 한다는 것을 어렴풋이 느꼈다. 하지만 하일너가 점점 더 침울해지고 우는소리를 해댈수록 한스는 가엾은 마음이 들었다. 또 자신이 그에게 없어서는 안 될 존재라는 생각에 우쭐해져서 친구에게 더 다정하게 대했다.

게다가 한스는 친구의 병적인 우울증이 다만 과도한 충동의 비정상적인 분출일 뿐 사실 평소에 찬탄해 마지않는 하일너의 본성이 아니라는 것을 잘 알고 있었다. 친구가 시를 읽거나, 시인의 이상을 이야기하거

---

11) Ossian. 3세기 경 고대 켈트족의 전설적인 음유 시인으로, 우울하고 낭만적인 정서를 담은 시를 써서 초기 낭만주의 운동에 큰 영향을 미쳤다.

나, 큰 몸짓을 해가며 실러나 셰익스피어의 독백을 열정적으로 읊는 모습을 볼 때면 한스는 그가 자신에게는 없는 마법의 재능으로 공중을 걸어 다니는 것 같았다. 또 하일너는 신적인 자유와 불타는 열정 속에서 움직이고, 호메로스 작품에 나오는 하늘의 전령처럼 날개가 달린 발뒤꿈치를 하고 자신과 동급생들을 떠나 훨훨 날아가는 것 같았다. 지금껏 한스는 시인의 세계를 잘 몰랐고 중요하게 생각지도 않았다. 이제 처음으로 아름답게 흐르는 언어와 마음을 홀리는 그림과 귀를 간질이는 운율의 매혹적인 위력을 거부감 없이 그대로 느낄 수 있었다. 한스에게 새로 열린 세계에 대한 이러한 경외감이 친구를 향한 찬탄과 하나로 어우러졌다.

어느새 폭풍이 휘몰아치는 음울한 11월이 찾아왔다. 이제 등잔불을 켜지 않으면 겨우 몇 시간밖에 공부를 할 수 없었다. 칠흑 같은 밤이면 거센 바람이 컴컴한 하늘에 거대한 구름 덩어리를 몰고 왔다. 휘몰아치는 거센 바람은 견고한 옛 수도원 건물에 부딪혀 사방이 덜그럭거리고 신음 소리를 냈다. 이제 나무들은 완전히 헐벗었다. 숲의 제왕인 떡갈나무만이 여전히 마디가 굵은 튼튼한 가지로 나무꼭대기에서 시든 잎을 와삭와삭 흔들어 대며 다른 나무들보다 더 요란하고 언짢은 소리를 냈다. 하일너는 완전히 우울에 빠졌다. 요즘은 한스를 찾기보다 새로운 일을 더 좋아했다. 혼자 외진 연습실에서 바이올린을 미친 듯이 켜대거나 동료들에게 공연히 싸움을 걸었다.
어느 날 밤, 하일너가 연습실을 찾다가 억척스러운 노력가 루치우스가 악보대 앞에서 연습하는 모습을 보았다. 하일너는 화가 나서 그냥 연습실을 나갔다가 30분이 지난 뒤 다시 돌아왔다. 그때도 루치우스는 계속 연습하고 있었다.

"이제 그만 좀 하지. 다른 사람들도 연습하고 싶어 하잖아. 게다가 네가 활을 끽끽 긁어 대는 소리에 무지 골치가 아프거든." 하일너가 투덜댔다.

루치우스가 통 물러날 생각을 하지 않자 하일너는 열이 올랐다. 루치우스는 아무렇지도 않게 바이올린을 다시 켜기 시작했다. 그때 하일너가 냅다 악보대를 차서 넘어뜨렸다. 악보가 사방으로 흩어지고 악보대가 루치우스의 얼굴을 쳤다. 루치우스가 악보를 집으려 몸을 숙였다.

"네가 한 짓을 교장 선생님께 이를 거야." 루치우스가 단호하게 말했다.

"좋아." 하일너가 격분해서 소리쳤다. "이르는 김에 덤으로 너를 걷어찼다고도 해." 하일너는 그대로 루치우스를 걷어차려 했다.

루치우스는 잽싸게 옆으로 비켜 문밖으로 빠져나갔다. 하일너가 뒤쫓기 시작하면서 과격하고 끔찍한 사냥이 벌어졌다. 추격전은 복도며 기둥 사이사이, 계단과 현관으로 이어지다 마침내 가장 먼 곳에 있는 수도원 측면까지 계속되었다. 그곳은 교장의 사택이 고요한 기품을 간직하고 있는 곳이었다. 하일너는 달아나는 루치우스를 교장의 서재 문 앞에서 가까스로 따라잡았다. 도망자 루치우스가 이미 문을 두드린 뒤 열린 문 앞에 서 있을 때였다. 루치우스는 마지막 순간 약속대로 하일너에게 사정없이 걷어차였다. 루치우스는 마치 지극히 성스러운 수도원 군주에게 던진 폭탄처럼 열린 문으로 휙 날아갔다.

유례가 없는 사건이었다. 다음 날 아침, 교장은 소년의 타락에 대해 유창한 연설을 했다. 루치우스는 진중한 태도로 교장의 말에 끄덕이며 귀를 기울였다. 하일너에게 무거운 감금 처벌이 떨어졌다.

"여러 해 동안 우리 수도원에서 이런 처벌을 내린 적은 없었습니다.

나는 학생이 10년 후에도 이 일을 똑똑히 기억하게 해주겠습니다. 여러분들에게는 하일너를 무서운 본보기로 보여 줄 것입니다." 교장이 호통을 쳤다.

모든 학생들이 겁을 먹고 하일너를 훔쳐보았다. 창백한 하일너는 반항하는 표정으로 꼿꼿이 서서 교장의 눈길을 피하지 않았다. 많은 학생들이 그에게 말없이 감탄했다. 하지만 훈계가 끝나고 복도에서 웅성거리던 학생들은 모두 하일너를 나병 환자 보듯 피했다. 하일너는 홀로 남겨졌다. 지금 하일너 편에 서려면 용기가 필요했다.

한스 기벤라트도 하일너 편을 들지 못했다. 한스는 이럴 때 편을 들어주는 것이 친구의 의무라는 생각에 자신의 비겁함이 부끄러웠다. 창가에 몸을 기댄 채 불행하고 수치스러워서 감히 쳐다보지도 못했다. 친구를 찾아가야 한다는 충동이 일었지만 남의 눈에 띄지 않게 찾아가려 했다. 하지만 무거운 감금 처벌을 받은 학생은 수도원에서 상당히 오랫동안 낙인이 찍혔다. 특별 감시 대상이 된 그와 어울리는 것은 위험한 일이고, 당연히 나쁜 평을 듣게 될 터였다. 국가가 베푼 은혜에 학생들이 정확하고 엄격한 교육을 받는 것으로 보답해야 한다는 사실은 입학식 연설에서 이미 강조된 내용이었다. 한스도 그것을 잘 알고 있었다. 그래서 친구에 대한 의무와 자신의 야심 사이의 싸움에서 심하게 갈등했다. 한스의 이상은 앞으로 나아가고, 유명한 시험을 보고, 사회의 역할을 수행하는 것이지 낭만적이고 위험한 역할을 맡는 것이 아니었다. 한스는 불안에 떨며 방에 처박혀 있기만 했다. 아직은 앞에 당당히 나서서 용감하게 행동할 자신이 없었다. 시간이 흐를수록 점점 더 어려워졌다. 어느새 친구에 대한 배반은 사실로 굳어졌다.

하일너도 이미 그걸 알아차렸다. 이 격정적인 소년은 아이들이 자신을 피하는 것을 느꼈다. 이해도 갔다. 하지만 한스만은 믿고 있었다. 지금 하일너가 느끼는 슬픔과 분노에 비하면 여태까지 끊임없이 느낀 우울한 기분 따위는 공허하고 우습기만 했다. 어느 날, 하일너가 기벤라트 옆에 우뚝 섰다. 창백하고 오만하게 보이는 하일너가 나지막하게 말했다.

"너, 형편없는 비겁자. 기벤라트, 재수 없는 놈!" 그 말을 남기고 하일너는 주머니에 손을 찔러 넣고 휘파람을 불며 자리를 떴다.

소년들이 각자 다른 생각과 할 일에 몰두하는 것은 다행이었다. 사건이 일어난 지 며칠 지나지 않아 갑자기 눈이 내리고 곧 몹시 추운 겨울 날씨가 되었다. 이제 눈싸움도 하고 썰매도 탈 수 있었다. 모든 학생들이 일제히 크리스마스와 방학이 코앞에 다가왔음을 깨닫고 그것을 화젯거리로 삼았다. 하일너에 대한 관심은 줄어들었다. 그는 머리를 빳빳이 세우고 오만한 표정으로 조용히 돌아다녔고, 아무와도 말을 나누지 않고 수첩에 시를 자주 썼다. 겉표지가 방수포로 된 검은색 수첩에는 〈수도사의 노래〉라는 제목이 적혀 있었다.

떡갈나무, 오리나무, 너도밤나무, 수양버들에 얼어붙은 눈과 서리가 온화하고 환상적인 분위기를 자아냈다. 연못에 깔린 투명한 얼음이 매서운 추위에 바지직 깨지기도 했다. 회랑의 안뜰은 고요한 대리석 정원처럼 보였다. 방마다 즐거운 축제의 흥분이 일었다. 다가오는 크리스마스를 고대하는 기쁨에 매사에 엄격하고 정확한 두 교수마저 온화함과 즐거운 흥분의 빛을 띤 모습이었다. 선생들과 학생들 가운데 크리스마스에 관심이 없는 이는 아무도 없었다. 하일너도 언짢은 기색이 조금 가시고 덜 비참해 보였다. 루치우스는 휴가를 맞아 집에 갈 때 어떤 책과 신발을 가지고 갈지 곰곰이 생각했다. 집에서 온 편지들에는 기대를 부풀게 하는 좋은 소식이 적혀 있었다. 편지에는 크리스마스에 받고 싶은 선물이 무엇이냐는 질문과 빵 굽는 날짜가 적혀 있었다. 또 마음을 설레게 하는 깜짝 선물에 대한 암시와 다시 만날 기쁨을 이야기하기도 했다. 집으로 향하는 긴 여행을 앞두고 학생들을 비롯해 특히 헬라스 방 기숙생들은 유쾌한 사건을 또 한 가지 경험했다. 아이들은 선생들을 초대해 밤에 크리스마스 축제를 열기로 했다. 장소는 가장 큰 기숙사인 헬라스 방으로 결정했다. 축사에 이어 시 두 편 낭독과 플루트 독주, 바이올린 이중주가 있을 예정이었다. 하지만 익살스러운 프로그램도 하나 있어야 했다. 저마다 이런저런 제안을 내놓고 의논과 협의를 거듭했지만, 의견이 하나로 모이는 게 없었다. 그때 카를 하멜이 지나가는 말로 에밀 루치우스가 바이올린 독주를 맡으면 정말 웃기겠다고 했고, 그 제안이 바로 받아들여졌다. 가엾은 음악가 루치우스에게 부탁과 약속과 협박을 거듭한 끝에 연주를 하겠다는 동의를 얻어 냈다. 그리고 결국 루치우스의 연주가 차례표에 삽입되었다. 정중한 초대의 글과 함께 선생들에게 보낸 차례표에는 특별 순서로 '고요한 밤, 바이올린을 위한 가곡, 실내악의 거장 에밀 루치우스 연주'가 들어가 있었다. '실내악의 거장'이라는 호칭은 루치우스가 후미진 음악 연습실에서 무척 열심히 연습했다는 이유로 붙인 것이었다.

교장과 교수, 복습 지도 선생, 음악 선생, 수석 조교가 초대되어 축제에 나타났다. 하르트너에게 빌린 검은색 연미복을 깔끔하게 다려 입고 머리도 매끈하게 다듬은 루치우스가 수줍은 미소를 살짝 띤 채 등장하자 음악 선생의 이마에는 땀이 맺혔다. 루치우스가 허리를 굽혀 인사를 할 때부터 벌써 웃음이 터져 나왔다. 루치우스의 손가락에서 〈고요한 밤〉은 무서운 탄식이 되고, 신음과 고뇌에 찬 노래로 변했다. 루치우스는 두 번이나 다시 시작했다. 끽끽대고 마구 할퀴는 소음 같은 선율에 발로 박자를 탁탁 맞추는 모양이 마치 매섭게 추운 겨울 숲에서 일하는 일꾼 같았다.

교장은 즐거운 기분으로 고개를 끄덕이며 음악 선생을 쳐다보았다. 음악 선생은 분노로 얼굴이 하얗게 질려 있었다.

세 번째로 시작하면서 이번에도 소리가 잘 나지 않자 루치우스는 결국 바이올린을 내리고 청중들에게 용서를 구했다. "못하겠어요. 제가 가을에 처음으로 바이올린을 시작했거든요."

"괜찮습니다. 루치우스. 당신의 노력에 감사합니다. 앞으로 열심히만 하면 됩니다. Per aspera ad astra![12]" 교장이 외쳤다.

12월 24일, 새벽 3시부터 모든 침실에 떠들썩한 활기가 넘쳤다. 창문에는 성에가 그려 놓은 섬세한 얼음 꽃잎이 두껍게 피어오르고 세숫물이 꽁꽁 얼었다. 수도원 안뜰에는 살을 에는 칼바람이 휘몰아쳤지만 아무도 개의치 않았다. 식당의 큰 통에서 커피가 끓으며 김을 무럭무럭 냈다. 곧 외투와 목도리를 휘감은 학생들이 시커멓게 무리 지어 나왔다. 아련히 반짝이는 하얀 눈의 들판을 지나 고요한 숲을 가로질러 멀리 떨어진 기차역으로 향했다. 모두가 재잘재잘 수다를 떨고 농담을 던지고 큰 소리로 웃었다. 모두가 말하지 않은 소원과 기쁨과 기대에 가득 차 있었다. 학생들은 방방곡곡 도시와 마을과 외진 농가에서 부모와 형제자매들이 따스한 방을 크리스마스 장식으로 꾸미고 그들을 기다리고 있다는 사실을 알고 있었다. 대부분이 멀리 떠나 있다가 고향에서 맞는 첫 크리스마스였다. 가족들이 사랑과 자부심으로 그들을 기다리고 있었다.

학생들은 눈 덮인 숲 한가운데에 있는 조그만 역에서 혹독한 추위를

---

12) '역경을 헤치고 별까지!'라는 뜻의 라틴어이다.

견디며 기차를 기다렸다. 한 번도 이처럼 한뜻으로 어울리고 즐겁게 모여 있었던 적이 없었다. 하일너만 혼자 동떨어져 입을 꾹 다물고 있었다. 기차가 오자 동료들이 다 타기를 기다렸다가 혼자 다른 칸에 올랐다. 다음 역에서 기차를 갈아탈 때 한스는 하일너를 다시 한 번 보았다. 부끄러움과 후회가 스치는 기분은 집으로 가는 여행의 흥분과 기쁨에 묻혀 곧 사라졌다.

집에 도착한 한스는 아버지가 흐뭇하고 만족스러워하는 모습을 보았다. 선물이 잔뜩 쌓인 탁자가 기다리고 있었다. 물론 기벤라트의 집에는 그럴듯한 크리스마스 축제가 없었다. 노래와 축제의 환희가 없고, 어머니도 없고, 크리스마스트리도 없었다. 기벤라트 씨는 축제를 즐길 줄 몰랐다. 하지만 이번에는 자랑스러운 아들에게 선물을 아끼지 않았다. 늘 그래 왔기에 한스는 아쉬운 게 없었다.

사람들마다 한스를 보고 너무 마르고 창백한 게 몰골이 말이 아니라고 했다. 수도원 식사가 너무 적게 나오는 게 아니냐고 물었다. 한스는 절대로 그렇지 않다고 하면서, 잘 지내고 있고 단지 자주 머리가 아플 뿐이라고 했다. 목사는 자신도 젊었을 때 두통을 앓았다며 한스를 위로했다. 그것으로 문제는 사라졌다.

강은 매끄럽게 얼어서 크리스마스 휴일에 스케이트를 타는 사람들로 북적였다. 한스는 하루 종일 밖에서 지내다시피 했다. 새 외투를 입고 신학교 학생들의 녹색 모자를 쓴 모습으로 예전의 동창생들을 뛰어넘어 그들의 부러움을 사는 높은 세계로 훌쩍 올라가 있었다.

4장

„Nur nicht matt werden, sonst kommt man unters Rad.“
"지금 여기서 맥이 풀려 버리면 안 된다.
그러다가 수레바퀴 아래에 깔려 끝장날 수 있어."


흔히 신학교 생활 4년 동안 학생들 가운데 한 명 또는 그 이상이 길을 잃곤 한다. 가끔 세상을 뜨는 학생도 생겨서 찬송가와 함께 매장되거나 친구들을 동반해 고향으로 인도되기도 한다. 어떤 때는 스스로 뛰쳐나가기도 하고 특별한 죄를 저질러 퇴학당하기도 한다. 드물긴 하지만 때로는 고학년에서 어떤 이유로 절망한 소년이 고통에서 벗어나기 위해 총을 쏘거나 물에 뛰어드는 간단한 방법으로 출구를 찾기도 한다.

한스 기벤라트의 학년도 동료를 몇 명 잃었다. 그런데 우연이라기에는 이상할 만큼 모두 헬라스의 기숙생이었다.

한스와 같은 기숙사 방을 쓰는 학생들 가운데 체구가 작고 얌전한 금발 소년이 있었다. 이름은 힌딩거였는데 보통 힌두라는 별명으로 불렸다. 힌딩거는 알프스 알고이 지방 마을 재단사의 아들로, 워낙 조용한 아이였다. 그래서 없어진 뒤에야 비로소 학생들의 입에 조금 오르내렸지만 그것도 잠시였다. 구두쇠이자 실내악의 거장 루치우스가 옆 책상을 쓰게 되었을 때 힌딩거는 다른 학생들보다는 루치우스와 조금 이야기를 나누었을 뿐 그 외에 친한 친구는 없었다. 헬라스의 기숙생들은 힌딩거가 없어진 후에야 마침내 다들 그 아이를 좋아했다는 사실을 깨달았다. 까다롭지 않고 착한 이웃이었던 힌딩거는 틈만 나면 떠들썩해지곤 하는 방에서 조용한 쉼터 역할을 한 소년이었다.

1월의 어느 날, 힌딩거는 스케이트를 타는 학생들을 따라 로스 호수로 갔다. 스케이트를 가지고 있지 않아서 그냥 구경만 할 생각이었다. 하지만 추워서 금방 몸이 어는 바람에 몸을 덥히려고 발을 동동거리며 호숫가 주변을 걸어 다녔다. 그러다 달리기 시작했는데, 그만 길을 잃고 들판을 한참 지나 조그만 호숫가에 이르렀다. 그 호수는 수원(水源)이 더 세차고 따뜻해서 수면만 살짝 얼어 있었다. 힌딩거는 갈대를 헤치고 안쪽으로 들어갔다. 힌딩거는 몸집이 아주 작고 가벼웠는데도, 호숫가 가장자리의 얼음이 깨지며 그대로 물에 빠지고 말았다. 그는 팔다리를 휘저으며 잠시 소리를 지르다 곧 아무도 모르게 어둡고 차가운 물속으로 가라앉았다.

2시에 오후 첫 수업이 시작했을 때야 모두들 힌딩거가 없다는 사실을 알아챘다.

"힌딩거는 어디 있지요?" 복습 지도 선생이 외쳤다.

아무도 대답하지 않았다.

"헬라스 방에 가서 찾아보세요!"

하지만 방에는 그의 흔적이 없었다.

"힌딩거가 늦는 모양이니 빼놓고 수업을 시작합시다. 74쪽 일곱 번째 구절을 공부할 차례입니다. 그런데 앞으로는 이런 일이 일어나지 않기를 당부합니다. 시간을 정확히 지켜야 합니다!"

시계가 3시를 쳐도 힌딩거는 여전히 나타나지 않았다. 선생은 불안한 생각이 들어 교장에게 사실을 알렸다. 교장은 곧바로 직접 교실에 찾아와 여러 가지 질문을 한 다음, 아이를 찾기 위해 조교와 복습 지도 선생과 함께 학생 열 명을 내보냈다. 교실에 남은 학생들에게는 쓰기 연습을 하라는 지시가 떨어졌다.

4시에 복습 지도 선생이 노크도 하지 않고 교실에 들어와 교장에게 귓속말로 보고했다.

"조용!" 교장이 지시했다. 학생들은 의자에 꼼짝도 하지 않고 앉아 긴장한 표정으로 교장을 쳐다보았다. "여러분의 친구 힌딩거가 호수에서 익사한 것 같습니다. 이제 여러분들도 그를 찾는 일을 도와야 합니다. 마이어 교수님이 이끌 것이니 여러분들은 지시를 정확하게 따르세요. 절대로 독자적인 행동을 해서는 안 됩니다."

교수가 앞장서고 크게 놀란 학생들이 소곤거리며 따라나섰다. 가까운 소도시에서 남자 어른들 몇 명이 밧줄과 긴 각목, 철봉 등을 가지고 서둘러 왔다. 날은 시리도록 춥고 해는 벌써 숲 언저리에 걸려 있었다.

마침내 소년의 뻣뻣하고 작은 몸을 발견하고 눈 내린 갈대숲에서 들것 위에 놓았을 때는 이미 석양이 짙게 드리운 때였다. 학생들은 겁먹은 새들처럼 오들오들 떨면서 주위로 몰려들었고, 시신을 응시하며 얼어서 파랗고 곱은 손가락을 비벼 댔다. 익사한 학우의 시신이 실려 가자 비로소 그들도 뒤따라 말없이 눈 덮인 들을 걸었다. 학생들의 짓눌린 정신은 비로소 전율을 느끼며 마치 노루가 적의 냄새를 맡듯 끔찍한 죽음과 마주했다.

추위에 얼어붙은 채 애통해하는 무리 속에서 한스 기벤라트는 우연히 옛 친구 하일너와 나란히 걷게 되었다. 둘 다 들판의 울퉁불퉁한 곳에 발이 걸려 비틀거리다 동시에 서로가 옆에 있다는 것을 알아챘다. 죽음을 목격한 충격에 압도당해 한순간 모든 이기심이 덧없음을 깨달았는지도 모른다. 아무튼 예기치 않게 친구의 창백한 얼굴을 가까이에서 본 순간, 한스는 말할 수 없는 깊은 고통을 느꼈다. 그리고 저도 모르게 친구의 손을 덥석 잡았다. 하일너는 언짢은 표정으로 손을 빼고 모욕을 당했다는 듯 흘낏 쳐다보더니 곧 다른 자리를 찾아 무리에서 맨 뒤쪽으로 사라졌다.

모범생 한스의 가슴이 슬픔과 부끄러움으로 고동쳤다. 얼어붙은 들판을 비틀비틀 걸어가는 동안 언 뺨 위로 하염없이 눈물이 흐르는 것을 멈출 수 없었다. 결코 잊어버릴 수도 없고, 어떤 후회로도 되돌릴 수 없는 죄악과 실수가 존재한다는 사실을 깨달았다. 재단사의 아들이 아니라 친구 하일너가 들것에 실려 가는 것 같았다. 하일너가 한스의 배신에 대한 고통과 분노를 가지고 저 멀리 다른 세상으로 가버린 것 같았다. 성적표와 시험과 성공이 아니라 오직 양심이 깨끗한가 더러운가로 평가하는 다른 세상으로.

그렇게 국도에 이르렀다. 모두 서둘러 수도원으로 들어갔다. 수도원에서는 교장을 선두로 모든 선생들이 죽은 힌딩거를 맞이했다. 힌딩거가 살아 있다면 그런 영예를 누린다는 생각만으로도 그 자리에서 달아났으리라. 선생들은 살아 있는 학생들을 볼 때와는 전혀 다른 눈으로 죽은 학생을 바라본다. 그럴 때면 평소에 아무 생각 없이 학생들에게 그토록 자주 부당한 행위를 가했던 이들이, 잠시나마 모든 생명과 청춘은 돌이킬 수 없으며 소중한 가치가 있다는 사실을 깨닫는다.

그날 밤과 그다음 날에도 눈에 보이지 않는 시체가 옆에 있다는 사실이 마치 마법처럼 모든 학생들의 행동과 말을 온화하게 누그러뜨리고 베일로 덮어 주는 역할을 했다. 이 짧은 시간에 불화와 소란과 웃음이 모두 사라졌다. 마치 물의 정령이 갑자기 수면에서 사라져 버려 어떤 움직임도 없이 잠잠해진 호수와도 같았다. 학생들이 짝을 지어 익사한 친구 이야기를 할 때면 반드시 본명을 불렀다. 죽은 이에게 힌두라는 별명을 쓰는 것은 예의에 어긋난다는 생각에서였다. 평소에 눈에 띄지도 않았고 이름이 불리는 적도 없이 아무런 자취가 없던 조용한 힌두는 지금 자신의 이름과 죽음으로 큰 수도원 전체를 가득 채웠다.

둘째 날 힌딩거의 아버지가 도착했다. 그는 몇 시간 동안 소년이 누워 있는 방에 혼자 머무르다가 교장이 권한 차를 마시고 '사슴' 여관에서 밤을 보냈다.

이제 장례식이었다. 복도에 관이 놓였다. 그 옆에 알고이 출신 재단사가 서서 모든 과정을 지켜보았다. 그는 전형적인 재단사의 모습이었다. 몹시 마르고 홀쭉한 그는 초록빛이 도는 검은색 프록코트를 걸치고 통이 좁은 초라한 바지를 입고, 손에 낡은 예복용 모자를 들고 있었다. 작고 여원 얼굴은 슬픔과 근심에 싸여 바람 앞의 등불처럼 금세 꺼질 듯 보였다. 그는 교장과 교수들에게 연신 당황과 존경의 태도를 보였다.

마지막 순간, 슬픔에 빠진 작은 남자는 짐꾼들이 관을 들기 전에 다시 한 번 황망하고 머뭇거리는 손짓으로 관 뚜껑을 가만히 어루만졌다. 그런 후에 눈물을 참으며 우두커니 서 있었다. 크고 고요한 복도 한가운데에 비쩍 마른 작은 겨울나무처럼 너무도 외롭고 의지할 데 없이 서 있는 재단사를 차마 보기가 힘들었다. 목사가 그의 손을 잡고 옆에 서 있었다. 이제 재단사는 환상적으로 휘어진 실크 모자를 쓰고 관 뒤를 제일 먼저 따라갔다. 그리고 계단을 내려가 수도원 뜰을 거쳐 오래된 정문을 나왔다. 눈 덮인 하얀 들을 지나, 교회 묘지의 낮은 담장을 향해 걸어갔다. 학생들 대부분이 무덤 앞에서 찬송가를 부르면서 지휘하는 손을 보지 않아 음악 선생은 기분이 상했다. 학생들은 외롭고 금방 꺼질 것만 같은 재단사를 쳐다보고 있었다. 슬프고 추위에 얼어붙은 그는 눈밭에 서서 고개를 푹 숙인 채 목사와 교장과 수석 학생의 연설에 귀를 기울이고, 찬송가를 부르는 학생들을 보며 넋이 나간 채 고개를 끄덕였다. 가끔 왼손으로 예복 자락에 감추어 둔 손수건을 만지작거렸지만 꺼내지는 않았다.

"아까 그 자리에 우리 아버지가 서 있다면 어떤 심정이었을까. 그런 생각이 자꾸 들었어." 오토 하르트너가 나중에 말했다. 그 말에 모두가 동감을 표했다. "그래, 나도 똑같은 생각을 했어."

장례식이 끝나고 교장이 힌딩거의 아버지와 함께 헬라스 방으로 들어왔다. "여러분 가운데 사망한 학생과 특히 친하게 지낸 사람이 있었습니까?" 교장이 방에 들어오면서 물었다. 처음에는 아무도 말을 하지 않았다. 힌두의 아버지가 불안하고 비참한 눈빛으로 소년들의 얼굴을 쳐다보았다. 그때 루치우스가 앞에 나섰다. 힌딩거의 아버지는 악수를 하면서 잠시 잡은 손을 꼭 쥐고 있었다. 하지만 할 말을 잃고 곧 겸손하게 고개를 끄덕이더니 방을 나갔다. 그러고 나서 그는 고향으로 떠났다. 집으로 가서 아내에게 아들 카를이 지금 어디에 누워 잠들어 있는지 알려 주려면 기차를 타고 하루 종일 눈 덮인 겨울 풍경을 지나야 했다.

수도원의 엄숙한 분위기는 곧 다시 사라졌다. 선생들은 다시 태도를 바꿨고, 문은 다시 쾅쾅 닫혔다. 세상을 떠난 학생을 생각하는 이는 많지 않았다. 몇몇 학생은 그 슬픈 호수에 오랫동안 서 있다가 감기에 걸리는 바람에 양호실에 누워 있거나 털신을 신고 목을 둘둘 감고 돌아다녔다. 한스 기벤라트는 목감기에 걸리거나 발에 동상을 입지는 않았지만 그 불행한 날 이후로 더 진중하고 성숙해 보였다. 내면에서 생겨난 어떤 변화로 소년에서 청년이 된 것이다. 영혼이 다른 세계로 옮겨 간 듯했다. 그 세계에서 한스의 영혼은 불안하게 떠돌고 으스스하게 날개를 퍼덕이며 쉴 곳을 찾지 못했다. 죽음의 충격 때문도, 착한 힌두를 향한 애도의 감정 때문도 아니었다. 단지 갑자기 눈을 뜬 하일너에 대한 죄의식 때문이었다.

하일너는 다른 두 학생과 같이 양호실에 누워 뜨거운 차를 마셔야 했다. 그 시간에 힌딩거의 죽음에서 느낀 인상을 정리하고 나중에 시로 쓸 글감을 준비할 수 있었다. 하지만 하일너는 그 일에 그리 신경을 쓰는 것 같지 않았다. 그저 전보다 훨씬 더 비참하고 고통스러워하는 것 같았다. 양호실에 같이 누운 아이들과 이야기도 거의 나누지 않았다. 감금형을 받은 후로 생긴 강제적인 고립 때문에 항상 말로 기분을 풀어야 하는 하일너의 예민한 감성은 상처를 받고 더욱 쓰라림을 느꼈다. 선생들은 하일너를 혁명적 생각과 불만으로 가득 찬 학생으로 여기고 더 엄격하게 감독했다. 학생들은 그를 피했고 조교는 조롱 섞인 친절로 대했다. 하일너의 친구들인 셰익스피어와 실러, 레나우가 그를 억누르고 모욕하는 사람들로 둘러싸인 세상보다 훨씬 더 관대하고 강력한 다른 세상을 보여 주었다. 하일너가 쓰는 〈수도사의 노래〉는 처음에는 그저 은둔자의 우울한 정서를 묘사했지만, 서서히 수도원과 선생들과 동급생들을 혐오하는 쓰디쓴 시가 되었다. 하일너는 자신의 고립이 박해받는 순교자가 누리는 고난의 향락이라 여겼다. 그리고 남들에게 이해받지 못하는 자신을 만족스러워했다. 세상을 신랄하게 경멸하는 수도사의 시를 쓰면서 마치 고대 로마의 풍자 시인 유베날리스가 된 기분을 느꼈다.

장례식이 있은 지 일주일이 지났다. 양호실에 있던 두 학생은 다 나았고 하일너만 혼자 아직 침대에 누워 있는데 한스가 찾아왔다. 쑥스럽게 인사를 건넨 한스는 침대 옆으로 의자를 가져와 앉아 하일너의 손을 잡았다. 하일너는 불쾌해하며 벽 쪽으로 돌아누웠다. 싸늘한 태도였지만 한스는 물러나지 않았다. 한스는 잡은 손을 꽉 쥐고 예전의 친구에게 억지로 자기를 보게 했다. 하일너는 화가 나서 입을 일그러뜨렸다.

"대체 왜 이래?"

한스는 잡은 손을 놓지 않았다.

"내 말 좀 들어 줘. 내가 비겁해서 그때 너를 못 본 척했어. 하지만 넌 날 알잖아. 학교에서 최상위권을 유지하고 가능하면 모든 과목에서 최고의 성적을 얻으려는 게 내 굳은 의지라는 걸 말이야. 넌 나를 공붓벌레라고 놀리지만 그래도 상관없어. 아무튼 그게 나의 이상이야. 그보다 더 좋은 게 난 뭔지 몰라." 한스가 말했다.

하일너는 눈을 감고 있었고, 한스는 나지막하게 말을 이었다. "있잖아. 정말 미안해. 혹시 다시 한 번 나와 친구가 될 마음이 남은지는 모르겠지만 날 용서해 주었으면 해."

하일너는 아무 말도 하지 않고, 눈도 뜨지 않았다. 친구가 반갑고 기쁜 마음에 마음속으로는 활짝 웃었다. 하지만 지금은 기분 나쁘고 외로움에 빠진 사람의 역할을 하고 있었기 때문에 적어도 얼마간은 그 가면을 벗지 않을 셈이었다. 한스는 물러서지 않았다.

"하일너, 제발! 네 주위를 이렇게 계속 맴맴 도느니 차라리 꼴등을 하는 게 더 나아. 그러니까 우리 다시 친구가 되자. 그래서 우리는 다른 애들이 필요 없다는 걸 보여 주자."

그때 하일너가 손을 꽉 쥐며 눈을 떴다.

며칠이 지나 하일너도 침대에서 일어나 양호실에서 나왔다. 수도원에서는 새로이 싹튼 우정을 보고 적잖은 흥분이 일었다. 하지만 둘에게는 이제 희한한 나날이 시작됐다. 크게 별다른 일은 없었지만 두 사람은 서로 속해 있다는 야릇한 행복과 말없는 은밀한 일치감에 가득 휩싸였다. 예전과는 조금 다른 느낌이었다. 몇 주 떨어져 있는 동안 두 친구는 달라져 있었다. 한스는 더 부드럽고 따뜻하며 도취적으로 변했다. 한편 하일너는 더욱 활력에 넘치는 남자다운 성격이 되었다. 둘은 그동안 서로를 너무도 그리워했기에 다시 친구가 된 것이 위대한 경험이자 귀한 선물이나 다름없었다.

조숙한 두 소년은 자신들도 모르는 사이에 우정 속에서 수줍음과 설레는 마음, 첫사랑의 감미로운 비밀을 미리 맛보고 있었다. 더욱이 그들의 결속은 성숙한 남성의 알알한 매력을 지니고 있었다. 하일너를 싫어하고 한스를 이해하지 못하는 동료들 모두에 대한 반항심도 알알한 양념으로 가미되었다. 다른 많은 학생들의 우정은 모두 순진한 소년들의 장난에 지나지 않았다.

하일너와의 우정에 점점 더 깊이 빠지고 행복을 느낄수록 한스는 학교가 점점 더 낯설게 느껴졌다. 신선한 포도주가 흐르듯 새로운 행복감이 한스의 피와 생각 속으로 확 퍼졌다. 그러면서 리비우스와 호메로스는 중요성과 광채를 잃어 갔다. 선생들은 지금까지 나무랄 데 없던 모범생 기벤라트가 문제아로 돌변한 것, 의심스러운 하일너의 나쁜 영향에 물든 것에 경악했다. 선생들에게 뜨거운 피가 끓어오르기 시작하는 위험한 청춘기에 조숙한 소년들에게서 두드러지게 나타나는 기이한 현상보다 더 우려스러운 것은 없었다. 더욱이 선생들은 하일너의 천재적인 기질을 불길하게 생각해 오던 터였다. 천재와 선생들 사이에는 옛날부터 깊은 골이 패어 있었다. 선생들은 원래 학교에 천재가 나타나는 것을 싫어했다. 천재는 선생을 존중하지 않는 못된 녀석들이었다. 그런 녀석들은 열네 살에 담배를 피우기 시작하고, 열다섯 살에 연애를 하고, 열여섯 살에 술집을 드나들고, 금지된 책을 읽고 불손한 글이나 쓰면서 가끔 선생을 비웃듯 노려보는 학생들이었다. 그래서 선생들은 교무 일지에 이들을 선동가와 감금 처벌 대상자로 기록했다. 선생은 학급에 천재 한 명이 있는 것보다 멍청이 여러 명이 있는 편을 더 좋아했다. 물론 정확하게 관찰하면 선생 쪽이 옳다. 선생의 임무는 정신이 독특한 인물을 교육하는 것이 아니라 라틴어나 수학을 잘하는 성실한 사람을 길러 내는 것이기 때문이다. 하지만 선생과 학생 가운데 누가 더 힘들고 괴로움에 시달리는지, 누가 더 폭군이고 남을 못살게 구는 사람인지, 누가 더 상대의 영혼과 인생을 망가뜨리고 해악을 끼치는지는 우리 자신이 청소년 시절에 겪은 분노와 수치를 생각하지 않고는 자세히 알 수 없는 일이다. 하지만 그것은 여기서 문제 삼을 일이 아니다. 진정한 천재들은 거의 대부분 받은 상처가 아물고 나면 나중에 훌륭한 작품을 창조하고 죽은 후에는 아름다운 명성의 후광에 둘러싸인다. 그러면 후세대 선생들이 대단한 작품이자 고귀한 예로 삼는 인물이 된다는 것에 우리는 위안을 받는다. 이처럼 규율과 정신 간의 싸움은 이 학교에서 저 학교로 옮겨 가며 늘 되풀이된다. 우리는 국가와 학교가 매년 몇몇 나타나는 심오하고 가치가 큰 정신의 뿌리를 잘라 내려 기를 쓰고 노력하는 모습을 항상 본다. 또 특히 선생들의 미움을 받은 학생, 걸핏하면 벌을 받는 학생, 학교를 뛰쳐나간 학생, 쫓겨난 학생들이 나중에 우리 민족의 보물을 풍성하게 만들어 내는 경우도 항상 본다. 하지만 조용한 반항심으로 자신을 갉아먹는 학생들도 있다. 그런데 이들의 수가 얼마나 많은지 누가 가늠할 수 있겠는가?

오랜 전통을 가진 훌륭한 학교 원칙에 따라, 남다르게 보이는 두 소년도 곧 위험 대상이 되었고 사랑 대신 엄격함이 두 배로 늘었다. 히브리어를 가장 열심히 공부하는 한스를 대견하게 여기던 교장만이 구원의 시도를 했지만, 그마저도 시원찮았다. 교장은 집무실로 한스를 불렀다. 그림같이 아름다운 그 구석방은 전설에 따르면 옛 수도원 원장실이었고, 가까운 이웃 마을 크니트링겐에 살던 파우스트 박사가 여기에서 엘핑겐 포도주를 몇 잔 즐겼다고 한다. 교장은 좋은 인품뿐만 아니라 통찰력과 실무 능력도 갖추고 있었다. 더 나아가 학생들에 대한 선량한 호의도 있어서 친밀감을 표시하려고 학생들에게 말을 놓기도 했다. 교장의 큰 결점은 강한 허영심이었다. 그래서 강단에서 허세에 찬 연설을 자주 늘어놓았고 자신의 권한과 권위를 조금이라도 의심하면 참지 못했다. 또 자신과 다른 의견을 용납하지 않았고 자신의 잘못을 인정하지 못했다. 줏대가 없거나 부정직한 학생들은 교장과 더할 나위 없이 잘 지냈지만 성격이 강직하고 솔직한 학생들은 그러기가 힘들었다. 교장이 반항의 낌새만 있어도 신경을 곤두세웠기 때문이다. 또 교장은 격려의 눈빛과 감동 어린 목소리로 아버지와 같은 친구의 역할을 능란하게 연기할 수도 있었다. 그리고 지금 교장은 그 역할에 들어갔다.

교장은 머뭇거리며 들어온 소년과 힘차게 악수를 나누고는 친절하게 말했다.

"기벤라트, 이리 앉아요. 학생과 이야기를 좀 하고 싶어 불렀습니다.

그런데 말을 놓아도 되겠지?"

"물론이죠, 교장 선생님."

"기벤라트, 스스로도 잘 알겠지만 최근 공부를 좀 소홀히 하는 것 같더구나. 적어도 히브리어 과목에서는 말이다. 너는 지금까지 히브리어에서 최고의 성적을 냈어. 그래서 갑자기 성적이 떨어져 안타깝구나. 혹시 히브리어 공부에 흥미를 잃은 건 아니냐?"

"아, 아닙니다. 교장 선생님."

"잘 생각해 봐! 그럴 수도 있지. 아니면 혹시 다른 과목에 더 집중하고 있니?"

"아닙니다. 교장 선생님."

"정말 아니야? 그래, 그렇다면 다른 원인을 찾아봐야겠구나. 원인을 찾는데 네가 도와줄 수 있겠니?"

"잘 모르겠어요……. 전 숙제를 늘 꼬박꼬박 했는데요……."

"물론이지 얘야, 물론이고말고. 그런데 겉으로는 똑같아 보여도 차이가 있는 법이지. 숙제는 물론 했어. 그건 네 의무이기도 하니까. 하지만 예전에는 더 좋은 성적을 냈잖아. 더 열심히 하기도 했고. 아무튼 히브리어에 더 많이 신경을 써왔어. 그러니 이제 묻겠다. 갑작스레 너의 열의가 식은 원인이 뭔지 말이다. 혹시 병이 난 거냐?"

"아닙니다."

"그럼 혹시 머리가 아프냐? 썩 건강해 보이지는 않아서 말이다."

"네, 가끔 머리가 아픕니다."

"매일 하는 공부가 너무 벅찬 거냐?"

"아, 아닙니다. 전혀 그렇지 않아요."

"아니면 학과 외에 별도로 읽는 책이 너무 많은 거 아니냐? 제발 솔직히 말해 봐라!"

"아닙니다. 교장 선생님, 저는 거의 책을 읽지 않아요."

"그렇다면 도무지 이유를 모르겠구나. 애야, 뭔가 문제가 있을 텐데 말이다. 앞으로 열심히 공부하겠다고 약속할 수 있겠니?"

한스는 자신을 진지하면서도 온화하게 쳐다보는 권력자가 내민 오른손을 잡았다.

"옳지, 그래야지, 암 그렇지. 제발 지금 여기서 맥이 풀려 버리면 안 된다. 그러다가 수레바퀴 아래에 깔려 끝장날 수 있어."

교장은 한스의 손을 힘주어 꽉 잡았다. 한스는 크게 숨을 내쉬며 문쪽으로 갔다. 그때 교장이 다시 불렀다.

"한 가지 더, 기벤라트. 하일너와 가깝게 지내는 것 같던데. 그렇지 않니?"

"네, 친하게 지내는 편입니다."

"다른 학생들보다 더 친한 것 같더구나. 그렇지 않아?"

"네, 맞아요. 하일너는 제 친구입니다."

"어떻게 친구가 될 수 있지? 너희 두 사람은 사실 성격이 완전히 반대인데."

"모르겠어요. 아무튼 친구가 되었습니다."

"내가 네 친구를 그다지 좋아하지 않는다는 걸 너도 알 게다. 하일너는 불만이 많고 성격도 불안정한 학생이지. 재능이 있는지는 모르겠지만 그렇다고 뚜렷한 두각을 나타내는 것도 아니고, 너에게 좋은 영향을 주지도 못해. 네가 하일너를 좀 멀리하면 좋겠다. 어떠냐?"

"그럴 수는 없습니다. 교장 선생님."

"그럴 수 없다고? 대체 이유가 뭐지?"

"제 친구이기 때문입니다. 친구를 멀리해서 어려움에 처하게 할 수는 없어요."

"흠, 그래도 다른 학생들과 좀 더 가까이 지낼 수도 있지 않겠니? 하일너의 나쁜 영향에 고스란히 자신을 내맡긴 학생은 너밖에 없다. 그리고 우리가 지금 그 결과를 보고 있고 말이다. 대체 하일너의 어떤 점이 그토록 너를 사로잡은 게냐?"

"저도 모르겠어요. 하지만 저희는 사이가 좋아요. 친구를 저버리는 건 비겁한 짓이라고 생각합니다."

"그래, 알았다. 뭐, 너에게 강요하겠다는 뜻은 아니다. 하지만 서서히 그를 멀리하기를 바란다. 제발 그러면 좋겠구나. 그래야 내 마음이 편할 것 같다."

교장의 마지막 말에는 더 이상 조금 전과 같은 온화함이 없었다. 그제야 한스는 방을 나갈 수 있었다.

그때부터 한스는 다시 공부를 파고들었다. 물론 예전처럼 쭉쭉 앞서나가는 것이 아니라 더 이상 뒤처지지 않으려 간신히 옆에서 달리는 쪽이었다. 한스도 어느 정도는 우정 때문에 그렇게 되었다는 사실을 잘 알고 있었다. 하지만 우정을 손해나 장애물이라 여기지 않았고, 오히려 모든 손실을 메꾸어 주는 보물로 여겼다. 그것은 예전의 무미건조하기만 한 의무적 생활과는 비교할 수 없을 정도로 차원이 높고 따뜻한 삶이었다. 한스에게는 사랑에 빠진 젊은 연인들과 같은 일이 일어났다. 자신에게 위대한 영웅 행위를 할 능력이 있는 것 같았다. 하지만 지루하고 하찮은 일상의 일은 할 수 없는 기분이었다. 그래서 절망적인 한숨을 계속 내쉬며 자신에게 멍에를 씌웠다. 한스에게는 하일너처럼 겉핥기로 대충 공부하다 필요한 부분은 어떻게든 재빨리 습득하는 능력이 없었다. 친구가 거의 매일 밤 찾아와 자유 시간을 빼앗았기 때문에 한스는 아침에 한 시간 더 일찍 일어나야 했다. 특히 히브리어 문법을 흡사 적과 씨름하듯 공부했다. 사실 호메로스와 역사 수업은 아직도 즐거웠다. 한스는 막연히 더듬는 느낌으로 호메로스 작품 세계에 조금씩 가까이 다가섰다. 역사에서는 영웅들이 서서히 이름과 숫자에 머물지 않고 가까이에서 이글거리는 눈으로 한스를 쳐다보았다. 그들은 저마다 빨간 입술과 얼굴과 손을 가진 인물로 살아났다. 붉고 두툼하고 거친 손도, 침착하고 차갑고 단단한 손도 있었다. 또 뜨거운 혈관이 불뚝 튀어나온 갸름한 손도 있었다.

　그리스어로 된 신약을 읽을 때도 가끔 글 속 인물이 아주 가까이에서 뚜렷한 형상으로 떠오르는 바람에 한스는 크게 놀라 압도당하기도 했다. 특히 마가복음 6장에서 예수가 제자들과 함께 배에서 내리며 '사람들은 곧 예수를 알아보고 그리로 달려 갔나니(εὐθὺς ἐπιγνόντες αὐτὸν περιέδραμον)'라는 구절을 읽을 때였다. 그때 한스도 인간의 아들 예수가 배에서 내리는 모습을 눈으로 보았고 예수를 곧장 알아볼 수 있었다. 그것은 모습이나 얼굴이 아니라 깊은 사랑을 담은 눈에서 나오는 빛, 그리고 가늘고 아름다운 갈색 손이었다. 가볍게 손짓하는 손이 이리 오라고 반갑게 부르는 것도 같았다. 섬세하지만 강한 영혼이 빚어냈고, 또 그 영혼이 깃들어 있는 것 같은 손이었다. 파도가 일렁이는 바닷가와 작은 배의 묵직한 뱃머리가 언뜻 나타나더니 곧 모든 광경이 겨울 날씨에 입김이 날리듯 휙 사라졌다.

　그런 일이 가끔 되풀이되었다. 책 속에서 어떤 인물이나 역사의 일부가 불쑥 솟아났다. 인물들은 다시 한 번 살아나 자신의 시선이 살아 있는 사람의 눈동자 속에 담기기를 동경하는 것 같았다. 한스는 그것을 받아들이면서도 한편으로는 놀라웠다. 순간적으로 나타났다가 홀연히 사라지는 현상이었다. 그럴 때 한스는 자신이 아주 이상하게 변해서 마치 투명한 유리를 들여다보듯 검은 땅을 꿰뚫어 보거나, 신이 그를 보고 있는 것 같았다. 이 신기한 순간들은 순례자나 선량한 손님처럼 부르지 않아도 왔다가 말 한마디 없이 휙 사라졌다. 이들 주위에는 낯설고 신성한 기운이 어려 있어 말을 걸거나 더 머물라고 붙잡을 수 없었다.

한스는 그런 경험을 혼자 간직한 채 하일너에게도 말하지 않았다. 하일너는 예전의 우울증이 이제 불안정하고 날카로운 정신 상태로 바뀌어 수도원, 선생, 동료, 날씨, 인생과 신의 존재에 대한 비판을 일삼았다. 때로 쌈닭처럼 아이들에게 시비를 걸고 느닷없이 어리석은 싸움질을 벌이기도 했다. 하일너는 또다시 기피 대상이 되어 다른 아이들과 대립 관계에 섰다. 그리고 그는 무분별한 자부심으로 반항적이고 적대적인 태도를 보이며 날을 잔뜩 세워 그 관계를 완성하려 했다. 기벤라트가 그런 하일너를 말리지 않고 도리어 같이 빠져든 결과, 두 친구는 불쾌하고 눈에 거슬리는 외딴섬이 되어 아이들과 동떨어져 버렸다. 한스는 그런 상황이 점차 그리 불쾌하지 않았다. 교장만 아니면 좋을 것 같았다. 한스는 교장이 왠지 무서웠다. 이제 교장은 예전에 총애하던 한스를 냉담하게 대하고 일부러 무시했다. 결국 교장의 전공과목인 히브리어에 한스는 서서히 흥미를 잃고 말았다.

정체된 아이들 몇을 제외하고 신학생 40명은 불과 몇 달 사이에 신체와 정신이 크게 달라졌다. 그 발전을 지켜보는 것은 기쁜 일이었다. 많은 학생들이 몸집보다 키가 더 부쩍 자랐다. 그래서 같이 커지지 않은 옷 밖으로 팔다리뼈가 불쑥 튀어나왔다. 얼굴에는 사라져 가는 유년기의 모습과 수줍게 삐기기 시작하는 남성의 모습 사이에 온갖 명암이 나타났다. 신체는 여전히 발달기의 각진 형태를 아직 벗어나지 못했다. 하지만 훤한 이마에는 모세 성경 공부를 한 덕분에 적어도 일시적이지만 남성의 진지함이 보였다. 이제 포동포동한 뺨은 보기 드물어졌다.

한스도 달라졌다. 이제 키와 비쩍 마른 몸집은 하일너와 똑같아지고 나이는 오히려 더 들어 보였다. 예전에 아주 부드럽기만 하던 이마의 윤곽이 툭 튀어나와 보이고, 눈은 깊게 쑥 들어가고, 얼굴은 혈색이 좋지 않았다. 팔다리와 어깨는 말라서 앙상한 뼈가 튀어나왔다.

한스는 학교 성적이 스스로 불만스러울수록 하일너의 영향으로 점점 더 폐쇄적으로 변해 아이들과 멀어졌다. 모범생이자 장차 수석 학생의 입장에서 동급생들을 내려다볼 이유가 더는 없었다. 그러므로 한스에게 오만함은 정말로 어울리지 않았다. 하지만 누군가 그 점을 일깨울 때나 스스로도 괴로울 때는 상대를 용납하지 않았다. 특히 나무랄 데 없는 모범생 하르트너와 건방진 오토 벵거와는 여러 번 싸움을 했다. 어느 날 오토 벵거가 또 약을 올리며 화를 돋우자 한스는 자제력을 잃고 주먹으로 대답을 대신했다. 격렬한 싸움이 벌어졌다. 벵거는 겁쟁이였지만 한스처럼 허약한 상대를 때려눕히는 것쯤은 쉬운 일이었다. 그는 한스를 사정없이 때렸다. 하일너는 그 자리에 있지 않았고, 다른 학생들은 한가롭게 구경만 하면서 한스가 징벌받는 꼴을 즐겼다. 한스는 온몸에 멍이 들 정도로 심하게 맞았다. 코피가 나고 갈비뼈가 마구 쑤셨다. 밤새도록 수치와 고통과 분노로 잠들지 못했다. 한스는 하일너에게 이 일을 비밀에 부치고, 그때부터 마음을 닫고 같은 방 동료들과 거의 한 마디도 섞지 않았다.

봄이 되었다. 낮이나 일요일에 비가 자주 내리고 어스름이 깔리는 시간이 길어지자 수도원 생활에도 새로운 모임과 움직임이 생겼다. 피아노를 잘 치는 아이 한 명과 플루트를 잘 부는 아이 두 명이 있는 아크로폴리스 방에서는 정기적으로 여는 음악의 밤을 두 개 만들었고, 게르마니아 방에서는 희곡 독서회가 열렸다. 몇몇 경건주의자들은 성경 읽기 모임을 시작하고 매일 밤 칼버 판 성경 사전의 주해를 참고로 성경을 한 장씩 읽었다.

게르마니아 방의 독서회에 하일너가 회원 신청을 했지만 받아들여지지 않았다. 분노로 부글부글 끓은 하일너는 복수심에 성경 읽기 모임에 들어갔다. 거기서도 하일너를 맞아들이려 하지 않았지만 그는 막무가내로 들어갔다. 그리고 얌전한 소모임의 경건한 대화에 끼어들어 대담한 발언과 무신론적인 암시로 시비를 걸고 불화를 일으켰다. 하일너는 그 놀이도 곧 지겨워졌지만 이야기할 때 성경을 들먹이며 비아냥거리는 말투는 상당히 오래갔다. 그런데 이번에는 하일너가 거의 주목을 받지 못했다. 학생들의 관심이 온통 새로운 활동과 모험 정신에 쏠렸기 때문이다.

재능과 재치가 넘치는 스파르타 방의 한 학생이 가장 큰 화제였다. 그는 개인적인 유명세를 타는 것 다음으로, 기숙사에 활기를 불어넣고 온갖 재미난 장난으로 공부만 하는 단조로운 일상에 즐거움을 자주 만들어 내려 했다. 별명이 둔스탄인 그 학생은 주목을 끄는 자신만의 방법을 발견하고 인기를 얻는 데 성공했다.

어느 날 아침, 침실에서 나온 학생들은 세면장 문에 붙어 있는 종이를 발견했다. 거기에는 '스파르타에서 보낸 풍자시 여섯 편'이라는 제목으로 눈에 띄는 동료들을 골라 그들의 어리석은 짓과 장난, 우정을 우스꽝스럽게 조롱하는 2행시가 적혀 있었다. 기벤라트와 하일너도 칼을 맞았다. 조그만 집단에 어마어마한 흥분이 일었다. 마치 극장 입구처럼 세면장 문 앞으로 아이들이 우르르 몰려들었다. 여왕벌이 막 비행하려는 순간 모여든 벌떼처럼, 아이들은 마구 뒤엉겨 서로 부딪고 밀치고 웅성댔다.

다음 날 아침, 방문마다 응답과 동의, 새로운 공격을 뜻하는 풍자시와 경구가 붙었다. 하지만 정작 소동의 원인 제공자는 그 일에 또 끼어들 만큼 멍청하지는 않았다. 헛간에 불쏘시개를 던지는 목적을 달성했으니 손을 떼고 느긋하게 구경만 할 뿐이었다. 며칠 사이에 거의 모든 학생들이 풍자시 싸움에 동참했다. 누구나 2행시를 지으려고 골똘히 생각에 잠겨 걸어 다녔다. 아마 그 소동에 개의치 않고 평소와 다름없이 공부하는 학생은 루치우스뿐이었을 것이다. 마침내 한 선생이 사건을 알아채고 이 자극적인 장난을 금지했다.

약삭빠른 둔스탄은 자신이 얻은 월계관에 만족하지 않고 그사이에 결정타를 준비했다. 바로 신문 창간호를 발간한 것이다. 신문은 타이프 용지에 아주 작은 판형을 등사기로 찍고, 몇 주일 동안 수집한 자료를 기사로 썼다. 〈고슴도치〉라는 제목의 신문은 주로 익살스러운 내용을 실었다. 여호수아서 집필자와 마울브론 신학교 학생이 나누는 우스꽝스러운 대화는 창간호의 걸작이었다.

대단히 성공적이었다. 이제 둔스탄은 엄청나게 할 일이 많은 편집자 겸 발행인의 태도와 표정을 하고 다녔다. 마치 옛날 베니스 공화국의 유명한 작가 아레티노가 그랬던 것처럼 비난과 칭송이 뒤섞인 명성을 수도원에서 누렸다.

헤르만 하일너가 열정적으로 편집에 참여하고 둔스탄과 함께 날카로운 풍자가 섞인 검열을 행하자 모두들 크게 놀랐다. 하일너에게는 그런 역할을 하는 데 필요한 재치와 독기가 충분했다. 이 작은 신문은 거의 한 달가량 수도원 전체를 숨 막히는 긴장감에 빠뜨렸다.

기벤라트는 친구를 방해하지 않고 내버려 두었다. 그 일에 참여하기에 한스는 의욕도 재능도 없었다. 심지어 처음에는 하일너가 저녁때 스파르타 방에서 시간을 많이 보내는 것도 알아채지 못했다. 얼마 전부터 다른 일에 정신이 쏠렸기 때문이다. 한스는 종일 축 늘어져 느릿느릿 멍하게 주위를 돌아다녔다. 공부도 흥미 없이 느릿느릿했다. 그러다 한번은 리비우스 수업 시간에 그에게 이상한 일이 일어났다.

교수가 해석을 시키려 한스를 불렀다. 그는 일어날 생각을 하지 않고 그냥 앉아 있기만 했다. "대체 뭡니까? 왜 안 일어납니까?" 교수가 화가 나서 큰 소리로 외쳤다.

한스는 꼼짝도 하지 않았다. 의자에 똑바로 앉아 고개를 약간 숙이고 눈은 반쯤 감고 있었다. 그를 부르는 소리에 어렴풋이 꿈에서 깨어났지만 교수의 목소리가 아득히 멀리서 들려오는 것만 같았다. 옆자리 학생이 옆구리를 쿡쿡 치는 것도 느꼈다. 하지만 아무 소용이 없었다. 한스는 다른 사람들에게 둘러싸여 있었다. 다른 사람들의 손이 그를 건드렸고, 다른 사람들의 목소리가 말을 걸었다. 가까이에서 들리는 나지막하고 깊은 목소리는 말이 아니라 샘에서 나는 듯이 웅웅거리며 그윽한 울림처럼 들렸다. 많은 눈동자가 한스를 쳐다보고 있었다. 낯설고 예감에 찬 크고 번쩍이는 눈이었다. 어쩌면 방금 리비우스의 작품에서 읽었던 로마 군중들의 눈일지도 모르고, 한스가 꿈에서 보았거나 언젠가 그림에서 본 적이 있는 낯선 사람들의 눈인지도 몰랐다.

"기벤라트! 지금 자고 있습니까?" 교수가 고함쳤다.

눈을 뜬 학생은 어리둥절한 표정으로 교수를 빤히 쳐다보고 고개를 저었다.

"졸고 있었군요! 아니라면 지금 어떤 문장을 할 차례인지 말할 수 있습니까? 어디죠?"

한스는 손가락으로 책을 짚어 보였다. 어디를 할 차례인지 정확하게 알고 있었다.

"그러면 이제는 일어날 생각이 있습니까?" 선생이 조롱하듯 물었다. 한스는 자리에서 일어났다.

"대체 뭘 하자는 겁니까? 나를 똑바로 봐요!"

한스는 교수를 쳐다보았다. 교수는 한스의 눈빛이 마음에 들지 않는지 어이가 없다는 듯 고개를 저었다.

"기벤라트, 몸이 좋지 않습니까?"

"아닙니다. 교수님."

"이만 다시 자리에 앉고, 수업이 끝난 후 내 방으로 오세요."

한스는 자리에 앉아 리비우스 책을 들여다보았다. 이제는 정신이 완전히 깨어 모든 것을 이해할 수 있었다. 하지만 여전히 마음속의 눈으로 수많은 낯선 형상들을 쫓고 있었다. 그들은 서서히 떠나갔다. 완전히 멀어져 안개 속으로 가라앉을 때까지 번쩍이는 눈을 한스에게 계속 고정했다. 동시에 교수의 목소리와 해석을 하는 학생들의 목소리, 교실의 모든 자잘한 소음이 점점 더 가까워지더니 마침내 다시 평소와 같은 뚜렷한 현실이 되었다. 의자와 강단, 칠판이 평소와 다름없이 제자리에 있었다. 벽에는 나무로 된 큰 컴퍼스와 삼각자가 걸려 있었다. 주위에 모든 학생이 앉아 있었다. 많은 학생들이 호기심에 가득 차 뻔뻔하게 힐끔거렸다. 그제야 한스는 화들짝 놀라 정신을 차렸다. "수업이 끝난 후 내 방으로 오세요."라는 말이 들렸다. 세상에 맙소사, 무슨 일이 일어났던 거지?

수업이 끝나고 교수는 한스에게 나오라고 손짓을 했다. 그리고 한스를 데리고 뚫어지게 쳐다보는 동료들 사이를 지나갔다. "이제 말해 보세요. 대체 어떻게 된 겁니까? 그러니까 자고 있지 않았다는 거죠?"

"자지 않았습니다."

"내가 불렀을 때 왜 일어나지 않았습니까?"

"모르겠습니다."

"부르는 소리를 못 들었습니까? 혹시 귀가 잘 안 들립니까?"

"아닙니다. 교수님이 부르는 소리를 들었습니다."

"그런데 안 일어났다고요? 게다가 나중에 쳐다보던 눈빛도 아주 이상하던데. 대체 무슨 생각에 잠겨 있었던 겁니까?"

"아무 생각도 하지 않았습니다. 저는 바로 일어나려 했습니다."

"그럼 왜 안 일어났습니까? 역시 몸이 안 좋은 것 아닙니까?"

"그렇지 않은 것 같습니다. 왜 그랬는지 저도 모르겠습니다."

"두통이 있었습니까?"

"아닙니다."

"알겠습니다. 그만 가보세요."

한스는 식사 전에 다시 침실로 불려 갔다. 침실에는 교장이 마을 의사를 모셔 놓고 한스를 기다리고 있었다. 한스는 진찰을 받고 이런저런 문진을 받았다. 하지만 뚜렷한 원인을 찾을 수 없었다. 의사는 온화하게 웃으며 일을 가볍게 받아들였다.

"교장 선생님, 신경에 조금 문제가 있는 것입니다." 의사가 부드럽게 웃었다. "일시적인 신경 쇠약 상태입니다. 가벼운 현기증 같은 거예요. 이 소년은 매일 바람을 쐬어야 합니다. 두통에는 약물을 몇 가지 처방할 수 있습니다."

그때부터 한스는 매일 식사 후에 한 시간 동안 산책을 해야 했다. 한스가 산책을 반대할 이유는 없었다. 단지 교장이 하일너와 같이 산책을 가지 말라고 한 엄한 금지가 마음에 좀 걸렸다. 하일너는 분에 차서 욕설을 내뱉었지만 단념할 수밖에 없었다. 한스는 늘 혼자 산책을 다녔고 그래도 나름 즐거웠다. 봄이 시작되는 때였다. 아름답게 굽이진 둥그런 언덕 위로 파릇파릇한 새싹들이 밝고 엷은 물결처럼 퍼졌다. 나무는 윤곽이 뚜렷한 갈색 그물 모양의 겨울 형상을 벗고, 어린 잎사귀의 유희와 어우러지며 생동하는 녹색 파도가 넘쳐흐르는 풍경의 색으로 섞여 들었다.

예전에 라틴어 학교에 다니던 시절에 한스는 봄을 지금과는 달리 더 생생하고 더 활발한 호기심으로 낱낱이 관찰했다. 다시 돌아오는 철새를 쳐다보며 종류를 하나하나 살피고, 나무에서 피어나는 꽃을 차례차례 지켜봤다. 그러다 곧 5월이 오면 낚시를 시작했다. 그런데 지금은 새의 종류를 가려내거나 꽃봉오리를 보고 관목을 알아내는 데 전혀 신경을 쓰지 않았다. 다만 사방에 움트는 새싹의 색을 바라보고, 어린 나뭇잎의 냄새를 맡고, 부드럽게 피어오르는 봄의 공기를 느끼고 놀라워하며 들판을 걸었다. 한스는 걸핏하면 피곤해졌고, 늘 드러누워 잠들고만 싶었다. 주위에 있는 사물과는 다른 잡다한 것이 끊임없이 눈에 보였다. 그게 실제로 무엇인지는 알 수 없었다. 곰곰이 생각하지도 않았다. 그것은 밝고 부드럽고 기이한 꿈이었다. 마치 초상화나 이국의 나무들이 쭉 늘어선 가로수 길에 둘러싸인 채 아무 일도 일어나지 않는 꿈과 같았다. 그냥 바라보기 위한 순수한 그림들이었다. 하지만 그 그림을 바라보는 것도 하나의 체험이었다. 한스는 자신이 다른 공간과 다른 사람들 사이로 옮겨진 기분이 들었다. 부드럽고 편안하게 밟을 수 있는 낯선 땅을 거닐고, 아주 가볍고 섬세하고 꿈결 같은 향료의 향기로 가득한 공기를 마시는 것 같았다. 그 그림 속에서 가벼운 손길이 한스의 몸을 부드럽게 쓰다듬는 듯 아련하고 따뜻하고 흥분이 이는 느낌도 가끔 들었다.

한스는 책을 읽고 공부를 할 때 집중하기 위해 엄청난 노력을 들여야 했다. 그가 관심이 없는 것은 그림자처럼 손가락 사이로 빠져나갔다. 그래서 수업 중에 히브리어 단어를 제대로 익히려면 수업 시작 30분 전에 미리 공부해야 했다. 하지만 형상이 구체적으로 나타나는 일이 매순간 아주 잦아졌다. 책을 읽고 있으면 그 속에 묘사된 것이 갑자기 생생하게 살아나 눈앞에서 움직였다. 가장 가까이에 있는 주변보다 훨씬 더 생생하고 진짜같이 보였다. 한스는 자신의 기억력이 더는 아무것도 받아들이려 하지 않고 하루가 다르게 자꾸 마비되고 불확실해진다는 사실을 깨닫고 절망했다. 한편으로는 때때로 예전 기억이 끔찍할 정도로 뚜렷하게 덮쳐 와 기분이 이상하고 불안해지기도 했다. 수업을 듣고 있거나 책을 읽고 있을 때 가끔 아버지나 안나 할머니 또는 예전 학교 선생님이나 같은 반 학생들이 불쑥 눈앞에 나타나기도 했다. 그럴 때마다 한동안 그들에게 완전히 집중력을 쏟기도 했다. 슈투트가르트에서 머물던 때와 주 시험, 방학 때 있었던 일도 계속해서 떠올랐다. 낚싯대를 드리우고 강가에 앉아 있는 자신의 모습도 보였고, 햇빛이 내리쬐는 강물 냄새도 맡았다. 그와 동시에 그가 꿈꾸었던 시간들이 아주 오래되어 아득한 옛날처럼 여겨지기도 했다.

후텁지근하고 음울한 어느 날 저녁, 한스는 하일너와 같이 도르멘트를 이리저리 걸으며 고향과 아버지, 낚시와 학교 이야기를 나누었다. 하일너는 유난히 말이 없었다. 한스가 말을 하게 두고 고개만 끄덕이다가,

생각에 잠긴 채 하루 종일 심심풀이로 가지고 노는 작은 자를 공중에 휙휙 내두르기도 했다. 서서히 한스도 말이 없어졌다. 깜깜한 밤이 되었다. 둘은 창턱에 앉았다.

"야, 한스!" 마침내 하일너가 입을 열었다. 목소리가 불안하고 흥분에 들떠 있었다.

"왜?"

"아, 아냐."

"왜 그래, 빨리 말해 봐!"

"그냥 어떤 생각이 좀 났어. 네가 온갖 얘기를 하니까."

"뭘 생각했는데?"

"있잖아, 한스. 너, 솔직히 한 번도 여자 꽁무니 쫓아다닌 적 없지?"

침묵이 흘렀다. 둘은 지금까지 여자 얘기를 한 번도 해본 적이 없었다. 하지만 이 수수께끼의 영역이 동화 속 정원처럼 한스를 확 끌어당겼다. 얼굴이 벌게지고 손가락이 떨리는 것을 느꼈다.

"딱 한 번. 그땐 아직 둔감한 소년이었지."

다시 정적이 이어졌다.

"그런데 하일너, 너는?"

하일너가 한숨을 내쉬었다.

"야, 관두자! 이런 얘기는 꺼내지 말았어야 하는 건데. 얘기할 가치가 없으니까."

"해봐, 해봐."

"난 좋아하는 여자가 있어."

"네가? 정말이야?"

"고향에 있어. 이웃에. 이번 겨울에 그녀에게 입맞춤을 했지."

"입을 맞췄다고?"

"그래. 있잖아. 그때 날은 이미 어두웠어. 얼음판 위에 있었는데 그녀가 스케이트를 벗는 걸 도와주었지. 그때 내가 키스를 했어."

"그녀는 아무 말도 안 했어?"

"아무 말도 안 했어. 그냥 도망치더라."

"그러고는?"

"그러고는! 아무 일도 없었어."

하일너는 다시 한숨을 내쉬었다. 한스는 금지된 정원에서 나오는 영웅을 보기라도 하듯 하일너를 쳐다보았다.

그때 종이 울렸다. 자러 가야 할 시간이었다. 침대에 누운 한스는 전등이 꺼지고 사방이 고요해진 다음에도 한 시간이나 더 깬 채로 하일너가 애인에게 했다던 입맞춤을 생각했다.

다음 날 한스는 더 많은 것을 물어보고 싶었다. 하지만 부끄러운 생각이 들었다. 하일너는 한스가 묻지 않아서 스스로 이야기를 다시 꺼내기가 멋쩍었다.

한스는 성적이 점점 더 나빠졌다. 선생들은 화난 표정을 짓고 이상한 눈초리로 쏘아보기 시작했다. 교장은 불쾌하고 화가 났다. 아이들도 기벤라트가 성적이 뚝 떨어지고 1등이 되려는 목표를 접었다는 사실을 오래전부터 알아차렸다. 오직 하일너만 아무것도 눈치채지 못했다. 그 자신이 성적을 그리 중요시하지 않았기 때문이다. 한스도 신경을 쓰지 않고 모든 일이 일어나고 변하는 대로 그냥 내버려 두었다.

그러는 사이 하일너는 신문 편집 일에 싫증이 났는지 다시 친구에게 돌아왔다. 금지령을 무시하고 날마다 한스의 산책을 여러 번 따라갔다. 한스와 같이 햇빛 아래 누워 몽상에 잠겼고, 시를 읽어 주거나 교장에 대한 농담도 했다. 한스는 매일매일 친구가 한 사랑의 모험 이야기를 더 듣고 싶었지만 시간이 지날수록 물어보기가 점점 더 어려워졌다. 아이들이 지금처럼 둘을 싫어한 적은 없었다. 〈고슴도치〉에서 하일너가 악의적인 농담을 퍼부은 바람에 아무도 그를 좋게 생각하지 않았기 때문이다.

아무튼 그 무렵 신문은 폐간되었다. 그래도 꽤 오래간 셈이었다. 애초에 겨울에서 초봄 사이의 지루한 기간을 겨냥해 만든 것이기도 했다. 이제 아름다운 계절이 왔다. 식물을 채집하고, 산책하고, 야외 활동을 하는 등 놀 거리가 충분했다. 점심때마다 수도원 안뜰은 체조하고, 레슬링하고, 달리고, 공 차는 아이들의 고함과 활기가 넘쳤다.

거기에 또 새로운 소동이 벌어졌다. 이번에도 소동의 중심에는 모두가 싫어하는 헤르만 하일너가 있었다.

하일너가 금지령을 우습게 여기고 기벤라트가 산책하는 데 매일 함께 다닌다는 사실을 교장이 알게 되었다. 교장은 이번에는 한스는 그냥 두고, 예전의 숙적이자 주범인 하일너만 집무실로 불렀다. 교장이 하일너에게 말을 놓으려 하자 하일너는 바로 거부했다. 교장은 하일너가 말을 듣지 않는다고 꾸짖었다. 그러자 하일너는 자신이 기벤라트의 친구이고 아무도 그들이 우정을 나누는 일을 금지할 권리가 없다고 맞섰다. 불쾌한 장면이 벌어졌다. 그 결과 하일너는 다음부터 기벤라트가 가는 산책에 절대로 따라가지 말라는 엄격한 금지령과 함께 몇 시간 동안 감금형을 받았다.

다음 날 결국 한스는 공식적인 산책에 다시 혼자 나섰다. 그리고 2시에 되돌아와 다른 학생들과 함께 교실에 들어갔다. 그런데 수업이 시작되자 하일너가 없다는 사실이 드러났다. 예전에 힌두가 사라졌던 때와 모든 것이 똑같았다. 다만 이번에는 아무도 지각이라고 생각하지 않았다. 3시에 모든 학생들과 선생 셋이 실종자를 찾아 나섰다. 다들 뿔뿔이 흩어져 이름을 외쳐 부르며 샅샅이 숲을 뒤졌다. 두 선생을 포함해 몇몇 학생들은 하일너가 자살했을지도 모른다고 생각했다.

5시에는 지방의 모든 경찰서에 전화를 걸고 저녁에는 하일너의 아버지에게 급하게 전보를 쳤다. 저녁이 한참 지나서도 흔적이 전혀 발견되지 않았다. 밤에도 모든 침실에서 속삭이고 수군대는 소리가 들렸다. 학생들 사이에 하일너가 물속으로 뛰어들었으리라는 추측이 일었고, 또 대부분이 그렇게 생각했다. 그냥 집으로 떠났을 거라고 짐작하는 학생들도 있었다. 하지만 도망자가 돈을 한 푼도 가지고 있지 않다는 사실이 곧 확인되었다. 모두들 한스가 분명히 무언가 알고 있을 거라고 여겼다. 하지만 그렇지 않았다. 오히려 한스는 가장 충격을 받고 걱정을 많이 하고 있었다. 한스는 침실에서 다른 아이들이 물어보고, 추측하고, 제멋대로 지껄이고 빈정대는 소리가 들리자 이불 속으로 깊이 파고들었다. 그는 친구를 걱정하는 불안한 마음과 고통으로 힘겨워하며 긴 시간 내내 누워 있었다. 하일너가 다시는 돌아오지 않을 거라는 예감이 덮쳤다. 한스는 불안한 마음과 끔찍한 슬픔에 지쳐 잠이 들었다.

그 시각에 하일너는 몇 마일[13] 떨어진 수풀 속에 누워 있었다. 추워서 잠을 잘 수 없었지만 좁은 새장에서 탈출이라도 한 듯 깊은 해방감 속에서 크게 숨을 내쉬고 팔다리를 쭉 뻗었다. 하일너는 점심때부터 계속 걸었다. 크니틀링겐에서 빵을 사고, 봄날의 여린 가지 사이로 칠흑 같은

---

13) Meile. 1마일은 약 1.6킬로미터에 해당한다.

밤하늘과 별, 빠르게 지나가는 구름을 쳐다보며 조금씩 빵을 뜯어 먹었다. 어디로 가든 아무래도 좋았다. 적어도 형무소 같은 수도원에서 빠져나왔고, 교장에게 자신의 의지가 명령과 금지보다 더 강하다는 것을 보여 주었기 때문이다.

다음 날에도 온종일 하일너를 찾는 수색이 벌어졌지만 허사였다. 하일너는 둘째 날 밤을 마을 근처 들판에 모아 둔 건초 더미 속에서 보냈다. 아침에 다시 숲속으로 숨어들었던 하일너는 저녁 무렵 다시 마을을 찾으려다 지역 경찰관에게 잡히고 말았다. 경찰관은 조롱이 섞인 듯하면서도 다정한 태도로 하일너를 시청으로 데리고 갔다. 그곳에서 하일너는 농담과 살랑거리는 말로 시장의 마음을 샀다. 시장은 하룻밤 재우기 위해 하일너를 자기 집에 데려갔고, 자러 보내기 전에 햄과 달걀을 실컷 먹였다. 다음 날, 그사이에 도착한 아버지가 하일너를 데리러 왔다.

도망간 학생이 잡혀 오자 수도원이 발칵 뒤집혔다. 하지만 하일너는 고개를 빳빳이 든 채 기발하고 짧은 여행을 뉘우치는 기색을 조금도 보이지 않았다. 용서를 빌라는 요구도 거부했고, 교원 회의의 비밀 재판에서도 전혀 겁먹지 않고 공손한 태도조차 보이지 않았다. 선생들이 하일너를 학교에 붙잡아 두려 했지만 그는 도를 넘어서고 말았다. 하일너는 수치스러운 퇴학 처분을 받고 저녁에 아버지와 같이 영원히 떠났다. 하일너는 친구 기벤라트에게 간단한 악수만으로 작별을 고할 수 있었다.

교장은 반항과 타락을 보여 준 매우 특이한 경우를 두고, 아주 거창하고 격한 감정을 쏟으며 긴 연설을 했다. 하지만 슈투트가르트의 상부에 보내는 보고에서는 훨씬 더 소심하고 객관적이고 누그러진 어조를 보였다. 학생들에게는 퇴학당한 괴물과 편지를 교환하지 말라는 금지령이 떨어졌다. 한스 기벤라트는 그저 우스울 뿐이었다. 몇 주 내내 하일너와 그의 도주에 대한 이야기가 제일 많이 입에 오르내렸다. 거리가 멀어지고 시간이 흐를수록 조금씩 평판이 바뀌었다. 몇몇 학생들은 당시 두려워하며 피하던 도망자를 나중에는 새장에서 탈출한 독수리로 여겼다.

헬라스 방에는 이제 빈 책상이 두 개로 늘었다. 최근에 잃은 학생은 저번 학생처럼 빨리 잊히지 않았다. 단지 교장만이 두 번째 사건도 조용히 처리해서 학교가 빨리 잠잠해지기를 바랐다. 하지만 하일너는 수도원의 평온을 깨는 일은 전혀 하지 않았다. 친구 한스는 기다리고 또 기다렸지만 하일너의 편지는 오지 않았다. 하일너는 떠났고, 소식도 없었다. 그의 모습과 도주는 점차 하나의 이야기가 되었다가 마침내 전설이 되었다. 이 열정적인 소년은 훗날 특유의 기이한 행동과 탈선을 번번이 거듭한 다음 인생의 고뇌를 엄격한 자기 훈육으로 다스렸고, 비록 영웅은 아닐지언정 그래도 어엿한 남자가 되었다.

혼자 남은 한스는 하일너의 도주를 미리 알았으리라는 의심을 샀다. 그로 인해 선생들은 한스에게 보이던 호의를 완전히 거두었다. 어떤 선생은 한스가 수업 시간에 몇 가지 질문에 대답을 못하자 이렇게 말하기도 했다. "대체 왜 그 잘난 친구 하일너와 같이 떠나 버리지 않았습니까?"

교장은 한스를 방치했다. 마치 바리새인이 세리(稅吏)를 보듯 경멸과 동정이 섞인 시선으로 한스를 흘낏 보곤 했다. 기벤라트는 더 이상 관심의 대상이 아니었다. 그는 나병 환자나 다름없는 존재가 되었다.

5장

Nun lag das überhetzte Rößlein am Weg und war nicht mehr zu brauchen.

너무도 지나치게 내몰리다 길가에 쓰러진 어린 말은
이제 더는 쓸모없는 존재로 전락했다.

한스는 먹이를 저장해 둔 햄스터가 겨울을 나듯 예전에 공부해 두었던 지식으로 얼마간 근근이 버텨 나갔다. 그러다 곧 궁핍한 생활이 시작되었다. 잠시 새로운 시도를 해보았지만 허사였다. 절망스러운 시도에 한스 자신도 우습기 짝이 없었다. 이제 한스는 허망한 고생을 아예 그만두고 말았다. 모세 5경에 이어 호메로스를 포기했고 그다음으로 크세노폰을, 그다음으로 대수학을 포기했다. 선생들 사이에서 돌던 좋은 평판이 하나씩 하나씩 가라앉는 상황을 아무 느낌도 없이 지켜보았다. 성적은 수에서 우로, 우에서 미로 떨어지다 결국 가에 이르렀다. 두통은 다시 규칙적으로 찾아왔다. 머리가 아프지 않을 때면 헤르만 하일너를 생각하기도 하고, 눈을 크게 뜬 채 가벼운 꿈을 꾸기도 하고, 몇 시간이고 몽상에 빠져 있기도 했다. 선생들의 꾸지람이 점점 늘어 가도 한스는 얼빠지고 순종적인 웃음만 보일 뿐이었다. 다정하고 젊은 복습 지도 선생 비트리히만이 그의 무기력한 미소를 가슴 아프게 여기며 길을 벗어난 소년을 동정 어린 관용으로 대했다. 나머지 선생들은 너나없이 한스에게 화를 냈고, 방과 후 자습이라는 수치스러운 벌을 주거나 때로는 잠자고 있는 한스의 명예욕을 일깨울 생각에 비꼬는 말로 자극하기도 했다.

"지금 꼭 잠을 자지 않아도 된다면 혹시 이 문장을 읽어 보실 수 있겠습니까?" 교장은 정중한 어투로 한스에게 모욕을 주었다. 평소 이 거만한 교장은 위엄 있는 눈길의 위력에 많은 의미를 두었다. 그런데 아무리 근엄하고 무섭게 눈을 부라려도 기벤라트가 늘 겸손한 웃음만 보이자 자제력을 잃을 만큼 화가 치밀어 올랐다. 한스의 웃음에 슬슬 신경이 곤두섰던 것이다.

"그렇게 하염없이 히죽히죽 웃지 마세요. 지금 통곡을 해도 모자랄 판인데."

한스는 아버지의 편지에 더 크게 놀랐다. 아버지는 교장이 보낸 편지를 받고 하늘이 무너지듯 놀라서 한스에게 제발 마음을 잡으라고 애원했다. 아버지의 편지는 올바른 사람이 할 수 있는 온갖 격려와 도덕적 분노가 모인 격언 모음집이나 다름없었다. 더욱이 뜻하지 않게 아버지가 울먹이듯 애절한 심정을 드러내는 모습에 아들은 마음이 아팠다.

교장부터 기벤라트의 아버지, 선생들과 복습 지도 선생들까지, 스스로의 의무에 전력을 다하는 모든 이들은 청소년들이 인재가 되기를 바라는 자신들의 소원을 가로막는 장애가 한스에게 있다고 여겼다. 그렇기 때문에 한스의 꽉 막히고 활기 없는 지금 상태를 억지로라도 몰아내어 다시 올바른 길로 되돌려 놓아야 한다고 믿었다. 동정심이 있는 복습 지도 선생을 제외하고는 그들 중 누구도 소년의 갸름한 얼굴의 무기력한 미소 뒤에 물에 가라앉는 영혼이 고통스러워하고 있으며, 익사의 공포에 휩싸여 절망적으로 두리번거리고 있다는 사실을 알아보지 못했다. 아버지와 몇몇 선생들의 천한 명예욕, 그리고 학교가 이 허약한 학생을 지나치게 몰아댔다고는 아무도 생각하지 않았다. 왜 한스는 감수성이 가장 예민하고 위험한 청소년기에 매일 밤늦게까지 공부를 해야 했는가? 왜 한스가 기르던 토끼를 빼앗고, 왜 라틴어 학교에서 동급생들을 일부러 떼어 놓고, 왜 낚시를 금지하고, 왜 거리를 돌아다니지 못하게 하고, 왜 하찮고 소모적인 명예욕에서 나온 공허하고 저속한 이상을 불어넣었는가? 왜 시험을 치른 후에 응당 누려야 할 방학조차 즐기지 못하게 했는가?

너무도 지나치게 내몰리다 길가에 쓰러진 어린 말은 이제 더는 쓸모 없는 존재로 전락했다.

여름이 시작될 무렵, 마을 의사는 다시 한 번 한스의 상태가 성장기에 흔히 나타날 수 있는 신경 쇠약증이라고 진단했다. 방학 때 보살핌을 잘 받고, 충분히 먹고 숲에서 산책을 많이 하면 괜찮아질 거라고 했다.

안타깝게도 그런 일은 일어나지 않았다. 방학이 시작하기 3주 전인 어느 날 오후, 한스는 수업 시간에 교수로부터 심한 꾸중을 들었다. 교수가 계속 야단을 치자 한스는 의자에 털썩 주저앉아 불안하게 몸을 떨기 시작하더니 결국 울음을 터뜨렸다. 그치지 않는 울음에 수업은 완전히 중단되었다. 그 후 한스는 반나절을 침대에 누워 있었다.

그런 일이 있은 다음 날 수학 시간이었다. 교수가 한스에게 칠판에 나가 기하학 도형을 그리고 증명해 보라고 했다. 한스는 앞으로 나갔지만 칠판 앞에 서자마자 갑자기 어지러워졌다. 그는 칠판에 아무렇게나 선을 그려 대다 들고 있던 분필과 자를 툭 떨어뜨렸다. 그것들을 집으려 몸을 숙이던 한스는 그대로 무릎을 털썩 꿇고 주저앉은 후 다시 일어서지 못했다.

의사는 자신의 환자가 저지른 어처구니없는 짓에 상당히 화가 났다. 의사는 조심스럽게 의견을 내놓으며, 당장 휴가를 얻어 요양하고 신경과 의사의 진료를 받으라고 권했다.

"아이가 발작성 경련도 일으킵니다." 의사가 교장에게 속삭였다. 교장은 고개를 끄덕이며 무자비하게 분노한 표정을 이제 아버지처럼 걱정하는 표정으로 바꾸어야겠다고 생각했다. 표정을 바꾸는 일은 교장에게 손쉬운 일이었고, 잘 어울리기도 했다.

교장과 의사는 각자 한스의 아버지에게 편지를 쓰고, 한스의 주머니에 편지를 넣어서 집으로 보냈다. 교장의 분노는 깊은 근심으로 바뀌었다. 얼마 전 하일너의 퇴학으로 분위기가 어수선한 교육청에서 또 이 새로운 불행을 어떻게 받아들일 것인가? 교장은 심지어 사건에 대한 연설마저 포기해 모두를 놀라게 했다. 끝에 가서는 한스를 무척 자상하게 대했다. 교장은 한스가 요양 휴가에서 다시 돌아오지 못하리라는 것을 잘 알고 있었다. 혹시 완쾌가 된다 해도 이미 성적이 뚝 떨어진 학생이 소홀히 흘려버린 몇 달을, 아니 단 몇 주도 만회하기란 불가능한 일이었다. 그래도 교장은 헤어지면서 한스에게 용기를 북돋우며 진심을 담아 "다시 만나자."라는 인사말을 건넸다. 그 후 교장은 헬라스 방에 들어가 텅 빈 책상 세 개를 볼 때마다 마음이 괴로웠다. 재능 있는 두 학생을 잃은 것에 일부 자신의 책임도 있을 수 있다는 생각이 들었다. 하지만 우울한 생각을 없애기 위해 애썼다. 용감하고 올바르고 강직한 남자인 교장은 쓸데없고 암울한 의구심 따위는 곧 떨쳐 낼 수 있었다.

조그만 배낭을 메고 떠나는 신학교 학생의 등 뒤로 교회와 정문, 박공 지붕, 탑과 더불어 수도원이 사라졌다. 숲과 언덕마저 사라진 자리에 바덴 국경 지역의 풍성한 과수원이 나타났다. 이어 포르츠하임이 나타나고, 곧 슈바르츠발트의 검푸른 전나무 숲이 보이기 시작했다. 시냇물이 흐르는 골짜기로 가득한 전나무 숲은 여름날의 뜨거운 열기로 평소보다 한층 푸르고 서늘한 그림자를 드리우고 있었다. 소년은 풍경들이 속속 바뀌면서 점점 더 고향의 자취가 짙어지는 모습을 바라보며 기분이 좋았다. 하지만 고향 도시가 가까워지자 아버지 생각이 났다. 곧 아버지를 만날 일에 몹시 불안해졌고 그나마 느낀 여행의 기쁨이 싹 가시고 말았다. 슈투트가르트의 시험과 마울브론 신학교에 입학하기 위해 떠났던 여행의 기억이 그때의 긴장감과 초조한 기쁨과 함께 다시 떠올랐다. 대체 무엇 때문에 그 모든 일을 했을까? 한스도 교장의 생각과 마찬가지로 자신이 학교로 다시는 돌아가지 못한다는 것을 잘 알고 있었다. 이제 신학교 공부며 대학 공부며, 야심에 찬 모든 희망이 좌절되고 말았다. 하지만 슬프지 않았다. 다만 실망한 아버지를 볼 두려움과 아버지의 희망을 저버렸다는 생각에 마음이 무거울 뿐이었다. 한스는 지금 푹 쉬고, 푹 자고, 펑펑 울고, 실컷 꿈꾸고 싶을 뿐이었다. 온갖 괴로움에 시달렸으니 제발 자기를 가만히 내버려 두었으면 했다. 하지만 아버지 옆에서는 편안하게 있지 못할 것 같아 두려웠다. 기차 여행이 끝날 즈음 한스는 격심한 두통을 느꼈다. 이제 제일 좋아하는 지역, 예전에 열심히 돌아다니던 언덕과 숲을 지나가는데도 창밖을 내다보지 못했다. 하마터면 익숙한 고향 역에 내리지도 못할 뻔했다.

한스는 우산과 배낭을 들고 기차역에 내렸다. 아버지가 그를 찬찬히 살펴보고 있었다. 교장의 마지막 편지를 읽고 나서 실패한 아들에 대한 실망과 분노가 당혹스러운 놀라움으로 바뀌었다. 아버지는 한스의 몰골이 쇠약하고 형편없어 보일 것이라고 상상했다. 자세히 보니 몸이 마르고 허약했지만, 스스로 걸을 수 있는 정도였다. 생각보다는 나은 상태가 아버지에게 조금은 위안이 되었다. 하지만 최악은 의사와 교장이 편지에서 알린 신경 질환에 대한 암담함과 은밀한 두려움이었다. 집안에서 이제까지 아무도 신경 질환을 앓은 사람이 없었다. 사람들은 그런 질병에 대해 늘 이해할 수 없다는 식으로 조롱하거나 미친 사람 취급을 하며 경멸 섞인 동정을 보이곤 했다. 그런데 지금 아들 한스가 그런 병을 가지고 집으로 돌아온 것이다.

집에 돌아온 첫날, 소년은 아버지가 꾸중부터 하지 않아서 기뻤다. 뒤이어 아버지의 어색하고 불안한 태도가 눈에 띄었다. 아버지가 잘해 주려고 무진장 애를 쓰고 있는 것이 뻔히 보였다. 또 이따금씩 아버지가 자신을 이상한 눈빛으로 쳐다보고, 어마어마한 호기심으로 눈치를 살피고, 일부러 목소리를 낮추어 말을 걸고, 슬며시 관찰한다는 것도 알아챘다. 한스는 그럴수록 더 겁을 먹고, 자신의 상태에 대한 알 수 없는 불안에 괴로워지기 시작했다.

날씨가 좋을 때면 한스는 밖에 나가 숲속에 누워 여러 시간을 보냈다. 그러면 상태가 좋아졌다. 그곳에서는 가끔 옛날 소년 시절 행복한 순간들의 희미한 여운이 떠올라 상처받은 영혼에 스며들었다. 꽃이나 곤충을 볼 때, 새들의 지저귐을 들을 때, 산짐승의 흔적을 쫓을 때 느끼던 기쁨이었다. 하지만 늘 한순간일 뿐이었다. 대부분 한스는 이끼 위에 기운 없이 누워 있었다. 꿈이 다시 찾아와 다른 공간으로 데려갈 때까지 묵직한 머리로 무언가 생각해 보려 애썼지만 소용이 없었다.

한번은 이런 꿈도 꾸었다. 친구 헤르만 하일너가 죽어서 들것 위에 누워 있었다. 하일너에게 가려 했지만 교장과 선생들이 한스를 뒤로 밀어젖혔다. 한스가 다시 다가가려 할 때마다 주먹으로 아프게 쳐서 밀어냈다. 신학교 교수들과 복습 지도 선생만 있는 게 아니었다. 예전 라틴어 학교 교장과 슈투트가르트의 시험 감독관까지 모두 화가 잔뜩 난 표정을 짓고 있었다. 갑자기 장면이 바뀌며 모든 게 달라졌다. 들것에는 익사한 힌두가 누워 있었다. 높은 실크 모자를 써 우스꽝스럽게 보이는 그의 아버지가 슬픔에 빠진 채 구부정하게 옆에 서 있었다.

또 다른 꿈을 꾸었다. 한스는 달아난 하일너를 찾아 다급하게 숲속을 뛰어다녔다. 하일너가 저 멀리 나무 사이로 걸어가고 있었다. 그는 계속해서 보였지만 한스가 부르려고 할 때마다 사라지곤 했다. 마침내 하일너가 멈춰 서서 한스더러 가까이 오라고 하더니 이렇게 말했다. "야, 나는 애인이 있어." 그러고 나서 하일너는 크게 껄껄 웃더니 수풀 속으로 사라졌다.

또 언젠가는 꿈에서 아름답고 여윈 남자가 배에서 내리는 모습이 보였다. 그는 고요하고 신성한 빛이 어린 눈과 아름답고 평화로운 손을 지니고 있었다. 한스가 남자에게 달려갔다. 모든 것이 다시 사라졌다. 한스는 그것이 무엇이었는지 곰곰이 생각하다 복음서 구절을 떠올렸다. '그들은 예수를 곧 알아보고, 그리로 달려갔나니.' 그런데 그리스어 동사 $\pi\epsilon\rho\iota\epsilon\delta\rho\alpha\mu o\nu$'의 변화형이 무엇인지, 현재형과 부정형과 완료형과 미래형은 무엇인지 다시 생각해 봐야 했다. 그리고 단수형과 양수형과 복수형으로도 다 변화시켜 보려고 애썼다. 그러다 잘 생각나지 않고 막혀 버리자 불안해서 진땀이 막 나기 시작했다. 나중에 정신을 차리고 보니 머릿속에 온통 상처가 난 것 같은 기분이 들었다. 자신도 모르게 얼굴이 체념과 죄의식이 서린 무기력한 미소로 일그러지면서 곧바로 교장의 목소리가 들렸다. "그 멍청한 웃음은 대체 뭡니까? 지금 꼭 그렇게 웃어야겠습니까!"

호전된 날도 가끔 있었지만 전체적으로 한스의 상태는 진전이 없었다. 오히려 더 나빠지는 것 같았다. 예전에 어머니를 치료하고 사망 진단을 내리고, 지금은 가끔 통풍에 시달리는 아버지를 진찰하는 의사가 근심 어린 표정을 지으며 소견을 내놓기를 하루하루 주저했다.

그렇게 몇 주를 보내고 나서야 비로소 한스는 라틴어 학교를 다니던 마지막 2년 동안 친구가 한 명도 없었다는 사실을 깨달았다. 당시 학교 친구들 중 일부는 도시를 떠나기도 했고, 일부는 수습생으로 지내고 있었다. 그들 중 한스와 만나는 이들은 아무도 없었다. 한스는 그들에게 아무것도 구하지 않았고, 그들 또한 한스에게 신경 쓰지 않았다. 고작해야 옛 교장이 두 번 한스에게 다정하게 말을 건넸고, 라틴어 선생과 목사도 길에서 만나면 호의의 뜻으로 고개를 끄덕여 주었다. 하지만 사실 그들도 한스에게 아무런 관심이 없었다. 한스는 더 이상 모든 것을 쏟아부을 그릇이 아니었고, 수많은 씨앗을 뿌릴 밭이 아니었다. 그러니 사람들이 한스에게 시간과 노력을 쏟을 이유는 없었다.

혹시 마을 목사라도 한스를 조금이나마 보살펴 주었으면 좋았을지도 모른다. 하지만 목사가 무엇을 할 수 있었겠는가? 목사가 줄 수 있는 것은 학문이나 적어도 학문을 추구하는 일이었다. 예전에는 그것을 소년에게 흔쾌히 내주었지만 지금은 더 이상 줄 게 없었다. 목사들 가운데에는 라틴어 실력이 의심스럽고 흔한 구절로 설교하지만 따뜻한 말로 위로해 주어 사람들이 어려울 때 언제든 찾아가는 목사들이 있다. 하지만 이 목사는 그런 부류가 아니었다. 아버지 기벤라트 역시 한스에 대한 실망과 분노를 숨기기 위해 갖은 노력을 다했지만 위로는 해줄 수 없었고 친구도 되어 줄 수 없었다.

한스는 버림받고 사랑받지 못한다는 기분으로 작은 정원에서 햇빛을 쐬며 앉아 있거나 숲속에 들어가 누워 몽상에 빠지거나 고통스러운 생각에 잠겼다. 독서는 도움이 되지 못했다. 책을 읽으려 하면 곧 머리와 눈이 아팠다. 게다가 어떤 책을 펴도 곧장 신학교 시절의 유령이 나타나고 그곳에서 느꼈던 두려움이 되살아났다. 유령은 한스를 숨 막히는 악몽의 구석으로 내몰고 이글거리는 시선으로 꼼짝 못하게 만들었다.

그런 괴로움과 황량함 속에서 병든 소년에게 다른 유령이 가까이 다가왔다. 유령은 서서히 친근해지다 기어이 한스에게 없어서는 안 될 존재가 되었다. 거짓 위로를 주는 그 유령은 바로 죽음에 대한 생각이었다. 권총을 구하거나 숲속에 들어가 올가미를 거는 일은 쉽게 할 수 있었다. 산책할 때마다 거의 매일같이 그런 상상이 따라다녔다. 한스는 조용하고 외진 장소를 찾아다니다 마침내 아름답게 죽을 수 있는 장소를 발견해 내고 그곳을 자신의 사망지로 정했다. 그곳에 몇 번이고 찾아가 가만히 앉아서 다음번에는 사람들이 이곳에서 죽은 자신을 발견하리라는 생각을 하면 묘한 기쁨이 생겼다. 밧줄을 맬 나뭇가지를 정하고, 무게를 견디기에 튼튼한지 시험해 보았다. 이제 더는 어려울 게 없었다. 한참 뜸을 들이면서 아버지에게 보내는 짧은 편지와 헤르만 하일너에게 보내는 아주 긴 편지를 썼다. 편지들은 시체 옆에서 발견될 것이다.

죽을 준비를 마치고 확고한 결심을 했다는 느낌에 기분이 좋아졌다. 한스는 운명의 나뭇가지 아래 한참을 앉아 있었다. 짓누르는 무게가 사라지고 기쁨에 가까운 쾌감이 몰려왔다.

왜 더 일찍 이 나무에 목을 매달지 않았을까! 자신도 모를 일이었다. 한스의 생각은 확고했다. 죽음은 결정된 일이었다. 한스는 그럭저럭 괜찮아졌다. 먼 여행을 앞둔 사람이 기꺼이 그러듯 남은 며칠 동안 아름다운 햇빛과 고독한 꿈을 마음껏 즐기기로 했다. 이제 영원한 여행은 언제든 떠날 수 있다. 모든 게 다 준비되었다. 또 자의로 조금만 더 옛 환경에 머물면서 그의 위험한 결심을 전혀 짐작하지 못하는 사람들의 얼굴을 바라보는 것은 쌉쓸한 환희였다. 한스는 의사를 만날 때마다 속으로 이렇게 생각했다. '자, 두고 보세요!'

운명은 한스에게 음울한 계획을 마음껏 즐기도록 했다. 또한 운명은 그가 죽음의 성배를 기울여 날마다 환희와 생명력을 몇 방울씩 맛보는 것도 지켜보았다. 어쩌면 병이 들어 만신창이가 된 이 소년에게 적절한 일일 수도 있었다. 하지만 먼저 자신의 원을 끝까지 그려 완성해야 했다. 삶의 쓰디쓴 달콤함을 맛보기도 전에 계획대로 세상에서 사라져서는 안 되었다.

벗어날 수 없는 고통스러운 생각은 점점 사그라들고 무기력한 체념의 기분에 사로잡혔다. 고통이 없는 무기력한 기분 속에서 한스는 몇 날을, 몇 시간을 아무 생각 없이 멍하니 있기도 했고, 담담하게 푸른 하늘을 쳐다보기도 했다. 그런 모습이 가끔 몽유병자나 어린아이같이 보이기도 했다. 어느 날 한스는 활기 없는 우울한 기분 속에 잠긴 채 작은 정원의 전나무 아래 앉아 있었다. 라틴어 학교에서 배웠던 옛 시가 문득 떠올라 자기도 모르게 연신 웅얼거렸다.

아, 너무 피곤해.
아, 너무 지쳤어.
지갑에도 한 푼이 없고,
보따리에도 없네.

한스는 옛 선율에 따라 같은 대목을 스무 번이나 웅얼거리는 동안에
도 아무 생각이 없었다. 아버지가 창가 가까이에 서서 귀를 기울여 듣다
소스라치게 놀랐다. 아버지의 메마른 성격으로는 이 의미 없고 단조롭
기만 한 노랫가락이 전혀 이해되지 않았다. 아버지는 한숨을 내쉬며 그
노래를 가망이 없는 정신 쇠약의 징표로 받아들였다. 그때부터 아버지
는 더욱 불안한 눈으로 아들을 관찰했고, 아들은 당연히 그것을 눈치채
고 괴로워했다. 하지만 아직은 정해 놓은 튼튼한 나뭇가지에 밧줄을 걸
고 목을 맬 생각을 하지 않았다.

그러는 사이에 뜨거운 여름이 찾아왔다. 주 시험과 여름 방학 이후 벌
써 1년이 지났다. 한스는 가끔 그때를 생각했지만 별다른 감흥은 없었
다. 감정이 상당히 무감각해진 상태였다. 기꺼이 낚시를 다시 시작하
고 싶었지만 아버지에게 허락받을 용기가 나지 않았다. 강가에 서 있
을 때마다 그 생각에 마음이 괴로웠다. 때로는 오랫동안 강가에서 시간
을 보냈다. 그러면서 보는 사람이 아무도 없는 곳에서 소리 없이 헤엄치
는 시커먼 물고기들의 움직임을 간절한 눈으로 바라보았다. 저녁 무렵
에는 매일 강 상류 쪽으로 한참 더 가서 수영을 했다. 그때마다 늘 장학
관 게슬러의 작은 집을 지나가야 했다. 어느 날 우연히 3년 전에 좋아했
던 엠마 게슬러가 집에 다시 와 있다는 것을 알게 되었다. 한스는 호기
심이 나서 엠마를 몇 번 지켜보았다. 하지만 예전처럼 마음에 들지 않았
다. 예전에 엠마는 작은 몸집에 아주 우아한 소녀였는데 지금은 훌쩍 자
라서 움직임도 뻣뻣했다. 게다가 아이답지 않게 유행하는 최신식 머리
모양을 하고 있어 그야말로 이상해 보였다. 긴 원피스도 어울리지 않았
다. 숙녀처럼 보이려는 시도가 결정적으로 어색했다. 한스는 그런 엠마
가 우스꽝스럽게 보였다. 그러면서도 옛날에 엠마를 볼 때마다 그토록

귀여워 보이고, 묘하게 따스한 기분이 들었던 것을 떠올리면서 안타까워했다. 지금은 전혀 그렇지 않았다. 옛날은 모든 게 달랐다. 옛날이 훨씬 더 아름다웠고, 더 유쾌했고, 더 생기에 넘쳤다! 한스는 오랫동안 라틴어, 역사, 그리스어, 시험, 신학교, 두통 말고는 아는 것이 없었다. 하지만 옛날에는 동화책이 있고 도둑 이야기가 실린 책도 있었다. 작은 정원에는 직접 만든 물레방아가 돌아갔다. 저녁에는 나숄트 씨네 대문간에서 리제 아줌마가 들려주는 모험담을 들었다. 그때 한스는 한동안 가리발디라고 불리던 이웃집 그로스요한 아저씨를 강도 살인범으로 여기며 그 아저씨 꿈을 꾸기도 했다. 어쨌든 한 해 내내 즐거운 일을 고대했다. 건초를 만드는 일, 토끼풀을 베는 일, 첫 낚시를 하거나 가재를 잡는 일, 홉을 수확하는 일, 나무를 흔들어 자두를 따는 일, 모닥불에 감자를 굽는 일, 곡식 타작을 시작하는 일 같은 것들이었다. 그사이에도 별도로 매달 일요일과 휴일을 기쁜 마음으로 기다렸다. 예전에는 수수께끼 같은 마법으로 한스를 유혹하는 것들이 많았다. 집, 골목길, 계단, 헛간 바닥, 분수, 울타리, 사람들과 온갖 동물들이었다. 좋아하는 것도 있었고, 이미 다 아는 것도 있었고, 신비하게 매혹적인 것도 있었다. 홉을 딸 때는 일을 도우며 큰 처녀들이 부르는 노래에 귀를 기울였다. 알아듣는 가사들은 대부분 웃음이 터져 나오는 우스꽝스러운 부분들이었지만 가끔은 듣고 있으면 목이 메어 오는 애절한 가사도 있었다.

한스가 미처 알아차리지도 못한 사이에 그 모든 것이 가라앉고 끝이 났다. 제일 먼저 리제 아줌마 곁에서 이야기를 듣던 밤이 끝났다. 이어서 일요일 오전에 황금 송어를 잡던 낚시가 끝났고, 다음엔 동화 읽기가 끝났다. 그런 식으로 한 가지씩 차례로 끝나다 홉을 따는 일과 정원에 물레방아를 돌리는 일까지 그쳤다. 아, 그 모든 것들은 어디로 사라져 버렸나?

조숙한 소년은 이제 병든 나날 속에서 비현실적인 두 번째 유년기를 경험하게 되었다. 유년 시절을 도둑맞은 것 같은 기분이 지금 희미하고 아름다운 옛 시절로 돌아가고픈 그리움으로 터져 나왔다. 한스는 넋을 놓고 기억의 숲속을 헤매고 돌아다녔다. 옛 기억의 생생함과 강렬함은 어쩌면 병적인 것일 수도 있었다. 한스는 그 옛날 현실에서 겪었던 것과 다름없는 따스한 온기와 열정으로 옛 기억들을 모두 느꼈다. 기만당하고 짓밟힌 유년 시절이 오랫동안 억눌려 온 샘처럼 내면에서 솟구쳐 올랐다.

나무를 베면 뿌리 근처에서 새로운 싹이 움터 나온다. 마찬가지로 영혼도 한창때 병이 들고 시들었다가도 새로 시작하는 봄날 같은 시간과 예감에 가득 찬 어린 시절로 돌아가기 마련이다. 마치 영혼이 그곳에서 새로운 희망을 발견하고 끊어진 인생의 길을 다시 이을 수 있기라도 하듯이 말이다. 뿌리 근처에서 나오는 새싹은 무럭무럭 자란다. 하지만 그것은 겉보기에만 생명일 뿐 결코 어엿한 나무로 자라날 수 없다.

한스 기벤라트도 마찬가지였다. 그래서 그의 어린 세계에 자리한 꿈길을 조금 따라가 볼 필요가 있다.

기벤라트의 집은 오래된 돌다리 근처 길모퉁이에 있었는데 그곳을 기점으로 분위기가 아주 다른 두 골목길로 나뉘었다. 한스의 집이 있는 게르버 거리는 도시에서 가장 길고 넓고 품격이 있는 길이었다. 다른 길은 언덕으로 이어지는 가파른 길인데 짧고 좁고 볼품없었다. 그 길은 '매의 골목'이라고 불렸고 한참 전에 없어졌지만 간판에 매가 그려진 오래된 술집에서 따온 이름이었다.

게르버 거리에는 집집마다 선량하고 건실한 토박이 시민들이 살고 있었다. 자신의 주택과 묘지 터와 정원을 가진 시민들이었다. 정원은 뒤쪽으로 계단식 지대가 가파른 산으로 쭉 이어지고, 정원 울타리는 1870년 도에 건설된 철둑과 맞닿았다. 철둑에는 노란 금작화가 피어 있었다. 이 도시에서 게르버 거리와 품위를 겨룰 수 있는 곳은 광장밖에 없었다. 광장에는 교회, 지방청, 법원, 시청, 교구청이 들어서 고상한 품위를 뽐내며 깔끔한 도시의 인상을 풍겼다. 게르버 거리에는 관청 건물이 없었지만 당당한 현관문이 달린 오래된 주택, 새로 지은 신식 주택, 아름다운 고풍의 목조 가옥, 산뜻하고 밝은 느낌을 주는 박공지붕이 줄지어 있었다. 더욱이 길 건너편 난간이 있는 담 아래에 강물이 흐르고 있어 쭉 늘어선 주택가에 친근하고 안락하고 밝은 분위기를 안겨 주었다.

게르버 거리가 길고 넓고 밝고 널찍하고 품격이 있다면 '매의 골목'은 정반대였다. 그곳에는 칠이 벗겨져 얼룩덜룩한 회벽, 앞으로 툭 튀어나온 박공지붕, 여기저기 갈라져 덧대어 놓은 현관문과 창문, 기울어진 굴뚝, 망가진 추녀 물받이를 달고 쓰러져 가는 우중충한 집들이 늘어서 있었다. 집들은 겹겹이 공간과 햇빛을 앗아 갔다. 기묘하게 굽은 좁은 골목길은 언제나 컴컴했고, 비가 오거나 해가 지면 축축한 칠흑으로 변했다. 창문 앞에는 언제나 긴 막대기와 늘어진 빨랫줄에 빨래가 잔뜩 널려 있었다. 너무 좁고 초라한 골목길에 너무 많은 가족이 살고 있었기 때문이다. 세 들어 사는 사람과 숙박하는 사람은 말할 것도 없었다. 길모퉁이마다 낡고 기울어진 집들이 빽빽이 들어서 있었다. 늘 빈곤과 악덕과 질병이 들끓는 곳이었다. 티푸스가 발생하면 그곳이었고, 살인이 벌어지는 곳도 그곳이었고, 도시에 도둑이 들어도 '매의 골목'을 제일 먼저 수색했다. 떠돌이 행상인들은 그곳에 와서 초라한 여인숙을 찾았다. 그들 가운데 우스꽝스러운 화장품 장수 호테호테가 있었다. 또 온갖 범죄와 악덕을 저지른다는 뒷말이 무성한 가위 갈이 아담 히텔도 있었다.

한스는 학교에 들어간 처음 몇 해 동안 '매의 골목'에 자주 놀러 갔다. 밝은 금발에 해진 옷을 입은 수상쩍은 무리들과 어울려 악명 높은 로테 프로뮐러가 들려주는 살인 이야기를 듣곤 했다. 로테는 작은 여관의 주인과 살다가 이혼하고 교도소에서 5년 동안 세월을 보낸 여자였다. 한때 아름답기로 유명했던 그녀는 공장 노동자들 사이에 수많은 애인을 두었고, 툭하면 추문을 일으켰으며, 그들이 벌이는 칼부림의 원인이 되기도 했다. 지금은 고독하게 지내면서 공장 일이 끝나면 커피를 끓이고 이야기를 들려주는 것으로 저녁 시간을 보냈다. 그럴 때 그녀는 문을 활짝 열어 놓았다. 부인네와 젊은 노동자뿐만 아니라 이웃 아이들도 무리지어 늘 그 집 문지방에서 그녀의 이야기에 귀를 기울이며 끔찍한 전율과 황홀감을 느꼈다. 조그맣고 검은 돌화덕 위에는 주전자 물이 펄펄 끓었고, 그 옆에는 기름 양초가 푸르스름한 석탄 불꽃과 어우러져 사람들로 가득 찬 컴컴한 공간을 밝혔다. 기괴하게 펄럭이는 불빛은 이야기를 듣는 이들의 그림자를 어마어마한 크기로 벽이며 지붕에 그렸다. 벽에서 유령처럼 어른거리는 그림자는 몹시 으스스했다.

그곳에서 여덟 살짜리 한스는 핀켄바인 형제와 알게 되었다. 그리고 아버지의 엄한 반대를 무릅쓰고 약 1년 동안 그들과 가까이 지냈다. 형제의 이름은 돌프와 에밀이었는데 동네에서 가장 약삭빠른 거리의 부랑아들이었다. 과일 서리와 작은 산짐승을 몰래 잡는 것으로 악명이 높았고, 수많은 잔재주와 장난질에서 따를 아이들이 없었다. 그밖에 새알, 납으로 된 총알, 어린 까마귀, 찌르레기와 토끼를 팔고, 금지된 밤낚시를 하고, 도시의 모든 정원을 제집 드나들듯 들락거렸다. 제아무리 울타리 끝이 뾰족해도, 담장 위에 유리 조각이 빽빽하게 꽂혀 있어도 이 아이들이 넘지 못할 곳은 없었다.

하지만 한스가 누구보다 가까이 지낸 친구는 '매의 골목'에 사는 헤르
만 레히텐하일이었다. 고아인 레히텐하일은 병약하고 조숙하고 뭔가 좀
특이한 아이였다. 한쪽 다리가 짧아 늘 지팡이를 짚고 다녀서 골목길에
서 하는 놀이에 낄 수 없었다. 비쩍 마르고 혈색이 나쁜 얼굴에는 근심
이 어려 있었다. 나이에 걸맞지 않게 입매가 날카롭고 턱이 아주 뾰족했
다. 그리고 손재주가 대단히 뛰어났다. 특히 낚시를 향한 열정이 엄청나
서, 한스에게 그 열정을 고스란히 전해 주었다. 당시 레히텐하일은 아직
낚시 허가증을 가지고 있지 않았다. 그래도 둘은 눈에 띄지 않는 후미
진 곳에서 몰래 낚시를 했다. 원래 사냥이 재미있다면 밀렵은 더없이 짜
릿한 법이다. 다리를 저는 레히텐하일은 한스에게 낚싯대로 쓰기에 적
당한 나뭇가지를 자르는 법, 말총을 꼬는 법, 낚싯줄에 물을 들이는 법,
실을 매는 법, 낚싯바늘을 뾰족하게 가는 법을 가르쳐 주었다. 또 날씨
를 살피는 법, 물을 관찰하는 법, 밀기울로 물을 탁하게 흐리는 법, 적
절한 미끼를 골라 제대로 꿰는 법을 가르쳐 주었다. 그리고 물고기 종
류를 구별하는 법, 낚시할 때 물고기가 헤엄치는 소리에 귀를 기울이는
법, 낚싯줄을 물속에 적당한 깊이로 던져 넣는 법도 알려 주었다. 레히
텐하일은 말을 하지 않고, 옆에 서서 낚싯줄을 잡아당기고 놓아 주어야
할 순간의 섬세한 느낌과 손놀림을 직접 해보이며 가르쳐 주었다. 그는
상점에서 파는 훌륭한 낚싯대, 코르크, 석면 줄 등 인공적인 낚시 도구
따위는 전부 경멸하고 비웃었다. 모든 도구를 직접 만들고 조립해야지
그렇지 않은 낚시 도구로는 물고기를 낚을 수 없다고 열심히 한스를 설
득했다.

핀켄바인 형제와 한스는 다투고 난 뒤 사이가 틀어졌다. 반면에 조용
한 절름발이 레히텐하일은 싸우지도 않고 한스를 떠났다. 2월 어느 날,

아이는 의자에 걸쳐 둔 옷가지 위에 지팡이를 올려놓고 초라하고 작은 침대에 몸을 뻗고는 펄펄 끓는 열에 시달리다 곧 조용하고 빠르게 세상을 떠났다. 골목길은 곧바로 그를 잊었다. 한스만은 레히텐하일을 좋은 기억 속에 오랫동안 간직했다.

하지만 그렇다고 해서 '매의 골목'에 사는 유별난 주민들의 수가 줄어들지는 않았다. 음주벽이 심해 해고된 우편배달부 뢰텔러를 모르는 사람이 있을까? 그는 2주에 한 번씩은 꼭 술을 잔뜩 퍼마시고 길에 뻗어 있거나 그렇지 않으면 한밤중에 소동을 일으켰다. 하지만 평소에는 어린아이처럼 착하고 언제나 유쾌한 웃음을 띠었다. 뢰텔러는 한스에게 타원형 통에 담긴 코담배를 맡게 해주었고 가끔 잡은 물고기를 달라고도 했다. 그러고는 물고기를 버터에 구워 점심에 같이 먹자고 종종 불렀다. 뢰텔러는 유리 눈알을 박은 말똥가리 박제와 오래된 오르골 시계를 가지고 있었다. 오르골 시계에서는 가느다랗고 섬세한 춤곡이 흘러나왔다. 그리고 맨발로 다니더라도 소맷부리 장식은 늘 끼고 다니는 늙은 기계공 포르슈를 모르는 사람이 누가 있을까? 오래된 시골 학교 엄한 선생의 아들인 그는 덕분에 성경을 절반이나 외우고 주워들은 격언이나 도덕적 금언을 많이 외우고 있었다. 하지만 그런 지식과 새하얀 백발도 그가 모든 여인네들에게 난봉꾼 짓을 하고 툭하면 술에 진탕 취하는 것을 막지 못했다. 술기운이 얼큰하게 오르면 기벤라트 집 모퉁이에 깔린 돌에 주저앉아 지나가는 사람들마다 이름을 외쳐서 불러다 놓고 장황하게 격언을 늘어놓았다.

"한스 기벤라트 2세, 귀한 아들아, 내 말을 잘 들어라! 집회서에서 뭐라고 하더냐? 남에게 잘못된 조언을 하지 않는 자, 그러므로 양심의 가책을 느끼지 않는 자는 복되도다! 아름다운 나무의 푸르른 잎을 보라.

어떤 잎은 떨어지고 어떤 잎은 다시 자라느니. 사람도 마찬가지라. 어떤 이는 죽고, 어떤 이는 태어나느니라. 자, 이제 가봐도 좋다. 귀여운 녀석아."

포르슈 영감은 경건한 금언 말고도 전설에 나오는 유령 따위의 으스스한 이야기도 많이 알았다. 또 유령이 나오는 곳도 잘 알고 있었다. 그런데 자신이 이야기를 하면서도 항상 믿을지 말지 스스로 의심스러워했다. 그는 대개 자신이 하는 이야기와 듣는 사람들을 비웃듯 회의적이고 거만한 말투로 툭 던지며 이야기를 시작했다. 하지만 이야기를 하는 도중에 서서히 겁을 내며 몸을 움츠리고 목소리를 차츰차츰 낮추다가, 마지막에는 소름 끼치는 속삭임으로 끝을 맺었다.

그 보잘것없는 작은 골목길에 으스스하고, 속이 들여다보이지 않고, 수수께끼처럼 마음을 졸이게 하는 것이 얼마나 많이 숨어 있었나! 금속 기술자 브렌들레도 그 골목길에 살았다. 일하던 곳이 망해서 완전히 황폐해지자 거기에 들어와 살게 된 것이었다. 그는 반나절 내내 조그만 창가에 앉아 활기에 넘치는 골목길을 침울하게 바라보았다. 그러다 가끔 옷이 해지고 씻지도 않은 이웃집 아이들이 손아귀에 잡히면 이때다 싶은지 마구 괴롭혔다. 아이들의 귀며 머리카락을 사정없이 잡아당기고 온몸을 꼬집어 시퍼렇게 멍을 들여 놓기도 했다. 어느 날, 브렌들레는 집 앞 계단에서 철사 줄에 목을 맸다. 축 늘어져 있는 모습이 너무 끔찍해서 아무도 다가가지 못했다. 결국 늙은 기계공 포르슈가 와서 양철가위로 등 뒤쪽에서 줄을 잘랐다. 혀가 쑥 빠져나온 시체가 앞으로 털썩 떨어지더니 계단을 굴러 내려가 놀라서 사색이 된 사람들 가운데로 툭 떨어졌다.

한스는 밝고 널찍한 게르버 거리에서 나와 어두컴컴하고 습기로 축축한 '매의 골목'에 들어설 때마다 이상하게도 질식할 것 같은 분위기와 함께 즐거우면서도 으스스한 긴장감에 사로잡히곤 했다. 호기심과 공포와 양심의 가책과 모험이 시작될 것 같은 희열이 뒤섞인 감정이었다. '매의 골목'은 설화와 기적, 이제껏 들어 본 적 없는 끔찍한 사건이 아직도 일어날 수 있는 유일한 곳이었다. 마법과 유령 같은 존재가 정말로 있을 법한 곳이었다. 또한 전설이나 로이트링겐의 통속 문학서를 읽을 때처럼 고통스럽고 짜릿한 전율을 느낄 수 있는 곳이기도 했다. 선생님들에게 걸리면 당장 압수당하던 책들에 등장하는 존넨비르틀레, 쉰더한네스, 메서카를레, 포스트미헬 같은 암흑세계 인물들의 범죄와 처벌 이야기, 중범죄자와 모험가의 이야기가 그곳에 있었다.

　'매의 골목' 외에도 컴컴한 바닥과 기이한 공간에서 뭔가를 체험하고 듣고 자신을 잊을 만큼 푹 빠져들 수 있는 평범하지 않은 곳이 또 한 곳 있었다. 바로 근처에 있는 엄청나게 큰 피혁 공장이었다. 오래된 공장 건물의 시커먼 바닥 위에 큰 가죽이 널려 있고, 지하실에는 덮어 놓은 구덩이와 출입을 막은 복도가 있었다. 저녁이면 리제 아줌마가 아이들에게 재미있는 이야기를 들려주던 곳이기도 했다. 건너편 '매의 골목'보다 더 조용하고 다정하고 인간적이었지만 수수께끼 같다는 면에서는 조금도 뒤지지 않는 곳이었다. 피혁 공장 숙련공들이 구덩이와 지하실, 무두질하는 마당과 다락방에서 일하는 모습은 기이하고 특별해 보였다. 커다랗고 텅 빈 공간이 조용하고 으스스하지만 매혹적이기도 했다. 거칠고 무뚝뚝한 공장 주인은 식인종처럼 무섭고 끔찍했다. 리제 아줌마는 그 기이한 공장을 요정처럼 돌아다니며 모든 아이들과 새와 고양이와 강아지를 돌보는 보호자이자 어머니 역할을 했다. 마음 착한 아줌마는 동화와 노랫말을 많이 알았다.

오래전에 잊힌 그 세계에서 소년의 생각과 꿈이 되살아났다. 큰 절망과 좌절에 지쳐 좋았던 옛날로 도망친 것이다. 그 시절에 한스는 아직 희망에 가득 차 있었다. 세상은 마치 거대한 심연 속에 으스스한 위험과 마법에 걸린 보물, 에메랄드 성을 숨겨 놓고 아무도 들여다볼 수 없게 해놓은 어마어마한 마법의 숲처럼 보였다. 한스는 이 울창한 숲속으로 조금 들어가 보았지만 기적이 일어나기 전에 곧 피곤해졌다. 지금 한스는 쫓겨난 사람이 되어 수수께끼에 싸인 어스름한 입구에 덧없는 호기심을 안고 서 있었다.

한스는 '매의 골목'을 몇 번 다시 찾아갔다. 예전과 똑같이 컴컴하고 오래된 길에 퀴퀴한 냄새와 낡은 모퉁이와 빛이 들어오지 않는 계단이 있었다. 역시 백발노인과 할머니들이 문 앞에 앉아 있고, 씻지 않은 연한 금발의 아이들이 소리를 지르며 뛰어다녔다. 더 늙어 버린 기계공 포르슈는 한스를 알아보지 못했다. 한스가 수줍게 인사하자 비아냥거리며 투덜댈 뿐이었다. 가리발디라 불리던 그로스요한 할아버지는 이미 저세상으로 떠난 뒤였고, 로테 프로뮐러 할머니도 마찬가지였다. 우편배달부 뢰텔러는 아직 살아 있었다. 그는 악동 녀석들이 오르골 시계를 망가뜨렸다고 불평하더니 한스에게 코담배를 권하고 나서 구걸을 했다. 마침내 뢰텔러는 핀켄바인 형제 이야기를 해주었다. 한 녀석은 지금 담배 공장에서 일하는데 벌써 노인처럼 술을 진탕 퍼마신다고 했다. 다른 녀석은 교회당 헌당식에서 칼부림을 벌인 후 달아난 지 벌써 1년이나 되었다고 했다. 모든 것이 안쓰럽고 비참해 보였다.

어느 날 저녁, 한스는 피혁 공장에 들어가 보았다. 크고 오래된 건물에 잃어버린 모든 즐거움과 어린 시절이 숨겨져 있는 것처럼 이끌렸다. 그는 문을 지나 습기로 축축한 마당을 가로질러 갔다.

굽은 계단을 오르고 포석을 놓은 문 귀퉁이를 지나 컴컴한 계단에 온 한스는 가죽이 팽팽하게 걸려 있는 다락방으로 더듬어 올라갔다. 다락방에서 나는 독한 가죽 냄새와 함께 갑자기 구름처럼 몰려오는 기억을 한껏 들이마셨다. 다시 내려와 뒷마당에서 날가죽을 무두질하는 구덩이와 찌꺼기를 말리는 건조대를 찾았다. 높은 건조대 위는 좁은 차양으로 덮여 있었다. 마침 담벼락 옆 의자에 리제 아줌마가 앉아서 감자 바구니를 앞에 놓고 감자를 까는 중이고, 이야기를 듣는 아이들 몇몇이 주위에 둘러앉아 있었다.

한스는 어두운 문간에 서서 귀를 기울였다. 해가 져서 어둑한 피혁 공장 마당에 아늑한 평온이 퍼졌다. 마당 담장 너머로 나지막이 흐르는 강물 소리 말고는 감자 껍질 까는 소리와 이야기하는 리제 아줌마의 목소리만 들렸다. 아이들은 조용히 웅크리고 앉아 꼼짝도 하지 않았다. 아줌마는 밤중에 강 너머에서 어떤 아이의 목소리가 성 크리스토포루스[14]를 불렀다는 이야기를 들려주고 있었다.

한스는 잠시 듣고 있다가 조용히 컴컴한 입구로 돌아 나와 집으로 향했다. 이제 다시는 어린아이가 되어 저녁마다 피혁 공장 마당에서 리제 아줌마 옆에 앉아 있을 수 없다는 사실을 깨달았다. 그리고 다시는 피혁 공장도, '매의 골목'도 찾아가지 않았다.

---

14) Sankt Christoffel. 고대 로마 3세기경의 성인으로, 어린아이의 모습으로 나타난 예수를 어깨에 올리고 강을 건네주었다고 한다. 기독교의 14성인 중 한 사람이다.

6장

Er wußte noch nicht oder ahnte nur,
was die Bangnis und süße Qual in ihm bedeute.
한스는 마음속에 이는 불안과 달콤한 고통이
무엇을 의미하는지 아직 알지 못했다.


벌써 가을이 깊어졌다. 검푸른 전나무 숲의 활엽수들마다 햇불처럼
노랗고 빨간 불을 밝혔다. 골짜기에 안개가 짙게 끼고, 강에는 이른 아
침마다 서늘한 공기 속에 물안개가 피어올랐다.

한때 신학교 학생이었던 한스는 창백한 얼굴로 여전히 매일매일 이곳
저곳을 배회했다. 늘 우울하고 피곤했다. 마음만 먹으면 친하게 지낼 수
도 있는 몇몇 이들은 일부러 피해 다녔다. 의사는 물약, 간유, 달걀, 냉
수욕을 처방했다.

그 모든 게 소용없었다. 놀라운 일도 아니었다. 건강한 삶은 저마다

내용과 목표를 가지기 마련이지만 젊은 기벤라트에게는 그것이 없어지고 말았다. 이제 아버지는 아들을 서기나 기술자로 만들 작정이었다. 아들은 아직 허약해서 좀 더 기운을 차려야 했다. 하지만 이제는 아들의 앞날을 진지하게 생각해야 할 때가 되었다.

처음의 혼란스러운 생각이 차차 사그라지고, 한스 자신도 자살을 더 이상 생각하지 않은 후로 격앙되고 변덕스러운 불안에서 벗어나 차분한 우울증 상태로 넘어갔다. 한스는 부드러운 늪 속으로 천천히 가라앉는 것처럼 느릿하고 무기력하게 우울증에 빠져들었다.

한스는 가을 들판을 배회하며 계절이 미치는 영향력에 굴복했다. 쇠락하는 가을, 소리 없이 떨어지는 낙엽, 갈색으로 변하는 초원, 짙은 새벽안개, 피곤에 지쳐 시들어 가는 식물을 보며, 모든 병자들이 그렇듯 한스 역시 우울하고 절망적인 기분과 슬픈 생각에 잠겼다. 초목과 더불어 스러지고, 같이 잠들고, 죽었으면 하는 기분이 들었다. 하지만 그의 젊음이 반항하며 은근한 끈기로 삶에 매달려 있어 괴로웠다.

한스는 나무가 노랗게 변해 갈색이 되었다가 완전히 잎을 떨어뜨리는 과정을 지켜보았다. 숲에 피어오르는 우윳빛 안개, 마지막으로 과일을 딴 후 생명이 다해 보라색 그대로 시들어 버리고 더는 아무도 쳐다보지 않는 정원의 과꽃, 수영과 낚시질이 끝나고 마른 낙엽으로 덮인 강, 서리 내린 강변에 피혁 공장 일꾼들만이 끈질기게 버티고 있는 강의 풍경을 지켜보았다. 며칠 전부터 강에는 과즙을 짜고 남은 찌꺼기들이 엄청나게 떠내려갔다. 과즙 압착장과 물레방앗간마다 과즙 짜기가 한창이었다. 도시의 골목마다 서서히 발효하는 과즙 향이 가득 풍겼다.

구둣방 주인 플라이크도 아랫마을 방앗간에서 작은 압착기를 빌려 과즙을 짰고, 그날 한스를 초대했다. 물레방앗간 앞뜰에는 크고 작은 압착기, 수레, 과일로 가득한 바구니와 자루, 양쪽에 손잡이가 달린 통, 등에 지는 통, 대야, 저장용 나무통, 산더미같이 쌓인 갈색 과일 찌꺼기, 나무로 만든 지렛대, 손수레, 빈 운반 도구가 널려 있었다. 압착기들이 삐걱거리고 돌아가면서 끼익 소리를 냈다. 덜그럭덜그럭거리거나 덜덜 떨리는 소리도 냈다. 압착기는 대부분 녹색 칠이 되어 있었는데, 과일 찌꺼기의 연갈색, 사과 바구니의 색, 녹색 강, 맨발의 아이들, 청명한 가을 햇빛과 어우러져 보는 사람에게 환희와 삶의 욕구와 풍요로움의 매혹적인 인상을 주었다. 압착기에서 사과가 으스러지는 소리는 날카로우면서도 식욕을 돋우었다. 여기에 와서 그 소리를 듣는 사람은 얼른 사과 하나를 주워 들어 한 입 베어 물지 않을 수 없었다. 압착기 관에서 걸쭉하게 쏟아지는 달콤한 과즙은 불그레한 노란색을 띠고 햇빛 속에서 해사한 웃음을 지었다. 여기에 와서 그 모습을 보는 사람은 얼른 한 잔 달라고 청해 맛보지 않을 수 없었다. 그런 다음에는 그 자리에 선 채로 눈이 촉촉해지면서 달콤하고 행복한 기분이 온몸에 확 퍼지는 것을 느꼈다. 달콤한 과즙의 즐겁고 강렬하고 맛좋은 향이 저 멀리까지 가득 찼다. 이 향기는 사실 한 해를 통틀어 가장 아름다운 성숙과 수확의 진수이다. 겨울이 다가오기 전에 이 향기를 들이마시는 것은 행운이다. 향을 맡으면 멋지고 좋았던 수많은 일을 고마워하는 마음으로 떠올리게 되기 때문이다. 촉촉하게 내리는 5월의 비, 쫙쫙 쏟아지는 여름비, 서늘한 가을 아침의 이슬, 부드러운 봄날의 햇살, 하얀색과 분홍색으로 피는 꽃, 불그스름하게 무르익은 과일나무의 윤기, 그리고 수확 전과 그 사이사이에 한 해가 가져다주는 아름답고 즐거운 일 같은 것 말이다.

모든 이에게 찬란한 나날이었다. 부자와 허풍선이들도 수고스럽게 직접 나와 가장 좋은 사과를 손에 들어 무게를 가늠해 보고, 열 개가 넘는 과일 자루를 세고, 휴대용 은잔에 과즙을 담아 맛을 보았다. 그러고는 주위에 대고 자기는 과즙에 물을 한 방울도 섞지 않았다고 소리쳤다. 가난한 사람들은 과일을 딱 한 자루만 가지고 나와 유리잔이나 질그릇으로 맛을 보고 과즙에 물을 섞었다. 그렇다고 해서 이들이 느끼는 뿌듯함이나 기쁨이 덜한 것은 아니었다. 이런저런 사정으로 과즙을 짤 수 없는 사람은 지인과 이웃의 압착기를 이리저리 돌아다니며 한 잔씩 얻어 마시고, 사과를 슬쩍 주머니에 집어넣고, 노련한 감정가의 말투로 자신도 나름 이 일에 대해 잘 안다고 떠들어 댔다. 작은 잔을 들고 돌아다니는 아이들은 부잣집 아이, 가난한 집 아이 할 것 없이 하나같이 다른 쪽 손에 베어 먹은 사과와 빵을 들고 있었다. 믿거나 말거나 하는 전설에 따르면 과즙을 짤 때 빵을 많이 먹으면 이후 배앓이를 하지 않는다는 말이 전해 오기 때문이었다.

수많은 목소리들이 시끌벅적 외쳐 대는 모양에 아이들의 소란은 갖다 대지도 못할 정도였다. 분주한 목소리들은 모두 흥분과 기쁨에 들떠 있었다.

"어이, 하네스, 이리 오라고! 나야! 한 잔만 마셔!"

"정말 고맙네. 그런데 얼마나 마셨는지 벌써 배가 아프구먼."

"자네, 100파운드[15]에 얼마나 줬나?"

"4마르크. 그래도 최상품이야. 자, 맛 좀 봐!"

가끔은 유쾌하지 않은 일도 생겼다. 자루 한 포대가 확 풀리는 바람에 사과가 모조리 바닥에 나뒹굴었다. "아이고 맙소사, 내 사과! 이봐요, 좀 도와줘요!"

---

15) Zentner. 원서에는 'Zentner'로 되어 있는데, 이는 100파운드를 뜻하는 중량의 단위이다.

모두가 나서서 사과를 주웠다. 몇몇 개구쟁이들만 사과를 주머니에
슬쩍 챙겨 넣으려 했다.

"이놈들아, 가져가지 마! 먹는 건 괜찮아. 먹을 만큼 실컷 먹어. 하지
만 훔치지는 마라. 야, 이 나쁜 자식아!"

"어이, 이웃 양반. 너무 점잔 빼지 마쇼! 그냥 한번 드셔 봐!"

"꿀맛이네! 진짜 꿀맛이야. 얼마나 많이 했소?"

"두 통 걸렀어요. 그게 다요. 하지만 나쁘진 않아요."

"한여름에 짜지 않은 게 다행이지. 그랬으면 진즉에 죄다 마셔 버렸을
거야."

올해도 언제나 빠지지 않는 까다로운 노인들이 몇 명 나왔다. 직접 과
즙 짜는 일은 더 이상 하지 않지만 모든 일을 누구보다 더 잘 알고 있었
다. 노인들은 과일을 거저 얻듯 수확하던 시절 이야기를 늘어놓았다. 옛
날에는 모든 것이 더 싸고 더 좋았고, 설탕을 섞는다는 것은 생각지도
못했다고 했다. 게다가 그때는 나무에 열리는 과일이 완전히 달랐다고
도 덧붙였다.

"그때가 진짜 수확이라 할 수 있었지. 나도 사과나무를 한 그루 가지
고 있었는데, 거기서만 무려 500파운드나 땄으니까."

시절이 무척 나빠졌다고 하면서 까다로운 노인들은 올해도 여기저기
돌아다니며 과즙을 실컷 맛보았다. 아직 이가 남아 있는 노인들은 사과
를 씹어 먹었다. 심지어 어떤 노인은 큰 배를 몇 개나 무리해서 먹더니
결국 복통에 시달렸다. 그 노인이 투덜댔다.

"아이고, 옛날에는 내가 앉은자리에서 배를 열 개나 먹었는데." 노인
은 땅이 꺼질 듯 한숨을 내쉬며 배를 열 개나 먹어도 아프지 않던 시절
을 회상했다.

왁자지껄한 가운데 플라이크가 압착기를 세워 놓고 나이 든 견습공의 도움으로 과즙을 짜고 있었다. 플라이크는 사과를 바덴에서 가져오기 때문에 그의 과즙은 언제나 최고급이었다. 플라이크는 내심 흡족해하며 맛 한번 보자는 사람을 아무도 거절하지 않았다. 그보다 더 즐거워하는 쪽은 북적대는 주변을 신나게 뛰어다니는 아이들이었다. 그리고 겉으로 드러내지는 않았지만 가장 즐거운 사람은 바로 견습공이었다. 저 위 산골에서 내려온 가난한 농부의 아들은 밖에 나와 이처럼 활기차게 움직이며 일할 수 있어서 마냥 행복했다. 아주 달콤한 과일즙은 맛도 기가 막혔다. 산골 청년의 건강한 얼굴은 사티로스[16]의 가면처럼 히죽히죽 웃고 있었다. 평소 구두를 만드는 그의 손은 어느 일요일보다 더 깨끗했다.

이곳에 나온 한스 기벤라트는 겁먹은 듯 조용히 서 있었다. 나오고 싶지 않았던 것이다. 하지만 이미 압착기에서 첫 번째로 짠 과즙이 곧바로 한스에게 전해졌다. 더욱이 나숄트 집의 리제 아줌마가 준 것이었다. 한스는 과즙을 맛보았다. 한 모금 들이켜자 달콤하고 진한 과즙 맛과 함께 지나간 가을날에 행복했던 기억들이 한꺼번에 몰려왔다. 동시에 다시 한 번 이들과 같이 어울려 즐기고 싶은 욕구가 조심스럽게 살아났다. 낯익은 사람들이 한스에게 말을 걸며 거듭 잔을 권했다. 플라이크의 압착기에 왔을 때는 이미 즐거운 분위기와 과즙 맛에 사로잡혀 완전히 기분이 달라져 있었다. 한스는 아주 명랑하게 구둣방 주인에게 인사하고 과즙에 대해 으레 하는 농담을 몇 마디 던졌다. 구둣방 주인은 놀라움을 감추고 한스를 반갑게 맞이했다.

---

16) Satyr. 그리스 신화에 등장하는 숲의 신이다. 반인반수(半人半獸)의 모습을 하고 있으며, 장난이 심하고 축제를 좋아하기로 유명하다.

30분쯤 지나자 파란색 치마를 입은 소녀가 다가오더니 플라이크와 견습공을 보고 활짝 웃으며 인사한 다음 곧 일을 돕기 시작했다.

"아 참, 얘는 하일브론에 사는 내 조카딸이란다. 얘는 자기가 사는 곳의 가을 수확에 익숙하지. 그곳에는 포도나무가 많아." 구둣방 주인이 말했다.

소녀는 열여덟이나 열아홉쯤 되어 보였다. 저지대 사람들이 그렇듯 활달하고 명랑했으며, 키는 크지 않지만 몸매가 탄탄하고 풍만했다. 동그란 얼굴에 쾌활하고 영리한 빛이 돌고, 까만 눈에는 따스함이 담겨 있고, 입술은 입을 맞추고 싶을 만큼 예뻤다. 무엇보다 건강하고 유쾌한 하일브론 아가씨다워 보였다. 하지만 결코 경건한 구둣방 주인과 친척 같아 보이지는 않았다. 소녀는 완전히 세속적이었고, 그녀의 눈이 밤에 성경과 고스너의 《작은 보석 상자》 따위를 읽을 것 같지는 않았다.

한스의 표정에 갑자기 다시 근심이 어렸다. 그는 엠마가 빨리 떠나 주었으면 했다. 하지만 엠마는 계속 자리에 남아 깔깔 웃으며 재잘거렸고 온갖 농담을 죄다 재빠르게 받아쳤다. 한스는 부끄러워 입을 꾹 다물고 조용해졌다. 젊은 아가씨와 마주하고 존댓말을 써가며 말을 나누는 것 자체가 아무튼 끔찍한 일이었다. 엠마는 무척 생기발랄하고 수다스럽고 한스가 옆에서 수줍어하거나 말거나 신경도 쓰지 않았다. 당황스럽기도 하고 마음에 상처도 조금 받은 한스는 지나가는 수레바퀴에 스친 달팽이가 더듬이를 쏙 집어넣듯 잔뜩 움츠러들었다. 계속 조용히 있으면서 지루해하는 사람처럼 보이려 애썼지만 뜻대로 잘 되지 않았다. 그보다는 방금 누가 죽기라도 한 것 같은 표정에 가까웠다.

하지만 아무도 그런 일에 신경 쓸 겨를이 없었다. 물론 엠마 역시 거들떠보지 않았다. 한스가 듣기로 엠마는 두 주 전부터 플라이크 씨 집에

와 있다고 했다. 그런데 벌써 온 동네 사람들을 전부 알고 있었다. 엠마는 이리저리 돌아다니며 연신 새로 짠 과즙 맛을 보고, 농담을 던지고, 조금 웃다가는 다시 돌아오곤 했다. 그러다가 열심히 일을 돕는 척하면서 아이들을 껴안아 주고 사과를 나눠 주기도 했다. 엠마는 주위에 큰 웃음과 즐거움을 퍼뜨렸다. 개구쟁이 아이들을 만날 때마다 "사과 하나 먹을래?"라고 말하면서 불러 댔다. 그러고는 빨갛게 익은 예쁜 사과를 하나 집어 들고 양손을 등 뒤로 감추고 물었다. "왼손, 오른손?" 하지만 빨간 사과는 늘 다른 손에 있었고 아이들은 한 번도 맞추지 못했다. 아이들이 투덜대기 시작하면 비로소 사과를 내주었는데, 그건 작고 파랬다. 엠마는 한스에 대해서도 들은 이야기가 있는지 늘 머리가 아프냐고 물었다. 그리고 한스가 대답도 하기 전에 벌써 옆에 있는 사람들과 이야기를 나누었다.

한스가 부담에 못 이겨 그만 집에 가야겠다고 생각할 때 플라이크가 지렛대를 손에 쥐여 주었다.

"자, 이제 너도 조금 해볼 수 있겠지. 엠마가 도와줄 게다. 나는 공장에 가봐야 해."

구둣방 주인은 갔고, 견습공은 주인아주머니와 같이 과즙을 날라야 했다. 한스는 엠마와 둘이 압착기 옆에 남았다. 한스는 이를 악물고 열심히 일을 했다.

지렛대가 갑자기 무거워졌다. 이상한 느낌이 들어 한스가 고개를 쳐들자 소녀가 깔깔 웃음을 터뜨렸다. 엠마가 장난으로 지렛대에 기대어 있었다. 한스가 씩씩대며 다시 지렛대를 잡아당겼지만 엠마는 또 장난을 쳤다. 한스는 아무 말도 하지 않았다. 지렛대를 밀려 하면 소녀가 몸으로 반대편에서 버텼다. 한스는 갑자기 부끄럽고 답답한 기분이 들어

서서히 지렛대 돌리기를 멈추었다. 달콤한 불안감이 밀려왔다. 젊은 아가씨가 대담하게 한스에게 얼굴을 바짝 갖다 대고 깔깔 웃자 갑자기 엠마가 달라 보였다. 더 친근하게 느껴지면서도 도리어 더 낯설기도 했다. 한스도 멋쩍게 씩 웃었다.

이제 지렛대가 완전히 멈추었다.

엠마가 말했다. "그렇게 악착같이 일할 필요 없잖아요." 그러더니 엠마는 자기가 조금 전에 반쯤 마신 잔을 한스에게 내밀었다.

이 과즙 한 모금이 앞서 마셨던 것보다 훨씬 더 진하고 달콤하게 느껴졌다. 한스는 다 마시고 나서는 더 마시고 싶은 듯 빈 잔을 들여다보았다. 왜 가슴이 마구 뛰고 숨쉬기가 힘들어지는 것인지 이상했다.

둘은 다시 조금 더 일했다. 한스는 움직이면서 일부러 소녀의 치마가 자기 몸을 스치고 엠마의 손이 자기 손에 닿게 하려 애를 쓰면서도 자신이 지금 무슨 짓을 하고 있는지 알지 못했다. 소녀의 치마와 손이 스칠 때마다 두려운 환희에 심장이 멎는 것 같고, 달콤하고 행복한 느낌에 힘이 쭉 빠지면서 무릎이 후들거렸다. 머리가 어지럽고 윙윙 울렸다.

한스는 자신이 무슨 말을 하는지 알지 못했다. 하지만 엠마와 이야기를 주고받고, 그녀가 웃으면 따라 웃고, 그녀가 실없는 소리를 하면 손가락으로 몇 번 경고를 주기도 했다. 엠마가 주는 잔을 두 번이나 더 비웠다. 그러자 기억의 한 무더기가 몰려왔다. 저녁에 남자와 같이 대문 앞에 서 있던 하녀, 이야기책에 나오는 몇몇 구절, 예전에 헤르만 하일너가 한스에게 했던 입맞춤, '여자'와 '애인이 생기면 어떨까'라는 주제에 대한 무수한 이야기와 비밀스러운 대화도 떠올랐다. 한스는 여윈 말이 산 위에 오를 때처럼 무척 가쁘게 숨을 몰아쉬었다.

모든 것이 달라졌다. 주변 사람들과 왁자지껄함이 다채로운 색으로 활짝 웃는 구름이 되어 흩어졌다. 말소리, 욕하는 소리, 웃음소리 하나하나가 어우러져 아련한 울림이 되어 사라지고, 강과 오래된 다리가 저 멀리에 있는 그림처럼 아득하게 보였다.

엠마도 다르게 보였다. 그녀의 얼굴이 더 이상 보이지 않았다. 다만 즐거워 보이는 까만 눈과 빨간 입술, 입술 속에 드러나는 하얀 송곳니만 보였다. 그녀의 모습이 녹아 버려 부분으로만 보였다. 곧 검은 스타킹과 단화만 보이다가, 곧 목덜미에 흘러내린 곱슬머리만 보였다. 곧 파란 수건 사이로 햇볕에 그을린 동그란 갈색 목만 보였다. 곧 탄탄한 어깨와 그 아래에 숨을 쉬며 오르내리는 가슴만 보였다. 곧 발그레하니 투명하게 비치는 귀만 보였다.

시간이 얼마 지난 후 엠마가 큰 통에 잔을 떨어뜨리고 말았다. 잔을 주우려 몸을 굽힐 때 무릎이 물통 가장자리에서 닿으면서 한스의 손목을 눌렀다. 한스도 천천히 몸을 굽혔는데 얼굴이 엠마의 머리카락에 거의 닿을 뻔했다. 머리카락에서 은은한 향기가 났다. 아래로 느슨하게 묶은 곱슬머리 사이에 보이는 아름다운 갈색 목덜미가 따스한 윤기를 내며 파란색 조끼 안으로 이어졌다. 목덜미는 팽팽하게 당겨진 조끼의 고리 틈새로 좀 더 드러나 보였다.

엠마가 다시 몸을 일으키면서 그녀의 무릎이 한스의 팔을 따라 쭉 미끄러졌고, 머리카락은 그의 뺨을 스쳤다. 몸을 굽히고 있느라 엠마의 얼굴은 완전히 빨개져 있었다. 한스의 온몸에 전율이 쫙 끼쳤다. 얼굴이 창백해지고 갑자기 극심한 피로가 몰려와 압착기 조이개를 꽉 붙잡고 있어야 했다. 가슴이 경련하듯 벌떡거렸다. 팔에는 힘이 쭉 빠지고 어깨마저 아파 왔다.

그때부터 한스는 더 이상 한마디도 하지 않고 소녀의 눈길을 피했다.

대신 소녀가 다른 곳을 볼 때마다 미지의 욕망과 양심의 가책이 뒤섞인 기분으로 그녀를 뚫어지게 쳐다보았다. 이 순간 한스의 내면에서 무언가가 찢어지면서 영혼 앞에 저 멀리 푸른 해안이 펼쳐진 낯설고 유혹적인 새 나라가 나타났다. 한스는 마음속에 이는 불안과 달콤한 고통이 무엇을 의미하는지 아직 알지 못했다. 그저 예감만 할 수 있을 뿐이었다. 또한 고통과 욕망 중에 어느 쪽이 더 큰지도 알지 못했다.

욕망은 젊은 사랑의 힘이 거둔 승리와 강력한 삶을 동경하는 첫 예감을 의미했다. 고통은 새벽의 평온이 깨어졌으며 한스의 영혼이 어린아이의 나라를 떠나 다시는 돌아갈 수 없음을 의미했다. 첫 난파를 간신히 피해 나온 그의 가벼운 조각배는 이제 새로운 폭풍과, 가까이에서 기다리는 거대한 여울과, 위험한 암초에 점점 휩쓸려 들어갔다. 지금껏 훌륭한 지도를 받아 온 청년이라도 이제 안내자의 도움 없이 자신의 힘으로 길과 구원을 찾아야 했다.

견습공이 돌아와 압착기 일을 교대해 주어 다행이었다. 한스는 잠시 더 머물렀다. 한 번 더 엠마가 몸을 스치거나 다정한 말을 건네주기를 바랐다. 하지만 소녀는 다른 압착기 쪽으로 가서 수다를 떨었다. 한스는 견습공에게 머쓱해져서 인사도 하지 않고 바로 집으로 발길을 돌렸다.

이상하게 모든 것이 다 달라져 아름답게 보이고 마음이 설렜다. 과일 찌꺼기를 먹고 통통해진 참새들이 시끄럽게 지저귀며 하늘을 날아다녔다. 하늘이 이처럼 높고 아름답고 그리움이 일 만큼 파란 적은 한 번도 없었다. 강이 이처럼 깨끗한 녹색으로 밝게 빛났던 적은 한 번도 없었다. 강물이 철썩이는 둑에 이처럼 눈부시게 하얀 거품이 일어난 적은 한 번도 없었다. 모든 것이 방금 색칠한 아름다운 그림이 되어 맑고 깨끗한 유리 뒤에 있는 듯했다. 모든 것이 큰 축제가 시작하기를 기다리는 것 같았다. 한스의 가슴속에서도 야릇하게 흥분되는 감정이 생겨났다. 강하고, 불안하고, 감미로운 두근거림으로 가슴이 죄어들었다. 그리고 소심하고 의심스러운 불안과 함께 일어난 눈부시고 낯선 희망은 한낱 꿈일 뿐, 결코 이루어지지 않을 것 같았다. 이 모순된 감정이 어렴풋이 솟구치는 샘물이 되었다. 마치 아주 강한 뭔가가 내면에서 터져 나와 숨을 쉬려는 느낌이었다. 아마 그것은 흐느낌이거나 노래거나 외침이거나 커다란 웃음인지도 모른다. 집에 돌아와서야 겨우 흥분이 조금 가라앉았다. 집은 물론 모든 게 여느 때와 똑같았다.

"어디 갔다 오냐?" 기벤라트 씨가 물었다.

"물레방앗간에 있는 플라이크 아저씨에게 다녀왔어요."

"올해는 그 집에서 과즙을 얼마나 짰더냐?"

"두 통인 것 같아요."

한스는 아버지가 과즙을 짤 때 플라이크 씨네 아이들을 초대해도 되는지 물었다.

"당연하지. 다음 주에 짠다. 그때 데리고 와!" 아버지가 중얼거렸다.

저녁을 먹기 전에 아직 한 시간이 남아 있었다. 한스는 정원으로 나갔다. 전나무 두 그루 외에 푸른색은 거의 남지 않다시피 했다. 한스는 가느다란 개암나무 가지를 꺾어 휘휘 내둘렀고 시든 낙엽이 마구 흩날렸다. 해는 이미 산 너머로 내려갔다. 머리카락같이 가느다란 전나무 꼭대기가 솟은 산의 검푸른 윤곽이 촉촉하고 맑은 청록색 저녁 하늘을 가르고 있었다. 길게 펼쳐진 회색 구름은 황갈색으로 타오르다 마치 귀향하는 배처럼 옅은 금빛 공기를 타고 골짜기 쪽으로 유유히 흘러갔다.

한스는 저녁이 선사하는 다채로운 석양빛의 아름다움을 보며 신비하고 낯선 감동에 사로잡혀 정원을 이리저리 걸었다. 가끔 걸음을 멈춰서 눈을 감고 엠마를 떠올려 보았다. 압착기에서 그와 마주 서 있던 모습, 마시던 잔을 내밀던 모습, 통 속으로 몸을 굽혔다가 얼굴이 빨개져 몸을 일으키는 모습이 떠올랐다. 엠마의 머리카락, 몸에 꼭 끼는 파란 원피스를 입은 자태, 그녀의 목과 보드라운 검은 솜털이 갈색 그늘을 지운 목덜미가 눈에 선했다. 그 모든 것이 욕망과 떨림으로 다가왔다. 그런데 엠마의 얼굴만은 도무지 기억이 나지 않았다.

해가 졌지만 한기를 느끼지 못했다. 더욱 깊어진 어스름이 이름 모를 비밀에 싸인 베일 같았다. 한스는 자신이 하일브론의 소녀에게 반했다는 것을 깨달았다. 하지만 핏속에서 들끓기 시작한 남성성을 이상하고 자극적이고 피곤해지는 상태만으로 어슴푸레 느낄 수 있을 뿐이었다.

저녁을 먹으면서 변화한 자신이 오래전부터 살아온 환경 속에 앉아 있다는 게 이상했다. 아버지, 늙은 식모, 식탁과 식기와 방 전체가 갑자기 낡아 보였다. 한스는 긴 여행을 마치고 막 집에 돌아온 사람처럼 그 모든 것을 놀라움과 낯섦과 애틋한 감정으로 가만히 바라보았다. 자살할 나뭇가지를 애착의 눈으로 바라보았던 그때도 지금과 똑같은 사람들과 물건을 세상에 작별을 고하는 사람이 갖는 애절한 우월감으로 바라보았다. 그런데 지금은 돌아온 사람이 되어 그 모든 것을 다시 소유한 기분과 경이로움으로 미소를 지었다.

식사를 마치고 한스가 일어서려는데 아버지가 평소처럼 툭 던지듯 물었다. "한스야, 기계공이 될래, 아니면 서기가 될래?"

"왜요?" 한스가 깜짝 놀라 되물었다.

"다음 주말에 슐레 씨 밑에 들어가 기술을 배울 수도 있고, 아니면 그 다음 주에 시청 수습생으로 들어갈 수도 있다. 잘 생각해 봐! 내일 다시 이야기하자."

한스는 일어나 밖으로 나갔다. 갑작스러운 질문에 당황스럽고 어지러웠다. 매일 규칙적으로 일하는 활기찬 생활이 기대치도 않던 그의 앞에 우뚝 서 있었다. 몇 달간 멀어졌던 그 생활이 유혹과 위협의 얼굴로 무언가를 약속하거나 강요했다. 한스는 사실 기계공도, 서기도 되고 싶은 생각이 없었다. 수공업계의 힘겨운 육체노동이 조금 무서웠다. 문득 학교 친구 아우구스트가 떠올랐다. 아우구스트는 기계공이 되었으니 그에게 이것저것 물어볼 수 있었다.

그 일을 곰곰이 생각하는 동안 한스의 생각이 점점 흐릿하고 희미해졌다. 이 문제가 그다지 중요하거나 서두를 필요가 없어 보였다. 뭔가 다른 것에 몰린 한스는 불안스레 복도를 왔다 갔다 했다. 그러다 갑자기 모자를 집어 들고 집을 나와 천천히 골목을 걸어갔다. 오늘 엠마를 다시 한 번 봐야겠다는 생각이 떠올랐기 때문이다.

날은 이미 어두웠다. 가까운 술집에서 시끄러운 고함과 새된 노랫소리가 흘러나왔다. 몇몇 창문은 벌써 불이 밝혀져 있었다. 여기저기서 하나둘씩 불이 켜지며 붉은 빛이 흐릿하게 어둠을 밝혔다. 산보하는 젊은 아가씨들이 팔짱을 끼고 줄지어 걸었다. 요란하게 웃고 이야기를 나누며 흥겹게 길을 내려가는 모습이 흐릿한 불빛에 흔들리며 청춘과 흥에 넘치는 따뜻한 물결처럼 고요한 골목길을 지나갔다. 한스는 아가씨들이 가는 모습을 한참 바라보았다. 가슴이 쿵쿵 뛰었다. 커튼을 드리운 창문 뒤에서 바이올린 켜는 소리가 흘러나왔다. 우물가에서 한 여인이 상추를 씻고 있었다. 다리 위에서 두 사내가 애인과 같이 산책을 했다. 한 사내는 여자의 손을 느슨하게 잡고 흔들며 시가를 피웠다. 다른 한 쌍은 서로 몸을 바짝 붙이고 천천히 걸었다. 사내는 여자의 허리에 팔을 두르고, 여자는 어깨와 머리를 사내의 가슴에 푹 기대고 있었다. 한스는 그런 모습을 수백 번 넘게 보아 오면서도 한 번도 신경을 쓴 적이 없었다. 하지만 지금은 은밀한 느낌, 불분명하지만 욕망을 일으키는 달콤한 의미로 다가왔다. 한스의 시선이 계속 연인들에게 머물렀다. 곧 뭔가를 이해할 수 있을 것 같은 예감으로 환상이 날개를 폈다. 큰 비밀에 가까이 다가갔다는 느낌이 내면을 뒤흔들고 가슴을 죄어 왔다. 그 비밀이 황홀한 것인지 끔찍한 것인지 알 수 없었지만 부르르 떨리는 몸으로 미리 느낄 수 있었다.

한스는 플라이크의 조그만 집 앞에서 걸음을 멈추었다. 집에 들어갈 용기가 나지 않았다. 들어가서 무슨 말과 행동을 할까? 열한 살인가 열두 살일 때 이 집에 자주 놀러왔던 기억이 떠올랐다. 그때 플라이크는 성경 이야기를 들려주었고, 한스가 지옥과 악마와 유령에 대해 호기심 어린 질문을 쏟아 내도 끈기 있게 들어 주곤 했다. 지금 그 기억이 불편했고 양심의 가책마저 들었다. 한스는 어떻게 해야 할지 알 수가 없었다. 자신이 정말로 원하는 게 무엇인지도 도무지 알 수 없었다. 하지만 자신이 비밀스럽고 금지된 일 앞에 서 있는 것 같았다. 어둠 속에서 들어가지도 않고 문 앞에 서 있는 행동이 구둣방 주인에게 해서는 안 되는 일인 것 같았다. 한스가 문 앞에 서 있는 것을 볼 수도 있고, 막 문을 열고 나올 수도 있었다. 그러면 그는 꾸짖지는 않고 그냥 놀려 댈 것이다. 한스는 그것이 제일 끔찍했다.

집 뒤편으로 살금살금 걸어갔다. 정원 울타리에서 불이 밝은 거실이 들여다보였다. 구둣방 주인은 보이지 않았다. 부인은 바느질이나 뜨개질을 하는 것 같았고, 큰아들은 아직 자지 않고 책상에서 책을 읽고 있었다. 엠마는 청소를 하는지 왔다 갔다 하는 모습이 언뜻언뜻 보였다. 주위가 너무 조용한 나머지 멀리 골목길에서 나는 발자국 소리와 정원

건너편에서 냇물이 잔잔히 흐르는 소리도 뚜렷하게 들려왔다. 어둠과 밤의 한기가 빠르게 짙어졌다.

거실 창문 옆으로 난 복도의 작은 창문은 컴컴했다. 한참 지난 후에 이 작은 창문에 불분명한 형체가 나타나더니 몸을 내밀고 어둠 속을 내다보았다. 한스는 엠마라는 것을 알았다. 순간 불안한 기대감으로 심장의 고동이 멈추었다. 엠마는 창가에 서서 오랫동안 조용히 밖을 내다보았다. 하지만 한스는 그녀가 자신을 보거나 알아챘는지는 알 수 없었다. 한스는 꼼짝도 하지 않고 엠마 쪽을 뚫어지게 쳐다보았다. 엠마가 자기를 알아보았으면 하는 기대와 두려운 마음이 동시에 들었다.

이제 불분명한 형체가 창문에서 다시 사라졌다. 곧 정원의 작은 문이 탈각 열리며 엠마가 집 밖으로 나왔다. 한스는 화들짝 놀라 도망치려 했지만, 우물쭈물하다 그냥 울타리에 기댄 채 소녀가 어두운 정원을 지나 자기를 향해 천천히 걸어오는 것을 지켜보았다. 발자국 소리가 들릴 때마다 도망치고 싶었지만 뭔가 강력한 것이 그를 그곳에 붙들어 두었다.

엠마가 바로 앞에 섰다. 낮은 울타리를 사이에 두고 반걸음도 떨어지지 않은 곳에서 엠마는 이상야릇한 시선으로 유심히 바라보았다. 한참 동안 아무도 말이 없었다. 그러다 엠마가 나지막하게 말했다.

"너, 왜 왔어?"

"그냥." 한스가 말했다. 엠마가 그에게 '너'라고 말을 놓은 것이 마치 살갗을 부드럽게 어루만지는 것 같았다.

엠마가 울타리 너머로 손을 내밀었다. 한스는 엠마의 손을 수줍고 부드럽게 잡고는 살짝 힘을 주었다. 엠마가 손을 빼지 않자 한스는 용기를 내어 소녀의 따스한 손을 부드럽고 조심스럽게 쓰다듬었다. 소녀가 여전히 손을 그대로 내맡기고 있기에 한스는 자기 뺨으로 가져갔다. 솟아

나는 욕망의 홍수, 낯선 온기와 행복한 나른함이 온몸에 퍼졌다. 그를 둘러싼 공기가 포근하고 촉촉하게 느껴졌다. 더 이상 골목과 정원이 보이지 않았고, 오직 가까이에 있는 밝은 얼굴과 헝클어진 검은 머리카락만 눈에 들어왔다.

소녀가 아주 조그맣게 물었다. 마치 아득히 먼 곳의 밤에서 울려 나오는 소리 같았다.

"키스해 줄래?"

밝은 얼굴이 더 가까이 다가왔다. 엠마의 몸이 울타리 너머로 조금 기울어지자 은은한 향기가 도는 머리카락이 한스의 이마를 스쳤다. 까만 속눈썹과 하얗고 넓은 눈꺼풀에 덮여 감긴 눈이 한스의 얼굴에 바짝 다가와 있었다. 한스의 입술이 수줍게 소녀의 입에 닿자 격렬한 전율이 온몸에 일었다. 한스는 부르르 몸을 떨면서 얼른 입술을 뗐다. 하지만 엠마가 두 손으로 한스의 머리를 감싸고는 그의 얼굴에 자기 얼굴을 꼭 누르며 입술을 놓아주지 않았다. 한스는 그녀의 뜨거운 입술을 느꼈다. 엠마의 입술이 한스의 입술을 꽉 누른 채 마치 생명을 다 들이마시려는 듯 탐욕스럽게 빨아들였다. 힘이 쭉 빠지는 느낌이 들었다. 소녀의 낯선 입술이 채 떨어지기도 전에 전율하는 욕망은 죽을 듯한 피로와 고통으로 바뀌었다. 엠마가 한스를 놓아주자 한스는 휘청거리며 손가락에 쥐가 날 만큼 울타리를 꽉 붙잡았다.

"너, 내일 저녁에 다시 와." 엠마는 이 말을 남기고 얼른 집으로 들어갔다. 엠마가 간 지 5분도 채 지나지 않았지만 아주 오랜 시간이 지난 것 같았다. 한스는 텅 빈 시선으로 엠마가 들어가는 모습을 지켜보며 여전히 울타리를 잡고 있었다. 한 걸음을 떼기도 힘들 정도로 너무나 피곤했다. 한스는 몽롱한 채로 피가 도는 소리를 들었다. 피는 머리에서 마구 방망이질을 하다가, 가슴에서 제멋대로 뛰는 고통스러운 고동 소리가 되었다가, 다시 거꾸로 흘러 숨을 턱 막았다.

그때 방문이 열리더니 구둣방 주인이 안으로 들어가는 모습이 보였다. 작업장에서 늦도록 시간을 보낸 모양이었다. 한스는 자신이 거기 있다는 것을 들킬 수도 있다는 두려움에 휩싸여 얼른 자리를 떴다. 한스는 살짝 취한 사람처럼 비틀거리며 마지못해 천천히 걸었다. 한 걸음 옮길 때마다 무릎이 꺾일 듯 후들거렸다. 조는 듯 보이는 박공과 침침하고 불그레한 창문이 눈처럼 달려 있는 어두운 골목, 다리, 강, 마당과 정원들이 마치 빛바랜 무대 배경처럼 눈앞에 스쳐 지나갔다. 게르버 거리의 분수가 유난히 요란한 소리를 내며 물을 뿜었다. 한스는 꿈에 취한 듯 문을 열고 칠흑같이 깜깜한 복도를 지나 계단을 올랐다. 문을 하나 열고 닫은 후에 또 다른 문을 여닫고 나서 거기에 있는 탁자에 앉았다. 한참 후에야 비로소 정신이 들어 자신이 집에 돌아와 자기 방에 있다는 사실을 깨달았다. 옷을 벗어야겠다는 생각이 들기까지 또 한참이 걸렸다. 한스는 옷을 아무렇게나 벗어 놓고는 그 상태로 창가에 앉아 있었다. 문득 가을 밤공기가 몸에 차갑게 스며든다고 느껴져서 그는 침대 속으로 들어갔다.

한스는 바로 잠이 들 거라고 생각했다. 하지만 침대에 누워 몸이 살짝 따뜻해지자마자 심장이 다시 마구 고동치면서 피가 뜨겁게 끓어올랐다. 눈을 감으면 곧 소녀의 입술이 아직도 자신의 입술과 맞닿아 있는 듯했다. 소녀가 자신의 영혼을 완전히 빨아들이고 그 자리를 고통스러운 열기로 가득 채워 놓은 것 같았다.

밤이 늦어서야 겨우 잠이 든 한스는 이 꿈에서 저 꿈으로 계속 쫓기며 도망 다녔다. 칠흑의 어둠 속에 서서 두려워하며 주위를 더듬다 엠마의 팔을 잡았다. 엠마가 한스를 확 껴안더니, 둘은 함께 서서히 밑으로 떨어져 내려와 따스하고 깊은 물결에 잠겼다. 구둣방 주인이 불쑥 나타나 왜 자기를 찾아오지 않았냐고 물었다. 한스는 크게 웃을 수밖에 없었다. 그런데 다시 보니 플라이크가 아니라 헤르만 하일너였다. 그는 마울브론의 예배실 창가에 한스와 나란히 앉아 농담을 나누었다. 하지만 곧 그 장면도 사라졌다. 이제 한스는 과즙 압착기 앞에 서 있었다. 엠마가 지렛대 반대쪽으로 힘을 주고 있어서 있는 힘을 다해 지렛대를 눌러야 했다. 엠마는 몸을 숙여 한스의 입술을 찾았다. 주위가 조용하고 완전히 깜깜했다. 한스는 다시 따뜻하고 어두운 심연으로 빠져들었다. 현기증 때문에 죽을 것 같았다. 그와 동시에 교장의 연설 소리가 들렸다. 하지만 한스 자신에 대한 이야기인지는 알 수 없었다.

한스는 아침 늦도록 깨지 않았다. 무척 상쾌하고 찬란한 날이었다. 정원을 이리저리 거닐며 잠을 깨고 정신을 차리려 애썼다. 하지만 끈질긴 졸음의 안개가 계속 주위를 휘감고 있었다. 보랏빛 과꽃이 눈에 들어왔다. 정원에서 마지막으로 남은 과꽃은 아직도 8월인 양 아름답게 웃으며 햇빛 아래 서 있었다. 마른 나뭇가지와 잔가지, 헐벗은 덩굴 주위에 따스하고 사랑스러운 햇살이 초봄처럼 부드럽게 어루만지듯 쏟아져 내렸다. 하지만 한스는 바라만 볼 뿐 몸으로 느끼지는 않았다. 자기와는 아무 상관이 없었다. 문득 여기 정원에 토끼가 뛰어다니고, 물레방아가 돌고, 망치로 만든 공작품이 있던 시절의 기억이 강렬하고 뚜렷하게 떠올랐다. 3년 전 9월의 어느 날이 떠올랐다. 그때는 스당 축제일[17] 전야

---

17) Sedansfest. 스당(Sedan)은 프랑스 북동부의 도시로, 스당 축제는 1870년 보불 전쟁 당시 이곳에서 독일군이 프랑스군과 싸워 거둔 큰 승리를 기념하는 날이다.

였다. 아우구스트가 담쟁이덩굴을 가지고 찾아왔다. 둘은 깃대를 반지르르하게 닦고 금색 깃대 끝에 담쟁이덩굴을 매달아 놓고는 다음 날을 이야기하면서 어서 날이 밝기를 고대했다. 그밖에 아무것도 없었고 아무 일도 일어나지 않았다. 하지만 두 친구는 축제에 대한 기대로 가득 차 무척 즐거워했다. 깃발이 햇빛을 받아 반짝였고, 안나 할머니는 자두 빵을 구웠다. 밤이 되면 높은 바위 위에서 스당의 횃불이 타오를 예정이었다.

한스는 왜 하필이면 오늘, 그날 저녁이 떠올랐는지 알 수 없었다. 왜 이 기억이 이처럼 아름답고 강렬한지 알 수 없었다. 그러면서 왜 이 기억들이 자신을 이토록 비참하고 슬프게 하는지는 더더욱 알 수 없었다. 이 추억의 옷을 입은 유년기와 소년기가 작별을 고하기 위해, 한때 있었지만 다시는 돌아오지 않는 위대한 행복이라는 아린 상처를 남기기 위해, 다시 한 번 즐겁게 웃으면서 그의 앞에 나타났다는 사실을 알지 못했다. 한스는 다만 이 추억이 어젯밤에 들었던 엠마에 대한 생각과 조화를 이룰 수 없다는 것, 지금 마음속에서 일어나는 무언가가 행복했던 옛날과는 일치할 수 없다는 것을 느꼈을 뿐이다. 금빛 깃대 꼭대기가 번쩍이는 게 보이고, 친구 아우구스트의 웃음소리가 들리고, 갓 구운 빵 냄새가 다시 나는 것만 같았다. 그 일이 모두 참으로 즐겁고 행복했고, 이제 너무 멀고 한없이 낯설어지고 말았다. 한스는 큰 가문비나무의 거친 둥치에 기대 절망에 겨운 울음을 터뜨렸다. 그것이 한순간이나마 구원과 위안을 주었다.

점심때 한스는 아우구스트에게 달려갔다. 아우구스트는 지금 일급 견습공이 되어 있었다. 살이 많이 찌고 키도 부쩍 자라 있었다. 한스는 친구에게 자신의 중대사를 이야기했다.

"그거 참 문제네." 아우구스트는 세상 물정을 다 안다는 표정을 지으며 말했다. "그거 참 문제야. 너는 너무 약골이라서 말이야. 첫해에는 쇠를 단련하는 대장장이 노릇을 하면서 매일같이 빌어먹을 망치질만 해야 해. 그런데 망치는 숟가락처럼 가벼운 게 아니란 말이지. 그리고 쇳덩이를 지고 날라야 하고 저녁에는 청소도 해야 해. 줄질하는 작업도 힘이 많이 필요하고. 처음에는 일에 익숙해질 때까지 낡은 줄밖에 주지 않아. 낡은 줄은 아예 들지도 않고 매끄럽기는 원숭이 엉덩이 같아."

한스는 곧장 의기소침해졌다.

"그렇구나. 그럼 안 하는 게 낫겠지?" 그리고 소심하게 물었다.

"에이, 지금 내가 한 소리는 그런 뜻이 아니잖아! 제발 겁쟁이처럼 굴지 마! 그냥 처음에는 일이 쉽지 않다는 말이야. 하지만 나머지는 뭐. 기계공은 멋진 직업이야. 있잖아, 기계공도 머리가 좋아야 해. 그렇지 않으면 막일이나 하는 대장장이로 그칠 뿐이지. 이리 와서 좀 봐!"

아우구스트는 매끈한 철로 정교하게 작업한 작은 기계 부품을 몇 개 가지고 와서 보여 주었다. "봐, 이런 건 0.5밀리미터도 어긋나면 안 돼. 나사까지 전부 다 손으로 제작했어. 그러니까 눈을 크게 뜨고 정신을 바짝 차려! 저 부품을 연마하고 담금질하면 이 물건이 되는 거야."

"그래, 멋지다. 근데 내가 알고 싶은 건……."

아우구스트가 크게 웃었다.

"겁나니? 그래, 견습공 시절은 괴로운 법이지. 어쩔 수가 없어. 하지만 나도 있으니까, 내가 너를 도와줄 수 있잖아. 네가 다음 주 금요일에 시작한다면 그때 나는 막 2년째 실습을 마치고 토요일에 첫 주급을 받아. 일요일에 축하 파티를 할 거야. 맥주랑 케이크랑 다 있어. 모두 올 거야. 너도 와. 그러면 우리들이 어떻게 지내는지 알게 될 거야. 그래,

네가 봐야지! 게다가 우리는 예전에 아주 친한 사이였잖아."

한스는 점심을 먹으며 아버지에게 기계공이 될 생각이 있다고 했다. 그리고 일주일 후에 시작해도 되는지 물었다.

"그렇게 해라." 아버지는 이렇게 말하고 오후에 한스와 같이 슐러의 작업장에 가서 수습 등록을 마쳤다.

하지만 해가 지기 시작하자 한스는 모든 것을 다 잊어버리고 오직 한 가지, 저녁이 되어 엠마를 만날 생각만 했다. 벌써부터 숨이 턱 막히고, 시간이 너무 긴 것 같다가도 곧 짧게 느껴지기도 했다. 한스의 마음은 거센 조류에 쓸려 가는 사공처럼 엠마와의 만남을 향해 치달았다. 저녁 식사는 생각할 수도 없었고 우유 한 잔만 쭉 들이켜고 곧장 밖으로 나갔다.

모든 것이 어제와 똑같았다. 졸음에 겨운 어두운 골목, 불그스름한 창문, 흐릿한 가로등 불빛, 천천히 거니는 연인들.

막상 구둣방 주인의 정원 울타리에 다다르자 거대한 불안감이 한스를 덮쳤다. 무슨 소리만 나도 화들짝 놀라 몸을 움찔했다. 어둠 속에 서서 귀를 기울이고 있자니 자신이 꼭 도둑 같다는 생각이 들었다. 몇 분도 채 지나지 않아 엠마가 나타났다. 엠마는 두 손으로 한스의 머리카락을 쓸고는 정원의 작은 문을 열어 주었다. 한스는 조심스럽게 발을 들였다. 엠마는 한스를 데리고 수풀이 우거진 길을 조용히 지나 뒷문을 통해 어두컴컴한 현관으로 갔다.

두 사람은 지하실 계단 맨 위에 나란히 앉았다. 얼마나 캄캄한지 눈이 어둠에 적응해 서로를 볼 수 있을 때까지 한참 걸렸다. 소녀는 기분이 썩 좋은지 나지막하게 재잘댔다. 그녀는 이미 입맞춤을 여러 번 해보았고, 연애에 대해 훤히 알고 있었다. 그러니까 수줍고 부드러운 소년이 그야말로 안성맞춤이었다. 소녀는 두 손으로 소년의 갸름한 얼굴을 감싸고 이마와 눈과 뺨에 입을 맞추었다. 이제 입술에 할 차례였다. 그녀는 또다시 빨아들이듯 아주 길게 입을 맞췄다. 소년은 어지럼증을 느끼고 나른하게 늘어져 소녀에게 몸을 기댔다. 엠마는 조그맣게 웃으며 한스의 귀를 살짝 잡아당겼다.

그녀는 끊임없이 재잘대고 또 재잘댔다. 한스는 귀를 기울였지만 무슨 말인지 하나도 귀에 들어오지 않았다. 엠마는 한스의 팔과 머리카락과 목과 손을 쓰다듬었다. 자신의 뺨을 한스의 뺨에 대고, 머리를 한스의 어깨에 기댔다. 한스는 말없이 몸을 맡기고만 있었다. 온몸이 감미로운 전율과 깊고 행복한 두려움으로 가득 찼다. 가끔은 열에 뜬 사람처럼 몸을 움찔하기도 했다.

"무슨 애인이 이래! 너 겁이 많구나." 엠마가 웃음을 터뜨렸다.

엠마는 한스의 손을 잡고 자신의 목덜미와 머리카락을 스치고는 가슴에 대고 꽉 눌렀다. 한스는 말랑한 가슴의 감미롭고 낯선 굴곡을 느끼며 눈을 감았다. 끝없이 깊은 심연으로 가라앉는 것 같았다.

"그만! 그만해!" 엠마가 다시 입을 맞추자 한스가 물리쳤다. 그녀는 깔깔 웃었다.

엠마는 한스를 바짝 가까이 끌어당겨 옆에 딱 붙이고는 팔로 껴안았다. 그녀의 육체가 느껴지자 한스는 머릿속이 완전히 새하얘지며 아무 말도 할 수 없었다.

"날 사랑하니?" 엠마가 물었다.

한스는 그렇다고 말을 하려 했지만 겨우 고개만 끄덕이고, 또 끄덕일 뿐이었다.

엠마는 또다시 장난치듯 한스의 손을 그녀의 조끼 안으로 집어넣었다. 한스는 타인의 몸에서 느껴지는 맥박과 숨결이 너무 뜨겁고 가까워서 심장이 딱 멎어 버렸다. 죽을 것만 같았다. 숨쉬기가 너무 힘들었다. 한스는 손을 빼고 신음했다. "이제 집에 가야 할 것 같아."

한스가 일어서려다 휘청하는 바람에 지하실 계단에서 굴러떨어질 뻔했다.

"왜 그래?" 엠마가 놀라서 물었다.

"모르겠어. 그냥 너무 피곤해."

한스는 정원으로 가는 길에 엠마가 자신을 부축하면서 몸을 꼭 붙이고 있는 것을 느끼지 못했다. 그녀의 밤 인사와 뒤에서 문이 닫히는 소리도 들리지 않았다. 골목을 지나 집으로 돌아왔다. 하지만 어떻게 왔는지 알 수 없었다. 마치 커다란 폭풍우가 자신을 휩쓸어 가거나 거센 물결에 휘말려 든 느낌이었다.

좌우로 흐릿한 집들이 눈에 들어왔다. 그 위에 높이 솟은 산등성이, 전나무 꼭대기, 한밤중의 어두움, 크고 조용한 별이 보였다. 바람 소리가 들렸다. 강물이 다리 기둥을 때리는 소리가 들렸다. 강물에 비친 정원과 흐릿한 집과 밤의 어둠과 가로등과 별이 보였다.

다리 위에서 일단 주저앉아야 했다. 너무 피곤해서 더는 집으로 돌아갈 수 없을 것 같았다. 한스는 난간에 앉아 물소리에 귀를 기울였다. 물은 다리 기둥을 때리고, 둑에 부딪쳐 철썩이고, 물레방아를 돌리며 흘렀다. 손이 차가웠다. 가슴과 목구멍이 자꾸 막히고 피가 솟구치고 눈이 침침했다. 가슴에 피가 파도처럼 다시 밀려오고 머리가 너무 어지러웠다.

집에 돌아온 한스는 방에 들어가 눕자마자 잠이 들었다. 꿈에서 이곳저곳 거대한 공간을 지나 무시무시한 나락으로 자꾸만 떨어졌다. 한밤

중에 잠에서 깬 한스는 괴로움에 완전히 지쳐 아침이 될 때까지 비몽사몽으로 침대에 누워 있었다. 갈망하는 그리움이 차오르고 제어할 수 없는 힘에 이리저리 내던져지는 것 같았다. 이른 새벽까지 이어진 심한 괴로움과 힘겨움은 마침내 끝없는 울음으로 터져 나왔다. 그러다 눈물에 흠뻑 젖은 베개를 베고 다시 잠이 들었다.

7장

„Und Sie und ich, wir haben vielleicht auch mancherlei
an dem Buben versäumt, meinen Sie nicht?"

"당신이나 나나 어쩌면 아이에게 몇 가지 소홀했을지도 모릅니다.
그렇게 생각하지 않습니까?"

기벤라트 씨는 당당한 태도로 압착기를 삐걱삐걱 돌리고 한스는 옆에
서 일을 도왔다. 초대를 받은 구둣방 주인의 아이들 두 명이 와서 과일
을 날랐다. 두 아이는 작은 유리잔과 어마어마하게 크고 검은 빵을 손에
들고 있었다. 하지만 엠마는 같이 오지 않았다.

아버지가 술통 만드는 사람과 이야기를 나누려 30분 동안 자리를 비
운 후에야 한스는 아이들에게 물어볼 용기를 냈다.

"엠마는 어디에 있니? 오고 싶지 않대?" 아이들이 씹던 것을 삼키고
말을 할 수 있을 때까지 얼마간 시간이 걸렸다.

"갔어." 아이들은 말하며 고개를 끄덕였다.

"가? 어디로 갔어?"

"집에."

"아주 갔다고? 기차를 타고?"

아이들이 열심히 고개를 끄덕였다.

"대체 언제?"

"오늘 아침에."

아이들은 다시 사과를 집으려 손을 뻗었다. 한스는 압착기를 돌리며 과즙 통을 빤히 들여다보았다. 서서히 상황이 파악되었다.

아버지가 되돌아왔다. 사람들은 일을 하며 웃고, 아이들은 고맙다는 인사를 하며 달려갔다. 저녁이 되자 모두들 집으로 돌아갔다.

저녁을 먹고 나서 한스는 방에 홀로 앉아 있었다. 10시가 되고 11시가 되었다. 한스는 불을 켜지 않았다. 오래도록 깊은 잠을 잤다.

평소보다 늦게 일어난 한스는 불행과 상실의 불분명한 느낌에 기분이 멍했다. 마침내 엠마가 다시 떠올랐다. 엠마는 한마디 말도 없이, 작별 인사도 없이 떠났다. 지난번 한스와 같이 있던 밤에 이미 자신이 언제 떠날지 분명히 알고 있었다. 그녀의 웃음과 입맞춤, 능숙한 몸놀림이 떠올랐다. 엠마는 한스를 전혀 진지하게 생각지 않았던 것이다.

분노 섞인 고통, 흥분이 가라앉지 않는 사랑의 힘과 불안정한 기분이 뒤섞여 침울한 아픔으로 바뀌었다. 한스는 그 기운에 휩쓸려 집을 나와 정원으로 갔다가, 거리로 나갔다가, 숲으로 갔다가, 다시 집으로 돌아왔다.

그렇게 한스는 어쩌면 너무 일찍 사랑의 비밀 가운데 자신의 몫을 경험했다. 약간 달콤하고 무척 쓴 경험이었다. 낮에는 종일 그리운 기억에 하릴없는 한탄과 위안이 되지 않는 깊은 생각이 이어졌다. 밤에는 가슴이 두근거리고 답답해서 잠을 이루지 못하거나 끔찍한 악몽에 빠져들었다. 꿈에서 한스는 피가 이상하게 마구 끓어올랐고 끔찍하고 무시무시한 환상의 장면들을 목격했다. 무섭게 휘감는 팔, 이글거리는 눈이 달린 상상의 동물, 아찔하게 현기증이 나는 심연, 거대하게 활활 불타오르는 눈으로 시시각각 바뀌었다. 잠에서 깨어나면 혼자임을 깨달았다. 서늘한 가을밤의 외로움에 싸여 소녀에 대한 그리움에 가슴 아파하며 눈물로 축축해진 베개를 껴안고 또 신음했다.

기계공 작업장에 들어가기로 한 금요일이 다가왔다. 아버지가 푸른색 리넨 작업복과 모직 모자를 사주었다. 한스는 모자를 쓰고 옷을 입어 보았다. 작업복을 입은 모습이 꽤 우스꽝스럽게 보였다. 이렇게 입고 예전 학교나 교장의 집, 수학 선생의 집, 플라이크의 작업장이나 마을 목사의 집을 지나가면 비참한 기분이 들 것 같았다. 공부에 쏟은 수많은 노력과 땀, 포기해 버린 수많은 소소한 즐거움들, 수많은 자부심과 명예욕과 희망에 부푼 꿈이 모두 헛된 것이 되고 말았다. 그 모든 것이 지금 한스가 모든 사람들의 비웃음을 받으며 다른 동료들보다 더 늦게, 가장 낮은 견습공이 되어 공장에 들어가기 위해서였나!

이 사실을 알면 하일너는 뭐라고 할까?

한스는 서서히 푸른색 작업복을 받아들이기 시작했다. 드디어 그 옷을 처음으로 입고 작업장에 갈 금요일을 조금은 즐거운 마음으로 기다릴 수 있었다. 그곳에서는 적어도 무언가 다시 경험할 수 있겠지!

하지만 그 생각은 먹구름 속에서 번쩍하는 섬광일 뿐이었다. 한스는 떠나 버린 소녀를 잊지 못했다. 더욱이 그의 피가 그날의 흥분을 잊지 못했다. 극복할 수도 없었다. 피는 끓어오르며 눈뜬 그리움을 채워 달라고 더욱 절규했다. 그렇게 시간은 우울하고 고통스럽고 느리게 흘러갔다.

가을은 어느 때보다 더 아름다웠다. 새벽의 은빛 여명과 함께 떠오르는 태양도 훨씬 더 부드러워졌고, 다채로운 색으로 웃음 짓는 한낮과 청명한 저녁이 있었다. 먼 산은 벨벳같이 짙은 푸른색을 띠고, 밤나무는 황금빛으로 반짝이고, 담장과 울타리 위에는 자주색 야생 포도나무 잎사귀들이 늘어져 있었다.

한스는 자신으로부터 쉴 새 없이 도망 다녔다. 낮에는 시내와 들판을 쏘다니며 사람들을 피했다. 사람들이 실연당한 자신의 아픔을 알아챌까 두려웠기 때문이다. 하지만 저녁이면 골목길에 나가 하녀들을 죄다 쳐다봤고, 양심의 가책을 느끼면서 연인들을 훔쳐보았다. 엠마와 더불어 인생에서 욕망할 만한 모든 것과 마법이 가까이 다가왔다가 악의적으로 다시 사라진 느낌이었다. 이제 한스는 그녀와 같이 있을 때 느꼈던 괴로움과 답답한 불안은 생각하지 않았다. 만일 지금 다시 엠마와 같이 있다면 더 이상 수줍어하지 않고 그녀의 모든 비밀을 파헤칠 것이다. 지금은 눈앞에서 닫혀 버린 매혹적인 사랑의 정원으로 거침없이 밀고 들어가리라. 한스의 환상은 온통 이 위험하고 숨 막히는 미로에 빠져 절망적으로 헤맸다. 끈질긴 자학으로 뱅글뱅글 맴도는 갑갑한 마법의 원 밖에 아름답고 넓은 공간이 다정하고 환하게 불을 밝히고 있다는 사실은 전혀 알려 하지 않았다.

결국 처음에 불안해하며 기다리던 금요일이 온 것이 기뻤다. 아침 일찍부터 푸른색 새 작업복을 입고 모자를 눌러쓰고, 약간 소심하게 게르버 거리를 내려가 슐러의 작업장으로 향했다. 아는 이들 몇몇이 호기심 어린 눈으로 한스를 쳐다봤고 그중에 한 사람은 이렇게 물었다. "뭐야,

너 대장장이가 된 거냐?"

작업장 사람들은 이미 바쁘게 일하고 있었다. 주인은 막 쇠를 단련하던 참이었다. 주인은 뻘겋게 달군 쇳덩이를 모루에 올려놓았고, 옆에 있던 숙련공이 무거운 망치로 애벌 망치질을 했다. 주인은 모양을 다듬으려 섬세하게 두들기고, 집게를 능숙하게 조절하면서 손에 쥔 정련용 망치를 박자에 맞춰 모루에 탕탕 내리쳤다. 망치질 소리가 열린 문을 통해 저 멀리까지 밝고 경쾌하게 울려 퍼지며 아침을 깨웠다.

줄로 쓸어 내고 남은 쇠 부스러기와 기름으로 시커메진 긴 작업대 앞에 나이가 많은 숙련공과 아우구스트가 나란히 서서 각자 바이스 작업을 하고 있었다. 수력을 이용해 일하기 때문에 천장에는 선반, 숫돌, 송풍기, 천공기를 돌리는 벨트가 빠르게 돌아가며 윙윙 소리를 냈다. 아우구스트가 한스를 보고 고개를 끄덕이며 주인이 시간을 낼 때까지 문 앞에서 기다리라는 눈짓을 보냈다.

한스는 화덕, 조용히 멈춰 선 선반, 웅웅거리며 돌아가는 벨트, 돌아가는 빈 원반을 소심하게 쳐다보았다. 주인이 일을 마치고 난 후에 한스에게 건너와 크고 강하며 따뜻한 손으로 악수를 청했다.

"저쪽에 네 모자를 걸어라." 주인이 말하며 벽에 빈 못을 가리켰다.

"자, 이제 이리 와. 저쪽이 네 자리고 이게 네가 작업할 바이스다."

주인은 말을 하면서 한스를 가장 끝에 있는 작업대로 데리고 갔다. 바이스를 다루는 법, 작업대를 비롯해 공구를 정리하는 법을 알려 주었다.

"아버지에게서 네가 헤라클레스처럼 장사가 아니라는 말을 들었다. 보아하니 그렇구나. 처음이니까 좀 더 힘이 생길 때까지 쇠를 단련하는 일은 손대지 않아도 된다."

주인은 작업대 밑에서 주철로 된 작은 톱니바퀴를 꺼냈다.

"자, 이걸로 시작할 수 있겠지. 이 톱니바퀴는 주물 공장에서 가져와 아직 다듬지 않아서 울퉁불퉁하고 이음매가 많아. 이걸 갈아서 매끈하게 다듬어 두지 않으면 나중에 정밀한 공구에 손상을 입힌단다."

주인은 톱니바퀴를 바이스에 단단히 끼우고 낡은 줄을 꺼내 어떻게 손질하는지 시범을 보여 주었다.

"자, 이렇게 계속하면 된다. 하지만 다른 줄을 사용하면 안 돼! 이거면 점심때까지 충분히 일거리가 될 거다. 나중에 나에게 검사를 맡아. 작업하면서 내가 시킨 일 외에는 딴 일에 신경 쓰면 안 돼. 견습공에게 생각은 필요치 않아."

한스는 줄질을 시작했다.

"잠깐! 그렇게 하지 말고. 왼손을 줄 위에 얹어야지. 너 왼손잡이냐?" 주인이 외쳤다.

"아뇨."

"그럼 됐다. 그래, 그렇게 해."

주인은 문에서 가장 가까운 자신의 바이스로 갔다. 한스는 잘 해보기로 마음먹었다.

처음 줄을 갈았을 때 한스는 울퉁불퉁한 면이 아주 부드럽고 수월하게 쓱 떨어져 놀랐다. 하지만 그것은 맨 바깥에 붙은 거칠거칠한 주물 가장자리였다. 그것이 표면에 느슨하게 붙어 있고, 그 밑에 비로소 도톨도톨한 철이 보였다. 그게 바로 매끄럽게 다듬어야 할 부분이었다. 한스는 정신을 집중해 열심히 일했다. 소년 시절에 장난삼아 물건을 만든 이후로 자신의 손으로 쓸모 있는 물건을 만들며 즐거워한 적이 한 번도 없었다.

"좀 더 천천히 해! 줄질을 하면서 박자를 맞추어야 해. 하나, 둘, 하나, 둘. 이렇게 하면서 거기에 힘을 주어 눌러야지. 안 그러면 줄이 망가진다." 주인이 저쪽에서 외쳤다.

그때 가장 나이가 많은 숙련공이 선반에서 작업을 했다. 한스는 궁금한 나머지 슬쩍 넘겨다보지 않을 수 없었다. 숙련공은 강철 굴대를 원반에 고정시키고 벨트를 교차해 걸었다. 굴대가 불꽃을 튀기고 윙윙 소리를 내며 빠르게 돌아갔다. 숙련공은 머리카락같이 가느다랗고 번쩍이는 쇠 부스러기를 털어 냈다.

도처에 공구, 쇳조각, 강철과 황동, 반쯤 마무리된 작업, 번쩍이는 작은 톱니바퀴, 끌, 천공기, 회전하는 철 공구, 갖가지 모양의 송곳이 흩어져 있었다. 화덕 옆에는 큰 망치와 다듬질용 망치, 모루 덮개, 집게와 납땜인두가 매달려 있었다. 벽을 따라 줄지어 줄과 절삭기가 걸려 있었다. 선반 위에는 기름걸레, 작은 비, 사포 줄, 쇠톱, 기름 주전자, 산성 용액이 든 병, 못 상자와 나사 상자가 어지럽게 놓여 있었다. 어느 곳을 보든 숫돌은 자주 사용되었다.

한스는 손이 벌써 새카매진 것을 보고 만족스러웠다. 작업복도 빨리 낡아 보였으면 했다. 자신의 작업복이 옆에 다른 동료들이 입은 시커멓고 군데군데 기운 작업복에 비해 우스울 정도로 파란 새 옷이기 때문이었다.

오전이 지나면서 외부 사람들도 작업장에 찾아와 활기를 더해 주었다. 이웃한 편물 공장 일꾼들이 기계의 작은 부품을 갈거나 수선하기 위해 찾아왔다. 한 농부는 세탁물 주름을 펴는 압착 롤러를 땜질해 달라고 맡겼지만 아직 고치지 않았다는 말을 듣고는 욕을 퍼부었다. 뒤이어 점잖아 보이는 공장주가 찾아오자 주인은 그를 다른 곳으로 데리고 가서 이야기를 나누었다.

그런 일이 벌어지는 가운데에도 사람들과 톱니바퀴와 벨트는 규칙적으로 계속 일했다. 한스는 태어나 처음으로 노동의 찬가를 듣고 이해할 수 있었다. 그 찬가는 초보자에게 적어도 뭔가 감동을 주고 편안한 기분에 취할 수 있게 했다. 하찮은 개인이자 보잘것없는 자신의 삶이 거대한 리듬에 속하고 어우러지는 느낌이었다.

9시가 되자 15분간 휴식 시간이 주어졌다. 모두 빵 한 조각과 과즙 한 잔을 받았다. 그제야 아우구스트는 새로 온 견습공 한스에게 인사를 했다. 그는 한스에게 용기를 주는 말을 하고 나서 곧장 다가오는 일요일에 첫 주급으로 동료들과 파티를 열기로 한 계획에 대해 열심히 이야기했다. 한스는 자기가 줄질한 톱니바퀴가 어디에 속한 바퀴냐고 물었다. 종탑 시계의 톱니바퀴라는 대답이 돌아왔다. 아우구스트는 그것이 어떻게 하면 돌아가고 작동하는지 가르쳐 주려 했지만 그때 일급 숙련공이 다시 줄질을 시작하자 다른 견습공들은 재빨리 자기 자리로 돌아갔다.

10시에서 11시 사이가 되자 한스는 피곤해지기 시작했다. 무릎과 오른팔이 좀 아파 왔다. 발을 바꾸어 무게 중심을 옮기고 몰래 팔다리를 쭉 폈지만 별로 도움이 되지 않았다. 잠시 줄을 놓고 바이스에 몸을 기댔다. 아무도 한스를 쳐다보지 않았다. 그런 자세로 서서 쉬면서 벨트가 윙윙 돌아가는 소리를 들었다. 살짝 현기증이 나서 잠시 눈을 감고 있는데, 문득 주인이 한스의 뒤에 와서 섰다.

"뭐야, 왜 그래? 벌써 피곤해?"

"네, 조금요." 한스가 솔직하게 말했다.

견습공들이 와르르 웃었다.

"그럴 수 있지. 그럼 납땜하는 법을 한번 보여 주지. 가자!" 주인이 차분하게 말했다.

한스는 호기심 어린 눈으로 납땜하는 것을 지켜보았다. 우선 인두를 달구고 납땜할 곳에 납땜 액을 묻혔다. 이어 인두에서 뜨겁고 하얀 납 방울이 떨어지며 치직 하는 소리가 났다.

"걸레로 잘 문질러서 납땜 액을 다 없애야 한다. 납땜 액이 금속을 부식시키니까 조금이라도 남아 있으면 안 된다."

이후에 한스는 다시 바이스로 돌아와 줄로 작은 톱니바퀴를 다듬었다. 팔이 아팠다. 줄을 누르고 있는 왼손이 아리고 빨개지더니 이제 쓰리기 시작했다.

12시에 일급 숙련공이 줄을 내려놓고 손을 씻으러 갔고, 한스는 줄질을 마친 톱니바퀴를 가지고 주인에게 보여 주었다. 주인은 힐끗 쳐다보았다.

"그 정도면 괜찮다. 더 손을 보지 않아도 되겠어. 네 자리 밑의 상자에서 똑같은 톱니바퀴를 하나 더 꺼내 오후에 작업을 해라."

한스도 손을 씻고 밖으로 나갔다. 점심시간을 한 시간 얻었다.

예전 학교 동창생인 상점 견습생 두 명이 길에서 한스를 뒤따라오며 놀렸다. "주 시험에 합격한 견습공!" 한 녀석이 외쳤다.

한스는 걸음을 더 빨리했다. 자신이 사실 이 일에 만족하는지 아닌지도 알 수 없었다. 작업장에서 하는 일은 마음에 들었다. 다만 너무 피곤해졌을 뿐이다. 죽을 만큼 고단했다.

집 대문에 들어서면서부터 이미 탁자에 앉아 식사할 생각에 기분이 좋아졌다. 그런데 갑자기 엠마 생각이 났다. 오전 내내 엠마를 잊고 있었다. 한스는 자기 방으로 조용히 올라가 침대에 몸을 던지고 고통스러워 신음했다. 울고 싶었지만 눈물이 나지 않았다. 소모적인 그리움에 또다시 굴복하는 자신이 절망적으로 느껴졌다. 머리가 지독하게 아팠다.

억지로 흐느낌을 참느라 목도 아팠다.

점심을 먹는 것도 지옥이었다. 아버지가 하는 말을 듣고, 이야기를 하고, 온갖 자잘한 농담에 맞장구를 쳐야 했다. 아버지가 기분이 좋았기 때문이다. 식사가 끝나자마자 한스는 정원으로 뛰어나가 햇볕을 쬐며 15분 동안 몽롱하게 앉아 시간을 보냈다. 이제 다시 공장에 가야 할 때였다.

오전에 빨갛게 부풀어 오른 두 손이 심하게 욱신거렸다. 저녁이 되자 심하게 부어 뭔가 잡을 때마다 무척 아팠다. 일이 다 끝난 뒤, 한스는 아우구스트의 지시를 받으며 작업장 전체를 깨끗이 청소해야 했다.

토요일은 훨씬 더 상황이 나빴다. 두 손이 타는 듯 아프고 부푼 자리에 물집이 커졌다. 주인은 기분이 좋지 않은지 걸핏하면 욕설을 퍼부었다. 아우구스트가 손의 붓기는 며칠밖에 가지 않고 곧 굳은살이 생겨 하나도 아프지 않을 거라고 위로했다. 하지만 한스는 끔찍하게 우울한 기분으로 하루 종일 시계만 훔쳐보면서 절망적으로 톱니바퀴를 다듬었다.

저녁에 청소를 할 때 아우구스트가 내일 몇몇 동료들과 비라흐로 나가는데 무척 재미있을 거라며 한스에게 무슨 일이 있어도 꼭 오라고 속삭였다. 오후 2시에 데리러 가겠다고 했다. 한스는 일요일 내내 집에서 누워 있고 싶다는 생각이 들 만큼 피곤하고 비참한 기분이었다. 하지만 그러겠다고 대답했다. 집에서 안나 할머니가 부은 손에 바르라고 연고를 주었다. 오후 8시부터 다음 날 오전까지 계속 자는 바람에 아버지와 교회에 가기 위해 서둘러야 했다. 한스는 점심을 먹으면서 아우구스트가 나들이에 초대했다는 말을 꺼내며 오늘 외출하겠다고 말했다. 아버지는 반대하지 않고 용돈으로 50페니히나 주었다. 다만 저녁 식사 때에는 집에 돌아오라고만 했다. 한스는 환한 햇빛 속에 골목길을 돌아다녔다. 몇 달 만에 처음으로 일요일의 기쁨을 느꼈다. 거리는 더 시끌벅적하고 태양은 더 밝았다. 평일에 손이 시커메지고 팔다리가 쑤시도록 일을 한 사람은 일요일에 모든 것이 더 즐겁고 아름다워 보이기 마련이다. 한스는 이제 정육점 주인, 피혁공, 빵집 주인이나 대장장이들이 햇빛이 내리는 집 앞 벤치에 앉아 있는 모습이 더없이 즐거워 보인다는 것을 알 수 있었다. 그리고 그들을 더 이상 비참한 속물로 여기지 않았다. 산책을 하거나 술집에 가는 일꾼과 숙련공, 견습공 들이 보였다. 그들은 모자를 약간 비딱하게 쓰고 하얀 깃의 셔츠와 말끔하게 솔질한 나들이옷을 입고 있었다. 물론 항상 그런 것은 아니지만 같은 업종의 수공업자들이 끼리끼리 어울려 있었다. 가구를 만드는 소목장은 소목장끼리, 미장이는 미장이끼리 어울리며 자신이 속한 직업의 명예를 지켰다. 그들 중에 금속공 무리가 가장 신분이 높은 동업 조합이고, 거기에서도 기계공은 맨 위에 있었다. 모든 것에 편안함이 깃들어 있었다. 그들 가운데 몇몇은 약간 단순하고 우스꽝스럽게 보였다. 하지만 그 뒤에는 오늘날에도 더 큰 즐거움과 유능함을 자랑하는 수공업에 대한 자부심과 아름다움이 숨어 있었다. 그중에서 가장 초라한 재단사 견습공도 약하나마 자부심의 후광을 뿜냈다.

슐러의 집 앞에서 젊은 기계공들이 우쭐거리며 여유롭게 서 있었다. 지나가는 사람들에게 고갯짓으로 인사를 건네고, 서로 이야기를 주고받기도 했다. 그 모습에서 그들이 믿음직한 공동체를 이루었고 외부인을 필요로 하지 않는다는 것을 알 수 있었다. 일요일을 즐기는 일에도 마찬가지였다.

한스도 그것을 느끼고 자신이 이 무리에 속하는 것이 기뻤다. 하지만 일요일의 유흥 계획에는 걱정이 조금 앞섰다. 기계공들이 엄청나게 흥청망청 논다는 사실을 알고 있었기 때문이다. 어쩌면 춤을 추러 갈지도 모른다. 한스는 춤을 출 줄 몰랐다. 어쨌든 가능한 남자답게 행동하고 경우에 따라 술에 취할 위험도 감수하기로 마음먹었다. 한스는 맥주를 많이 마셔 본 적이 없었다. 시가는 비참한 모습으로 창피를 당하지 않고 한 대를 끝까지 피우기도 매우 힘들었다.

아우구스트는 무척 좋아하며 한스를 반겼다. 나이가 많은 숙련공이 오지 않는다고 해서 대신 다른 작업장에 있는 동료를 불렀다고 했다. 적어도 네 명이 모였으니 마을을 시끌벅적하게 만들기에는 충분하다고 했다. 술값은 자신이 낼 테니 모두들 실컷 맥주를 마시라고 했다. 아우구스트는 한스에게 시가를 권했다. 이제 네 명이 슬슬 움직이기 시작했다. 느긋하고 당당하게 시내를 어슬렁거리다 보리수 광장에 이르러서야 비로소 제때에 비라흐에 도착하기 위해 걸음을 빨리했다.

강의 수면이 파란빛, 금빛, 하얀빛으로 반짝이고, 가로수 길에는 옷을 다 벗은 단풍나무와 아카시아 나무 사이로 온화한 10월의 햇볕이 따뜻하게 내리쬐었다. 높은 하늘은 구름 한 점 없이 파랬다. 맑고 고요하고 따사로운 가을의 하루였다. 이런 날에는 지난여름의 모든 아름다운 일들이 근심이라곤 없고 웃음이 피어나는 추억이 되어 부드러운 공기를 가득 채운다. 이런 날에 아이들은 계절을 잊고 꽃을 찾으러 나가겠다고 한다. 노인들은 창가나 집 앞 벤치에 앉아 생각에 잠긴 눈으로 하늘을 올려다본다. 청명한 하늘에서 한 해의 좋은 추억만이 아니라 흘러간 인생 전체의 추억이 보이는 것 같기 때문이다. 하지만 청년들은 즐거운 기분으로 재능과 기질에 따라 아름다운 날을 찬양한다. 술이나 고기를 바치기도 하고, 노래를 부르고 춤을 추며 즐기기도 하고, 술집에서 실컷 마시거나 요란한 주먹다짐을 벌이기도 한다. 사방에서 신선한 과일 케이크를 굽고, 갓 짜낸 사과즙이나 포도주가 창고에서 발효되고, 술집 앞과 보리수 광장에서 바이올린과 하모니카가 흥겨운 연주로 한 해의 아름다운 마지막 날을 위해 춤을 추고 노래를 부르고 사랑의 희롱을 하라고 초대하기 때문이었다.

젊은 무리들은 빠르게 걸었다. 한스는 익숙한 척 시가를 피웠다. 생각보다 편안하게 피워져서 놀랐다. 숙련공이 자신이 유랑 시절에 겪은 일을 이야기했다. 그가 엄청난 허풍을 떨어도 아무도 싫어하지 않았다. 으레 그러는 것이기 때문이다. 아무리 겸손한 수공업 직공이라도 먹고 살 직장이 있고 목격자가 없는 게 확실하면, 자신이 이곳저곳 떠돌며 일을 배우던 시절 이야기를 대단히 거창하게 늘어놓았다. 아니, 전설이라도 된다는 투로 이야기했다. 왜냐하면 젊은 수공업자가 겪은 수련 시절의 인생이 담긴 멋진 서정시는 민중의 공동 재산이기 때문이다. 각자의 세세한 이야기를 바탕으로 전통적으로 오래된 모험담이 새로운 아라베스크 무늬로 짜였다. 어떤 이야기에도 익살꾼 오일렌슈피겔이나 뜨내기 슈트라우빙거와 같은 불멸의 인물을 닮은 부랑자가 꼭 나왔다.

"그러니까 내가 옛날에 프랑크푸르트에 살았을 때 말이야, 제길, 그때가 잘나가던 시절이었지! 아직 아무한테도 하지 않은 얘기야. 돈이 많고 아주 형편없는 상인이 하나 있었는데, 글쎄 그놈이 우리 주인 딸과 결혼을 하려 들지 뭐야. 그렇지만 딸이 퇴짜를 놔버렸지. 그녀는 나를 더 좋아했거든. 넉 달 동안이나 내 애인이었어. 만일 내가 노인네와 싸우지만 않았어도 지금쯤 그 집 사위가 되어 눌러앉아 있었을 텐데 말이야."

숙련공은 고약한 주인이 자기를 어떤 식으로 박대했는지 이야기를 이어 나갔다. 영혼을 팔아먹은 가련한 주인이 한번은 감히 자기를 때리려 손을 내뻗었다고 했다. 그래서 숙련공이 아무 말 없이 대장간 망치를 휘두르며 노려보았더니 노인네는 소중한 머리가 깨질까 두려웠는지 슬며시 자리를 떴다는 것이다. 나중에 그 비겁한 인간이 자기를 서면으로 해고했다고 했다. 숙련공은 오펜부르크에서 벌였던 큰 싸움도 말해 주었다. 그때 자기를 포함한 기계공 셋이서 공장 노동자를 일곱 명이나 때려 반쯤 죽여 놓았다고 했다. 오펜부르크에 가는 사람이 있다면 그때 당시 같이 있었던 키가 큰 쇼르쉬를 찾아가 물어보면 모두 알게 될 거라고 장담했다.

뻔뻔하고 거친 어투였지만 숙련공은 신이 나서 열정적으로 이야기했다. 모두가 무척 즐거워하며 귀담아들었다. 그리고 다들 언젠가는 이 이야기를 나중에 다른 곳에서 다른 동료들에게 해야겠다고 마음먹었다. 왜냐하면 기계공들은 모두 한 번씩은 주인의 딸을 애인으로 두었고, 한 번씩은 망치를 휘둘러 못된 주인을 내쫓았고, 한 번씩은 공장 노동자 일곱 명을 죽도록 두들겨 팬 적이 있었기 때문이다. 사건은 곧 바덴에서 일어났다가 다음엔 헤센이나 스위스에서 일어났고, 망치 대신 줄이나 뜨거운 철 막대기를 휘두르는가 하면 공장 노동자 대신 제빵사나 재단사가 등장하기도 했다. 항상 똑같은 옛이야기였지만 모두들 언제나 즐겨 들었다. 그 오래되고 훌륭한 이야기가 조합을 명예롭게 해주기 때문이었다. 하지만 옛이야기라고 해서 유랑하는 직공들 가운데 실제로 멋진 일을 경험하거나 이야기를 만들어 내는 데 재주가 뛰어난 인물이 없었다는 것은 아니다. 원래 근본이 같은 이 두 재주꾼은 오늘날에도 여전히 존재한다.

특히 아우구스트가 이야기에 푹 빠져 몹시 좋아했다. 계속 웃고 맞장구를 치고 자신이 벌써 절반은 숙련공이 된 것 같은 기분에 남을 깔보며 즐기는 표정으로 담배 연기를 황금빛 햇살 속 화창한 공기로 뿜었다. 이야기하는 숙련공은 맡은 역할을 계속했다. 자신이 여기에 나와 어울리는 일이 자기를 낮춘 너그러운 행동임을 보여 주는 것이었다. 숙련공은 사실 일요일에 견습공들과 어울리지 않았다. 어린 녀석들에게 술을 얻어먹는 건 부끄러운 일이기 때문이다.

무리는 국도를 따라 강 아래로 제법 많이 걸었다. 이제 선택의 갈림길에 섰다. 완만하게 올라가다 길이 굽어지는 곳에서 산으로 이어지는 작은 찻길과 가파르지만 거리가 절반밖에 되지 않는 오솔길이 있었다. 그들은 거리도 더 멀고 먼지도 나는 찻길을 택했다. 오솔길은 평일에나 걷는 길 아니면 산책하는 신사들이나 걷는 길이었다. 민중들은 특히 일요일에는 서정적 정취를 아직 잃지 않은 찻길을 더 좋아했다. 가파른 오솔길을 올라가는 것은 농부나 자연을 사랑하는 도시 출신들이 하는 일이었다. 그것은 민중들에게 노동 또는 운동이지 즐거운 일은 아니었다. 반면에 찻길은 편안하게 걸으면서 이야기를 나눌 수 있고, 구두와 나들이옷을 더럽히지도 않고, 마차와 말을 볼 수 있고, 다른 산책자를 만나 따라붙을 수 있고, 예쁘게 꾸민 소녀와 노래를 부르는 청년들의 무리를 만나고, 농담을 던지면 웃으며 되받아치고, 걸음을 멈추고 서서 수다를 떨 수 있었다. 독신이라면 아가씨들을 뒤따라가서 추파를 던지거나, 아니면 저녁에 좋은 동료와 대화를 나누며 개인적인 불화를 풀고 화해할 수 있었다!

그래서 그들은 찻길로 갔다. 길은 완만하게 굽어 평탄하게 산으로 뻗어 있어서 마치 시간이 넉넉하고 땀 흘리기를 싫어하는 사람 같았다. 숙련공은 어깨에 걸친 막대기에 외투를 벗어서 얹고 이제 이야기를 하는 대신 휘파람을 불기 시작했다. 거침없이 쾌활하게 불어 대는 휘파람은 한 시간 후 비라흐에 도착할 때까지 그치지 않았다. 한스를 빈정대는 말이 좀 나왔지만 크게 신경이 쓰이지 않았다. 오히려 한스보다 아우구스트가 더 열을 내며 그러지 말라고 했다. 그리고 드디어 비라흐에 왔다.

붉은 기와지붕과 은회색 초가지붕이 있는 마을은 가을 색을 입은 과일나무들에 둘러싸여 있었다. 마을 뒤쪽으로 나무가 우거진 검은 산들이 우뚝 솟아 있었다.

청년들은 들어갈 술집을 정하는 데 의견이 갈렸다. '닻'이라는 술집은 맥주가 최고지만 '백조'는 케이크가 최고였다. '모퉁이 집'은 술집 주인의 딸이 아름다웠다. 마침내 아우구스트가 '닻'에 가자고 설득했다. 그는 윙크를 해가면서 몇 잔 마시는 사이에 '모퉁이 집'이 도망가 버리는 것도 아니니까 이따 들르면 되지 않겠냐고 넌지시 말을 던졌다. 그 말에 모두 찬성하고 마을로 들어갔다. 제라늄 화분이 놓인 농가의 낮은 창턱과 마구간을 지나 '닻'으로 향했다. 금빛 술집 간판이 둥그렇고 어린 밤나무 두 그루 너머로 햇빛에 번쩍이며 어서 오라고 유혹했다. 술집이 사람들로 꽉 차 있어서 정원에 자리를 잡아야 했다. 기필코 술집 안에 들어가 앉으려 했던 숙련공이 유감스러워했다.

손님들 사이에서 '닻'은 세련되기로 정평이 나 있었다. 우선 낡은 농가 건물 술집이 아니라 벽돌로 지어진 현대식 건물이었다. 창문이 많고, 벤치 대신 의자가 놓여 있고, 알록달록 색칠한 양철 간판이 여러 개 있었다. 더욱이 여종업원들은 도시풍으로 차려입고, 주인은 절대로 셔츠 바람으로 돌아다니는 일 없이 언제나 유행하는 갈색 양복을 완벽하게 갖추어 입었다. 주인은 원래 파산했는데 주요 채권자인 부유한 맥주 제조자에게 이 집을 빌린 후로 한층 형편이 좋아진 참이었다. 정원에는 아카

시아 나무 한 그루가 있고, 야생 포도나무가 큰 철조망 울타리를 절반이나 뒤덮고 있었다.

"건강을 위하여!" 숙련공이 외치며 세 명 모두와 술잔을 부딪쳤다. 그리고 과시할 요량으로 맥주를 단숨에 비웠다. "이봐요, 아름다운 아가씨, 여기 잔이 비었네. 얼른 한 잔 더 가져와요!" 숙련공은 여종업원에게 소리치며 탁자 너머로 술잔을 건네주었다.

맥주 맛은 기가 막혔다. 시원하고 너무 쓰지도 않았다. 한스는 맥주를 기분 좋게 맛보았다. 아우구스트는 술맛을 잘 안다는 표정을 하며 혀로 입맛을 다셨다. 그뿐만 아니라 연통이 막힌 난로처럼 잔뜩 연기를 내며 시가를 피워 대는 모습에 한스는 내심 감탄했다.

이처럼 유쾌하게 일요일을 즐기는 것, 당연히 그럴 권리가 있는 사람처럼 술집에 앉아 있는 것, 인생을 알고 즐거움을 누릴 줄 아는 사람들과 같이 있는 것이 나쁘지 않았다. 같이 웃기도 하고 가끔 용기를 내 자신도 농담을 해보려는 것도 좋았다. 잔을 다 비우고 일부러 탁 소리가 나게 내려놓으며 "아가씨, 여기 한 잔 더!"라고 거침없이 외치는 것도 좋았다. 다른 탁자에 앉은 지인과 같이 술을 마시는 것, 불 꺼진 시가를 왼손에 끼운 채 다른 사람들처럼 모자를 뒤로 꺾어 올리는 것도 좋았다.

같이 온 다른 작업장의 숙련공도 얼큰하게 술이 올라 이야기를 하나 꺼냈다. 그가 아는 울름의 한 기술자는 맥주를 스무 잔이나 마실 수 있다고 했다. 그자는 울름의 맛좋은 맥주를 다 마시고는 입을 쓱 닦으며 "자, 이제 좋은 포도주를 한 병 마시자!"라고 했다는 것이다. 또 칸슈타트 지방의 난방공이 한자리에서 쉬지 않고 소시지 열두 개를 먹어서 내기에서 이겼다는 이야기도 했다. 하지만 난방공은 두 번째 내기에서는 지고 말았다. 그는 작은 술집 메뉴판에 있는 음식을 죄다 먹을 수 있다고 큰소리를 치고 정말로 거의 다 먹어 치웠다. 하지만 메뉴판의 끝에 치즈 네 종류가 남아 있었다. 난방공은 세 번째 접시를 먹다가 결국 접시를 물리며 이렇게 말했다고 한다. "한 입 더 먹느니 차라리 죽는 게 낫겠군."

그 이야기도 많은 박수를 받았다. 세상 여기저기에 한없이 먹고 마시는 사람들이 존재한다는 사실이 여실히 드러났다. 누구나 그런 인물과 그가 이룬 업적 이야기를 알고 있었기 때문이다. 어떤 이는 '슈투트가르트의 한 사람'이라고 이야기를 꺼내고, 어떤 이는 '아마 루드비히스부르크에 산다는 기병인데'로 시작했다. 누구는 감자를 열일곱 개 먹었다고 하고 누구는 샐러드를 곁들인 팬케이크를 열한 접시나 먹었다고 했다. 이야기하는 사람은 다들 이 사건들을 진지하고 사실적으로 묘사했다. 그리고 세상에는 갖가지 멋진 재능을 가진 기이한 사람들이 있고, 그 가운데 희한한 괴짜도 있다는 사실을 즐겁게 받아들였다. 이 유쾌한 기분과 진지함은 단골 술집을 찾는 모든 이들의 오래되고 귀한 유산이다. 술을 마시고, 정치를 논하고, 담배를 피우고, 결혼을 하고, 세상을 뜨는 것처럼 젊은이들은 그것도 모방했다.

세 잔째 마실 때 한 사람이 혹시 여기엔 케이크가 없냐고 물었다. 여종업원을 불러 이곳에는 케이크가 없다는 말을 듣자 모두 흥분해서 열을 냈다. 아우구스트가 벌떡 일어나더니 케이크가 없다면 다른 집으로 가자고 했다. 다른 작업장에서 온 숙련공도 형편없는 술집이라고 투덜댔다. 프랑크푸르트 출신 숙련공만 더 있겠다고 했다. 그는 여종업원과 실없는 농담을 좀 나누고, 이미 그녀의 몸을 여러 번 더듬었기 때문이다. 그 모양을 지켜보던 한스는 맥주의 술기운과 함께 이상한 흥분을 느꼈다. 술집을 나가게 되어 다행이었다.

술값을 내고 모두 밖으로 나왔다. 한스는 술 세 잔을 마신 기운을 느끼기 시작했다. 편안한 기분이었다. 약간은 나른하고, 약간은 즐기고 싶은 마음도 들었다. 또 눈에 얇은 막이 덮인 듯 모든 것이 더 멀리 떨어져 있는 것 같았다. 마치 꿈속인 것처럼 비현실적으로 아련하게 보였다. 계속 웃음이 나왔다. 모자를 좀 더 대담하고 삐딱하게 쓰고 보니 제법 쾌활한 사내가 된 것 같았다. 프랑크푸르트 출신 숙련공은 다시 거침없이 휘파람을 불었다. 한스는 박자에 맞춰 걸으려 애썼다.

'모퉁이 집'은 꽤나 조용했다. 몇몇 농부들만 올해 짠 새 포도주를 마시고 있었다. 생맥주는 없고 병맥주만 있었다. 곧장 모두 앞에 한 병씩 놓였다. 다른 작업장에서 온 숙련공은 후한 사람으로 보이고 싶었는지 한턱내겠다며 큰 사과 케이크를 샀다. 한스는 갑자기 엄청난 허기를 느끼고 몇 조각을 거푸 먹어 댔다. 오래된 갈색 술집 벽에 붙은 튼튼하고 넓은 벤치에 몽롱하고 편안하게 앉아 있었다. 고풍스러운 가구와 거대한 난로가 어스름한 어둠 속으로 사라졌다. 나무 창살로 만든 큰 새장 안에서 박새 두 마리가 퍼덕이며 날아다녔다. 빨간 마가목 열매가 잔뜩 달린 나뭇가지가 창살에 새 먹이로 꽂혀 있었다.

술집 주인이 잠시 식탁으로 와서 반갑게 인사했다. 시간이 얼마 지나고 나서야 대화가 이루어졌다. 한스는 독한 병맥주를 조금 마셔 보고는 자신이 한 병을 다 마실 수 있을지 궁금해졌다.

프랑크푸르트 출신 숙련공은 또다시 라인란트의 포도주 축제며 유랑과 떠돌이 생활, 값싼 여인숙에서 묵던 이야기를 열렬히 늘어놓았다. 사람들은 이야기를 즐겁게 들었고 한스도 계속 웃어 댔다.

문득 한스는 자신의 상태가 정상이 아니라는 것을 알았다. 방, 식탁, 맥주병, 맥주잔, 동료들을 쳐다볼 때마다 모든 게 부드러운 갈색 구름이 되어 흘렀다. 억지로 정신을 가다듬어야만 다시 형상이 보였다. 이야기와 웃음이 격렬해질 때마다 한스는 같이 크게 웃기도 하고 뭔가 말도 했다. 하지만 곧바로 자기가 한 말을 잊어버렸다. 건배를 할 때는 같이 술잔을 부딪쳤다. 한 시간이 지나 맥주병이 비어 있는 것을 보고 한스는 깜짝 놀랐다.

"제법 잘 마시네. 한 병 더 할래?" 아우구스트가 물었다.

한스는 웃으며 고개를 끄덕였다. 예전에 한스는 이렇게 술 마시는 것을 훨씬 더 위험한 일로 상상했다. 프랑크푸르트 출신 숙련공이 노래를 부르기 시작하자 모두가 같이 따라 불렀다. 한스도 목청껏 따라 불렀다.

어느새 술집이 손님들로 꽉 들어찼다. 이제 주인의 딸이 나타나 여종업원을 도왔다. 딸은 크고 훤칠하고 몸매가 늘씬했다. 눈은 갈색이고, 얼굴은 차분하고 강한 인상을 풍겼다.

주인 딸이 한스 앞에 새 맥주병을 갖다 놓자 곧장 옆에 앉은 숙련공이 더없이 나긋하고 다정한 인사말을 쏟아부었다. 하지만 그녀는 들은 척도 하지 않았다. 그자에게는 관심이 없다는 것을 표시하기 위해서였는지, 아니면 곱상한 소년의 얼굴이 마음에 들어서였는지 주인의 딸은 한스에게 몸을 돌리고 그의 머리를 쓰다듬었다. 그러고 나서 되돌아갔다.

벌써 세 병째 마시고 있는 숙련공은 그녀를 뒤따라가 어떻게든 말을 붙여 보려고 온갖 애를 썼지만 허사였다. 키가 큰 소녀는 그를 무심하게 쳐다보며 대답도 하지 않고 바로 등을 돌렸다. 숙련공은 자리로 돌아와 빈 병으로 탁자를 두드리다 갑자기 흥이 나서 소리쳤다. "자, 즐겨야지. 얘들아, 건배!"

이제 그는 끈적끈적한 여자 이야기를 꺼냈다.

한스에게는 여러 목소리가 뒤섞인 채 흐릿하게 들릴 뿐이었다. 두 번째 병을 거의 다 마시자 말하는 것도, 심지어는 웃는 것도 힘들었다. 한스는 새장에 가서 박새를 놀려 주려 했다. 하지만 두 걸음 옮기고 곧 어지러워 고꾸라질 뻔했다. 한스는 조심조심 자리로 되돌아왔다.

그때부터 들떠 있던 기분이 점점 가라앉았다. 한스는 자신이 만취했다는 것을 알았다. 이제 술 마시는 게 더 이상 즐겁지 않았다. 마치 아주 먼 곳을 내다보듯이 갖가지 불행이 기다리고 있는 게 보였다. 집에 돌아갈 일, 아버지와 한바탕 벌일 말다툼, 내일 일찍 다시 공장에 가야 하는 일. 슬슬 머리도 아프기 시작했다.

다른 이들도 거나하게 취해 있었다. 잠시 정신이 든 순간 아우구스트는 술값을 내겠다고 나섰다. 꽤나 술값이 많이 나온 탓에 1탈러[18]를 내놓는데도 거스름돈은 거의 돌려받지 못했다. 웃고 떠들며 저녁노을이 눈부신 길을 걸었다. 한스는 몸을 똑바로 가눌 수가 없어서 아우구스트에게 기대고 휘청거리며 끌려가다시피 했다.

다른 작업장에서 일하는 숙련공이 갑자기 감상에 빠졌다. 〈내일이면 나는 이곳을 떠나야 하네〉라는 노래를 부르며 눈물을 글썽였다.

사실 모두들 집에 돌아가려 했다. 그런데 '백조'를 지나가는 순간 숙련공이 그곳도 들어가야 한다고 우겼다. 문 앞에서 한스는 동료들의 손을 뿌리쳤다.

"난 가야 해."

"절대로 혼자서 못 가. 지금 걷지도 못하면서." 숙련공이 크게 웃었다.

"아냐, 아냐, 난…… 집에…… 가야 해."

"야, 꼬맹아! 그럼 독주 딱 한 잔만 더 하고 가. 그걸 한 잔 마시면 다

18) Taler. 독일 옛 은화로, 약 3마르크에 해당한다.

리에 힘도 생기고 속도 편해질 거야. 진짜야, 두고 봐."

한스는 어느새 손에 작은 술잔이 들려 있는 것을 느꼈다. 잔의 술을 많이 흘리고 나머지만 삼켰는데도 목구멍에서 화르르 불이 났다. 왈칵 구역질이 올라왔다. 한스는 혼자 휘청대며 계단을 내려와 어떻게 왔는지도 모른 채 마을로 걸어갔다. 집, 울타리, 정원 들이 눈앞에서 기울어져 어지럽게 빙빙 돌았다.

사과나무 아래 축축한 풀밭에 누웠다. 역겨운 느낌, 괴로운 걱정, 하다가 그친 생각이 밀려와 잠에 들 수 없었다. 더럽혀지고 수치를 당한 느낌이 들었다. 어떻게 집으로 가지? 아버지께는 뭐라고 말해야 되나? 내일은 어떤 상태가 될까? 한스는 자신이 너무도 망가지고 비참하다고 생각했다. 이제 영원히 휴식하고 잠들고 부끄러워해야만 할 것 같았다. 머리가 지끈거리고 눈이 따가웠다. 힘이 하나도 없어서 도저히 몸을 일으켜 걸을 수 없을 것 같았다.

문득 뒤늦게 스치는 물결처럼 아까의 즐거웠던 여운이 다시 밀려왔다. 한스는 얼굴을 찡그리고 노래를 불렀다.

오, 그대 사랑하는 아우구스틴
아우구스틴, 아우구스틴
오, 그대 사랑하는 아우구스틴,
모든 게 사라져 버렸네.

노래를 다 부르자마자 마음 깊은 곳에서 뭔가 아픔이 느껴졌다. 불분명한 생각과 기억, 수치심과 자책감의 우울한 홍수가 한스를 덮쳐 왔다. 한스는 신음을 크게 내지르고 흐느끼며 풀밭에 쓰러졌다.

한 시간이 지나자 날이 어두워졌다. 한스는 몸을 일으켜 불안하게 발걸음을 옮기며 힘겹게 산 아래로 내려갔다.

기벤라트 씨는 저녁 먹을 때가 되어도 아들이 돌아오지 않자 혼자 욕을 해댔다. 9시가 되었는데도 여전히 돌아오지 않았다. 기벤라트 씨는 오랫동안 쓰지 않던 등나무 회초리를 딱 갖다 놓았다. 녀석이 아버지의 회초리를 맞지 않을 만큼 벌써 다 자랐다고 생각하는 모양이지? 집에 오기만 해라. 제대로 맛을 보여 주마!

10시에 아버지는 문을 잠갔다. 우리 아드님이 밤에 쏘다니기로 작정했다면 어디서 묵어야 하는지도 잘 알겠지.

그렇지만 아버지는 잠을 잘 수 없었다. 시간이 지날수록 점점 더 화가 치밀었다. 아들이 잠긴 문손잡이를 돌려 보고 조심스럽게 초인종 줄을 잡아당기기만을 기다렸다. 아버지는 다음과 같은 장면을 상상했다. 쓸데없이 밖을 쏘다니는 녀석은 따끔한 맛을 봐야 한다! 이 뻔뻔한 놈은 술에 완전히 절어 있을 테지. 못된 놈, 나쁜 놈, 불쌍한 놈. 하지만 곧 정신이 번쩍 들 게다! 뼈마디가 다 으스러지도록 패버릴 테다.

마침내 몰려온 잠이 아버지의 분노를 가라앉혔다.

같은 시각, 아버지가 혼쭐을 내려고 벼르던 한스는 이미 차가운 주검이 되어 어두운 강물을 따라 고요하고 천천히 골짜기 아래로 떠내려가고 있었다. 모든 역겨움과 수치심과 괴로움이 한스에게서 떨어져 나갔다. 차갑고 푸른 가을밤이 어두운 강물에 실려 가는 한스의 가녀린 몸뚱이를 내려다보고 있었다. 검은 강물이 일렁이며 그의 손과 머리카락과 창백한 입술을 어루만졌다. 아무도 한스를 보지 못했다. 동트기 전에 먹이를 구하러 나선 겁 많은 수달이 재빠른 눈초리로 한스를 흘낏 쳐다보고 소리 없이 지나갔을 뿐이다. 또 한스가 어떻게 물에 빠졌는지 아는 사람은 아무도 없었다. 어쩌면 길을 잃고 가파른 곳에서 미끄러졌는지 모른다. 아니면 물을 마시려다 중심을 잃었는지도 모른다. 혹시 강물을 본 순간, 아름다움에 이끌려 빤히 쳐다보았을지도 모른다. 그때 밤과 창백한 달이 너무도 평온하고 깊은 휴식을 품은 채 마주 보는 바람에 피로와 두려움에 조용히 떠밀려 죽음의 그림자 속으로 빠졌는지도 모른다.

한낮에 사람들이 한스를 발견하고 집으로 데리고 왔다. 경악한 아버지는 회초리를 옆으로 치우고 폭주하는 분노를 떠나보내야 했다. 아버지는 눈물을 보이지 않고 크게 티를 내지 않았다. 하지만 그날 밤 다시 잠을 이루지 못하고 가끔 문틈으로 조용해진 아이를 넘겨다보았다. 깨끗한 침대에 누워 있는 아이는 여전히 반듯한 이마와 창백하고 똑똑해 보이는 얼굴로 인해 뭔가 특별하고 여느 아이들과는 다른 운명을 가질 권리를 타고난 것처럼 보였다. 이마와 손에는 푸르스름하게 긁힌 상처가 나 있었다. 곱상한 얼굴은 가만히 잠들어 있었다. 눈을 덮은 하얀 눈꺼풀과 완전히 다물어지지 않은 입은 만족스럽고 차라리 즐거워 보이기까지 했다. 마치 소년이 한창 피어날 때 갑자기 꺾이는 바람에 즐거운 인생길에서 벗어난 듯한 모습이었다. 아버지도 피로와 고독한 애도 속에서 소년이 미소를 짓고 있다는 착각에 빠졌다.

장례에는 지인이며 호기심에 찬 사람들이 큰 무리를 이루어 참석했다. 한스 기벤라트는 또다시 모두가 주목하는 유명세를 탔다. 교사, 교장, 목사도 다시 한스의 운명에 참여했다. 모두 프록코트를 입고 실크 모자를 쓴 채 장례 행렬에 따라와 무덤에 잠시 서서 귓속말을 나누었다. 라틴어 교사는 유난히 우울해 보였다. 교장이 라틴어 교사에게 나지막하게 말했다. "그렇죠, 선생님, 이 아이가 잘 자랐으면 훌륭한 인물이 될 수도 있었겠지요. 하필 뛰어난 아이들에게 불운이 자주 생기는 게 참으로 가슴 아픈 일이잖습니까?"

무덤 앞에는 아버지와 울음을 그치지 못하는 안나 할머니와 그 곁에 남은 구둣방 주인 플라이크가 있었다.

"이런 일이 생기다니요. 기벤라트 씨. 저도 아이를 참 아꼈지요." 그가 진심을 담아 말했다.

"이해할 수가 없어요." 기벤라트 씨가 한숨을 내쉬었다. "참으로 재능이 많은 아이였어요. 학교며 시험이며 모든 게 다 잘 되고 있지 않았습니까. 그랬는데 갑자기 불행이 연달아 닥치다니요!"

구둣방 주인은 묘지를 벗어나는 프록코트 차림의 신사들을 가리켰다.

"저기 가고 있는 신사분들, 저들도 한스가 그 지경이 되는 데 한몫했지요." 구둣방 주인이 조그맣게 말했다.

"뭐요? 이런 세상에, 대체 그게 무슨 말입니까?" 아버지가 놀라서 펄쩍 뛰며 의심스러운 눈으로 구둣방 주인을 뚫어지게 쳐다보았다.

"진정하세요. 이웃 양반. 그저 학교 선생들을 두고 한 말입니다."

"왜요? 대체 무엇 때문입니까?"

"아, 그만합시다. 당신이나 나나 어쩌면 아이에게 몇 가지 소홀했을지도 모릅니다. 그렇게 생각하지 않습니까?"

작은 도시 위로 맑고 파란 하늘이 펼쳐져 있었다. 골짜기에는 강물이 반짝이며 흐르고, 전나무 숲은 그리운 듯 아득한 저 멀리까지 부드럽고 푸른 빛을 내뿜었다. 구둣방 주인은 슬픈 미소를 지으며 남자의 팔을 잡았다. 남자는 이 시간의 정적과 묘하게 고통스러운 온갖 생각에서 벗어나 황망한 심정으로 익숙한 삶터를 향해 머뭇머뭇 걸음을 옮겼다.

해설편

**헤르만 헤세**
헤르만 헤세는 방황하는 청소년들의 마음속을 꿰뚫어 보기라도 한 듯 부유하는 청소년들의 심리를 작품 속에 제대로 녹여 냈다는 평가를 받는다.

# 고통받는 우리 청소년을 대변하는 한스

## I. 헤르만 헤세 생애

헤르만 헤세는 1877년에 독일 남부 슈바벤 지방 뷔르템베르크 주(州)의 소도시 칼브에서 아버지 요하네스 헤세(Johannes Hesse, 1847~1916)와 어머니 마리 군데르트(Marie Gundert, 1842~1902)의 장남으로 태어났다. 에스토니아 출신인 아버지는 인도에서 활동한 선교사였고, 외삼촌 빌헬름 군데르트(Wilhelm Gundert, 1880~1971)는 일본에서 교육가로 활동한 불교 연구의 권위자였다. 이런 가족 환경 속에서 헤세는 자연히 서양의 기독교 경건주의 전통과 동양 사상에 많은 관심을 가지게 되었다. 그중에서도 특히 노장사상과 인도철학에 정통했다.

헤세는 어렸을 때부터 부모가 결정한 신학자의 길을 걷기 위해 준비했다. 그것은 전통이자 지역에서 재능 있는 젊은이가 가는 길이었다. 매년 슈바벤 전 지역의 14세 소년들 가운데 약 45명을 선발하는 주 시험이 열렸고, 어린 헤세도 피해 갈 수 없었다. 1890년 13세에 신학교 시험 준비를 위해 괴핑겐의 라틴어 학교에 다니던 헤세는 주 시험에 합격해 1년 뒤에 마울브론 수도원 개신교 신학교에 입학했다. 하지만 수도원 생활에 적응하지 못하고 신경 쇠약 증세를 보이다 입학한 지 7개월 만인 1892년에 신학교에서 도망쳐 나왔다. 그때 헤세는 '시인이 되지 못하면 아무것도 되지 않겠다.'고 다짐했다.

얼마 후 헤세는 짝사랑에 실패해 자살을 기도하고 정신 요양원에서 지내기도 했다. 그러고 나서 칸슈타트 김나지움에 입학하지만, 그 생활 또한 1년을 채우지 못하고 1893년에 학업을 중단했다. 이어 헤세는 서점에서 일하지만 그것도 이틀 만에 그만두고 이듬해 시계 부품 공장의 견습공으로 취직한다. 2년 동안 방황을 거듭한 끝에 헤세는 튀빙겐에서 낮에는 서점 점원으로 일하고 밤에 글을 쓰기 시작했다. 1898년 첫 시집 《낭만의 노래 Romantische Lieder》를 출간하고 1904년 소설 《페터 카멘친트 Peter Camenzind》로 유명해지면서 작가의 길에 들어섰다. 제1차 세계 대전 당시 헤세는 전쟁을 반대하는 입장에 서서 극우파(極右派)의 애국주의를 비판함으로써 독일에서 매국노라는 비난을 받기도 하고, 제2차 세계 대전 때는 나치당의 탄압으로 종이 조달에 문제가 생겨 한동안 출판에 어려움을 겪기도 했다.

독일의 문학가이자 다다이즘(dadaism)을 이끌었던 휴고 발(Hugo ball, 1886~1927)이 헤세를 '찬란한 낭만주의[1] 대열에 선 최후의 기사'라고 부른 데에서 짐작할 수 있듯이 그의 작품에는 낭만주의의 서정이 짙게 묻어난다. 섬세한 정신의 소유자인 헤세는 시와 음악과 그림을 통해 자연, 그리고 사회와 조화를 이루려 애써 왔다. 선과 악, 이성과 감성, 여성과 남성, 낮과 밤, 신성(神性)과 마성(魔性)으로 표현되는 인간의 양면성에 조화와 통일을 추구했으며 이 부분들은 그의 작품 속에서 어렵지 않게 찾을 수 있다. 《데미안 Demian》에서는 내면에 존재하는 어두운 세계와 밝은 세계를 하나로 통일하려는 분투를 보이고, 《로스할데 Roβhalde》에서는 남

---

1) romanticism. 낭만주의는 감정과 공상의 주체성을 주장하는 사조이며, 독일의 낭만주의는 철학적이고 관념적인 성격을 지닌다. 20세기 초 독일에는 자연주의 문학에 저항하고 낭만주의로 돌아가자는 신낭만주의가 유행했고 헤세는 이즈음 창작을 시작했다.

▋ 헤세가 말년에 머물던 스위스 몬타뇰라

▋ 몬타뇰라에 있는 헤세 박물관

성과 여성, 속박과 자유, 시민성과 예술성의 대립 속에서 자유를 추구한다. 또 《크눌프 Knulp》에서는 사회적으로 자리 잡으려는 본능과 원초적으로 방랑하려는 본능의 대립에서 인간적 삶의 길이란 무엇인가라는 의문을 던지고, 《나르치스와 골드문트 Narziβ und Goldmund》에서는 지성과 예술의 대립을 상징하며 우정을 나눈다. 작품에 등장하는 인물 대부분은 헤세 자신을 비롯해 인생에서 깊은 인상을 받은 주변 인물들의 모습을 반영하며, 그의 자전적 경향은 죽기 전 10년간 나온 산문들에서 더욱 짙어진다. 헤세는 1962년에 세상을 떠날 때까지 스위스의 작은 마을 몬타놀라에 머물며 집필과 그림 그리기, 정원 가꾸기에 몰두했다. 헤세는 시인, 소설가뿐만 아니라 화가[2]로서도 불멸의 작품을 많이 남겼고, 평론가로도 활동했다.

대표작으로 1904년 《페터 카멘친트》, 1906년 《수레바퀴 아래서 Unterm Rad》, 1910년 《게르트루트 Gertrud》, 1915년 《크눌프》, 1919년 《데미안》, 1922년 《싯다르타 Siddhartha》, 1927년 《황야의 늑대 Der Steppenwolf》, 1930년 《나르치스와 골드문트》, 1932년 《동방순례 Die Morgenlandfahrt》, 1943년 《유리알 유희 Das Glasperlenspiel》 등이 있다. 그리고 《유리알 유희》로 1946년에 노벨 문학상과 괴테 문학상을 동시에 받았다.

---

2) 헤세는 정신적 고통을 치료하기 위해 그림을 배웠으며, 약 3,000여 점의 작품을 남겼다. 헤세의 수채화는 생전에 엽서로 만들어진 적이 있으며 파리, 마드리드 등에서 여러 번 전시회가 열렸다.

## Ⅱ. 헤르만 헤세와 《수레바퀴 아래서》

1906년에 출간된 헤세의 두 번째 작품 《수레바퀴 아래서》는 제목이 암시하듯이 인생의 수레바퀴 아래 깔려 파멸하는 어린 소년을 그리고 있다. 이 작품을 읽고 페터 한트케(Peter Handke, 1942~)는 '청소년들의 인생에 허용되지 않은 가치를 부여하기 위한 글'이라는 소감을 남겼고, 아르투어 엘뢰서(Arthur Eloesser, 1870~1938)는 '부모와 후견인과 교사들이 재능 있는 청소년들을 가장 효과적으로 파멸시키는 법을 알려 주는 내용이 담겨 있다.'고 평했다. 이 작품은 로베르트 무질(Robert Musil, 1880~1942)의 《생도 퇴를레스의 혼란 Die Verwirrungen des Zöglings Törleβ》과 더불어 당대 권위적 교육계를 고발하는 데 가장 큰 영향력을 미친 작품으로 정평이 나 있다.

한스처럼 부모에 의해 신학자가 될 공부를 해야 했던 헤세는 《수레바퀴 아래서》에 자신이 겪은 주 시험과 신학교 시절 경험을 생생하게 담았다. 구체적으로 1891년부터 1895년까지 이어진 정신적 고통, 즉 신학교에 들어간 이후 견뎌야 했던 시간 동안 느꼈던 어릴 적 분노와 기억을 한스 기벤라트와 헤르만 하일너에게 투사한다. 《수레바퀴 아래서》에서는 단지 아버지의 이름이 요제프 기벤라트로, 직업이 선교사에서 중개업자로 바뀔 뿐이다. 하일너의 학교 탈출, 그리고 한스의 정신적 혼란과 고통은 바로 헤세 자신의 모습이다.

헤세와 한스의 청소년기를 비교해 보면 이 사실이 더욱 확연히 드러난다. 작품 속 한스와 마찬가지로 헤세도 7월 중순에 슈투트가르트에서 치러진 주 시험에 합격하고 7주간 여름 방학을 칼브에서 보낸 후 9월에 마울브론의 신학교로 떠난다. 헤세와 한스는 신학교에서 똑같이 헬라스 방에 배정되고, 헤세의 친구들과 교사들의 본명이 약간 바뀌어 작품 속 한스의 친구와 교사들로 등장한다. 한스와 헤세는 똑같은 시간표로 수업을 받으며 호메로스와 라틴어와 역사를 좋아한다는 점도 공통적이다. 또한 한스가 하일너와 나눈 우정은 실제로 헤세가 신학교에서 같은 방을 쓰던 친구 빌헬름 랑(Wilhelm Lang)과 나눈 우정과 같다. 심지어 하일너가 벌인 몸싸움도 실화에서 따온 것이다.

이처럼 자전적 경향이 강한 《수레바퀴 아래서》에서 친한 친구로 나오는 인물에게 자기 자신을 반영하는 헤세의 경향을 찾아볼 수 있다. 헤세가 신학교를 나가기 전까지 괴핑겐과 마울브론에서 보인 얌전하고 모범적인 태도는 한스의 태도와 같다. 하지만 성격이 변덕스럽고 인정받기를 갈망한 하일너의 모습도 역시 헤세의 모습이다. 조숙한 헤세는 하일너와 마찬가지로 주 시험에서 운율에 맞추어 작문을 했다. 헤세도 하일너처럼 바이올린을 켜고 시를 썼고, 1년도 안 되어 학교에서 뛰쳐나갔다. 하일너가 학교를 떠나자 교장이 학교의 골칫덩어리가 없어졌다며 홀가분해한 것도 헤세의 경우와 같다. 그리고 한스가 정신적, 육체적인 혼란을 겪다 칼브로 돌아간 것도 헤세를 떠오르게 한다. 한스가 시계 부품 공장의 기계공이 된 것도 헤세가 시계 부품 공장에서 일한 것과 같다. 이제 작품 속으로 들어가 한스의 생활을 좀 더 자세히 들여다보자.

뛰어난 재능과 예민한 감성을 가진 한스 기벤라트는 마을의 신동으로 아버지와 학교 교사들을 비롯한 온 마을 사람들의 자랑이다. 여유 있는 집안에서 아들을 아무리 공부시키려 해도 번번이 낙제점을 받아 오기 일쑤인 데 비해 한스는 저 높은 하늘에서 신비한 불꽃이 내려온 듯 영민하다. 어렵기로 유명한 주 시험에 마을에서 유일하게 지원한 한스는 오후 4시에 학교 수업이 끝나면 곧바로 특별 과외 수업을 받는다. 집에 돌아

**┃ 마울브론 수도원 지구**

1147년 시토 수도회가 마울브론 수도원을 지었으며, 알프스 북부에서 가장 완벽하게 보존된 중세 수도원 지구이다. 《수레바퀴 아래서》 속에서 한스가 입학한 신학교가 있는 곳이기도 하다.

와서도 쉬지 않고 밤 11시까지 공부하고 주말이나 휴일에도 별도로 주어진 공부를 해야 한다. 그렇게 밤낮으로 열심히 공부한 한스는 주 시험에 당당하게 2등으로 합격한다. 하지만 합격했다고 해서 쉴 수 있는 건 아니다. 여름 방학이 되었지만 숨 돌릴 틈도 없이 당장 신학교 수업을 대비한 특별 과외 선행학습이 시작된다. 매일 목사에게 한 시간씩 그리스어 수업, 교장에게 두 시간씩 호메로스 고전 읽기 수업을 받고, 일주일에 네 번씩 수학 교사에게도 수업을 받는다. 더운 여름날 후텁지근하고 탁한 방에서 두통에 시달리며 책과 씨름하던 한스는 9월에 집을 떠나 신학교에 입학한다. 이제 속세와 동떨어진 수도원 신학교의 장엄하고 고풍스러운 분위기 속에서 한스는 새로운 생활을 시작한다.

조그만 마을에서 독보적인 위치를 누리던 한스는 전국 각지에서 모인 우수한 학생들과의 경쟁에서 뒤지지 않기 위해 공부에 매진한다. 그러다 하일너가 시를 쓰며 고독을 즐기는 호수에 한스가 우연히 발을 들이게 되면서 자유분방한 문학 소년과 성실한 모범생, 시인과 노력가의 우정이 시작된다. 풍족한 집안에서 많은 사랑을 받으며 자유롭게 자란 하일너가 활기 넘치는 거침없고 변덕스러운 성격이라면 소심한 한스는 그와 대조적이다. 재미있는 일례로 교과서를 대하는 태도에서 두 사람의 차이점이 드러난다. 하일너가 교과서에 우스꽝스러운 그림과 낙서로 장난을 해놓은 것을 우연히 보게 된 모범생 한스는 기겁해서 눈이 휘둥그레진다. 한스에게 교과서는 소중하게 다루어야 하는 성스럽고 귀중한 보물이기 때문이다. 하일너는 공부밖에 모르는 한스에게 생각해 보지 못한 다른 세상을 볼 수 있게 한다. 하일너가 목격했다던 푸른 바다를 항해하는 배는 미지의 세계를 동경하는 그의 정신을 상징한다. 하일너와는 달리 닫힌 세계에서 협소한 경험밖에 하지 못한 한스의 정신은 아직 깨어나지 못한 수준에 머문다.

많은 시간을 함께 보내면서 한스는 자신이 가지지 못한 부분을 채워주는 친구를 찬탄의 감정으로 대한다. 그러나 하일너는 한스를 내킬 때 언제나 가지고 놀 수 있는 장난감처럼 여긴다. 얼마 후 하일너는 계속 문제를 일으키고 반항하다 학교에서 쫓겨난다. 학교를 떠난 이후 학생들 사이에서 하일너는 '새장을 탈출한 독수리'와 같은 전설적 존재로 떠오른다. 하지만 깊은 우정을 나눴다고 믿었던 하일너에게는 편지 한 통조차 오지 않고, 한스는 학교에서 정신적으로 고립된다.

유일한 친구를 잃고 외톨이가 된 한스의 상태는 그때부터 급격한 내리막길로 치닫는다. 공부에 대한 압박감에 환상을 보거나 신체적으로 무기력해지면서 더 이상 제대로 수업을 받을 수 없을 정도로 신경 쇠약 증세가 날로 심해진다. 그러자 학교 측에서는 정신 질병이 있다는 소견서와 함께 한스를 집으로 돌려보낸다. 이로써 한스의 전도유망한 앞날은 한순간에 꺾이고 만다. 자신에게서 나온 것이 아닌 어른들이 주입한 세속적 욕망이 한계에 부딪힌 것이다. 과도한 짐이 버거워 길에 쓰러진 어린 말과 같은 한스에게 돌아오는 것은 아버지의 불안한 감시의 눈초리, 마을 사람들의 무관심이다.

한순간에 삶의 내용과 목적이 없어지고 아버지의 권유로 등 떠밀리듯 공장의 견습공이 되어야 하는 한스는 자살을 꿈꾸는 것 외에 아무런 위안이 없는 나날을 보낸다. 그러다 뜻밖에 만난 첫 이성 엠마에게 피가 끓어오르는 듯한 강렬한 사랑을 느끼며 삶의 실마리를 하나 찾는다. 하지만 그마저도 엠마가 한 마디 작별 인사도 없이 떠나면서 곧 깊은 실연의 상처로 변한다. 야망도, 우정도, 사랑도 연이어 잃은 한스는 둥치가 잘려 나간 나무는 곁가지가 올라와도 결코 큰 나무가 될 수 없듯이 결국 소생하지 못하고 작업장 동료들과 나간 외출을 마지막으로 영원히 집에 돌아올 수 없는 존재가 되고 만다.

한스는 이미 차가운 주검이 되어 어두운 강물을 따라 고요하고 천천히 골짜기 아래로 떠내려가고 있었다. 모든 역겨움과 수치심과 괴로움이 한스에게서 떨어져 나갔다. 차갑고 푸른 가을밤이 어두운 강물에 실려 가는 한스의 가녀린 몸뚱이를 내려다보고 있었다. 검은 강물이 일렁이며 그의 손과 머리카락과 창백한 입술을 어루만졌다. 아무도 한스를 보지 못했다. 동트기 전에 먹이를 구하러 나선 겁 많은 수달이 재빠른 눈초리로 한스를 흘깃 쳐다보고 소리 없이 지나갔을 뿐이다. 또 한스가 어떻게 물에 빠졌는지 아는 사람은 아무도 없었다. 어쩌면 길을 잃고 가파른 곳에서 미끄러졌는지 모른다. 아니면 물을 마시려다 중심을 잃었는지도 모른다. 혹시 강물을 본 순간, 아름다움에 이끌려 빤히 쳐다보았을지도 모른다. 그때 밤과 창백한 달이 너무도 평온하고 깊은 휴식을 품은 채 마주 보는 바람에 피로와 두려움에 조용히 떠밀려 죽음의 그림자 속으로 빠졌는지도 모른다.

창백한 달에게서 위안을 찾을 수밖에 없었던 한스의 쓸쓸한 죽음은 헤세에게 무엇을 의미했을까? 괴테(Goethe, 1749~1832)의 작품《젊은 베르테르의 슬픔 Die Leiden Des Jungen Werthers》속 베르테르의 죽음이 갖는 의미와 유사하게 한스가 죽고 하일너[3]가 살아남는다는 설정은 헤세가 자신의 변화를 상징적으로 표현한 것이라고 볼 수 있다. 헤세는 이 작품을 통해 인생 최초의 큰 위기였던 어린 시절의 심적 분노와 고통스러운 기억에서 자유로워지려 했다. 절망한 한스는 죽음으로써 헤세의 내면에서 사라지고, 앞날이 유망한 하일너는 헤세의 내면에 살아나 독립적인 길을 간다. 즉 한스는 헤세 자신의 모습이고, 친구 하일너는 자아실현을 위해 헤세가 되고 싶은 모습이다.

헤세는《수레바퀴 아래서》를 통해 개인적 문제의 극복에 그치지 않고 어린 시절에 직접 겪은 교육 제도의 실체도 고발했다. 당시는 19세기 전환기였으며 문학에서 교육 제도 비판이 크게 일었을 만큼 교육 문제가 심각하던 때였다. 작품에서는 우선 교사의 입장에서 국가의 교육 목적을 이야기한다. 교사의 의무이자 국가가 부여한 직무는 소년들의 내면에 존재하는 거친 힘과 자연의 욕망을 뿌리부터 송두리째 뽑아내고 그 자리에 국가가 인정하는 절제된 이상을 심어 주는 데 있다고 한다. 거칠고 야만적인 무질서를 파괴하고, 위험한 불꽃은 밟아서 꺼야 한다는 것이다. 자연 그대로인 인간은 길도 질서도 없는 원시림과 같아서 무성한 나무를 솎아 내 원시림을 정리해야 하듯이 자연적 인간 상태를 깨부수고 정복하고 강제로 제어해야 한다고 주장한다. 그럼으로써 학생들을 사회의 유용한 일원으로 만드는 것이 학교의 사명이다. 이 원칙에 따르면 청소년은

---

3) 하일너(Heilner) 이름의 어원인 'heilen'은 '치유하다'라는 뜻이 있다.

매우 부정적인 존재가 된다. 그렇기 때문에 교장은 생활의 모든 취미와 즐거움을 포기하고 웃음을 잃은 채 공부만 하는 한스를 보고 흐뭇해할 수 있다. 교장은 한스가 유치한 놀이를 버리고 진지한 공부에 몰두해 어른스러운 차분함을 지니는 것에 자부심을 느낀다. 또한 시험에 합격하고 방학을 맞은 한스가 모처럼 즐기는 낚시마저도 쓸데없는 일에 시간을 낭비한다며 마뜩잖게 여긴다.

더 나아가 신학교 교사들은 천재적 재능을 가진 학생들의 가치를 전적으로 무시한다. 교사들이 생각하기에 이들이야말로 건실한 시민 양성에 걸림돌이 되는 모난 돌, 평범한 학생들에게까지 악영향을 미칠 수 있는 참으로 위험한 존재가 아닐 수 없다. 교사들에게 천재란 자기들을 전혀 존경하지 않고, 열네 살에 담배를 피우기 시작하고, 열다섯 살에 사랑에 빠지고, 열여섯 살에 술집에 드나들고, 읽지 말라는 책이나 읽고, 도발적인 글을 쓰고, 교사들을 경멸하는 눈초리로 노려보는 고약한 학생들로서 일찌감치 교무 수첩에 오르는 요주의 대상일 뿐이다. 이처럼 천재와 교사들 사이에는 옛날부터 깊은 골이 패어 있고, 교사들은 학급에 천재 한 명이 들어오는 것보다 바보 열 명이 들어오는 편이 더 낫다고 생각한다. 제도 아래 교사의 임무는 지나치게 뛰어난 인물을 교육하는 것이 아니라 성실하고 평범한 사람을 길러 내는 것이기 때문이다.

처음에 헤세는 교사들이 영혼 없는 고루한 속물이 아니라고 편들며 국가의 교육 목표를 옹호하는 듯이 운을 뗀다. 하지만 작품을 읽다 보면 개성과 창의력을 가진 인격을 애초에 말살하고 벽돌 찍어 내듯 획일화하는 교육 행태를 자연히 파악하게 되고, 그가 자유로운 정신을 가지면 발을 딛고 설 자리가 없는 처지의 학생들을 대변한다는 사실을 알 수 있다.

우리는 국가와 학교가 매년 몇몇 나타나는 심오하고 가치가 큰 정신의 뿌리를 잘라 내려 기를 쓰고 노력하는 모습을 항상 본다. 또 특히 선생들의 미움을 받은 학생, 걸핏하면 벌을 받는 학생, 학교를 뛰쳐나간 학생, 쫓겨난 학생들이 나중에 우리 민족의 보물을 풍성하게 만들어 내는 경우도 항상 본다. 하지만 조용한 반항심으로 자신을 갉아먹는 학생들도 있다. 그런데 이들의 수가 얼마나 많은지 누가 가늠할 수 있겠는가?

또 아이들에 대한 이해와 공감 능력이 떨어지는 부모, 교사, 목사도 헤세의 비판에서 벗어날 수 없다. 가식과 허영에 찬 어른들은 성적 위주의 교육으로 청소년기의 한창 예민하고 재능 있는 아이를 뒤로 밀쳐 내고 억압한다. 그뿐만이 아니다. 헤세는 신학교의 입학식에서 뿌듯한 자부심으로 아들을 지켜보는 부모들이 그날로 신학교의 무상 교육이라는 금전적 이익을 위해 자식을 팔아넘겼음을 인지하지 못한다는 충격적인 메시지를 던진다. 아울러 아이가 공부를 잘하면 적성은 고려하지 않고 무조건 신학자로 만들려고 하는 당시 부모들의 욕심도 지적한다. 지금 우리로 치면 공부 잘하는 아이를 의사나 법관으로 만들려고 애쓰는 부모들의 모습이다. 과거나 현재나 자식을 부모의 희망이나 욕심을 채우기 위한 수단으로 삼는 경우가 빈번하기 때문에 청소년들은 억지로 부모의 뜻을 따르면서 자신의 소망을 꺾고 괴로워한다. 국가는 건실한 시민 양성이라는 교육 목표로 청소년들의 의지를 꺾고, 부모는 장래를 위한 올바른 길이라는 미명 아래 자신들이 이루지 못한 꿈을 자식을 통해 이루려는 목표로 또 한 번 청소년들의 의지를 꺾는다. 그리고 만약 기대에 부응하지 못하면 곧바로 실망스러운 자식으로 낙인찍는다.

마을 목사도 교장도 스스로 나서서 한스에게 특별 과외를 해주지만 이역시 한스가 자신들의 기대에 부응할 때뿐이다. 이들은 정신이 쇠약해질 정도로 절박한 도움을 필요로 하는 한스를 가차 없이 외면한다. 목사는 마을의 정신적 지도자로서 사람들을 종교적으로 인도하고 어려움에 처한 이들을 따스하게 어루만져 주어야 하지만 자신의 본분을 다하지 못한다. 냉정한 목사뿐만 아니라 교장과 교사들 가운데서도 한스를 보살펴 주는 이는 없고, 아버지 역시 아들의 버팀목이 되어 주지 못한다. 그런데 마을에서 단 한 사람, 구둣방 주인 플라이크는 진정으로 한스를 아끼고 아이의 장래를 염려한다. 주변의 모든 어른들이 시험에 합격하는 일만 중요시할 때 구둣방 주인은 한스에게 시험에 떨어져도 크게 상심하지 말라고 미리 다독인다. 하지만 안타깝게도 진심 어린 조언은 어른들이 주입한 욕망에 사로잡힌 한스의 귀에 들어오지 않는다. 또 한스의 장례식에서 구둣방 주인은 아이의 불행한 죽음에 어른들의 책임이 있다고 한스의 아버지에게 넌지시 말을 건네지만 도무지 이해할 수 없다는 반응만 돌아온다. 혹시 '일개 수공업자'의 말이라고 여겼기 때문일까, 속물적인 사고방식이 판치는 세상에서 아이를 진정으로 생각하는 구둣방 주인의 말은 설득력을 얻지 못한다.

시대가 100년도 더 지났고 나라도 다르지만 작품 속 한스의 상황은 전혀 낯설지 않고 오히려 오늘날 우리나라 학생들의 모습과 자꾸 겹친다. 차이가 있다면 한스는 마을의 인재만 하는 특별 공부를 한 경우인데 반해 우리 청소년들은 대부분이 한스처럼 공부한다는 점이다. 안타깝게도 청소년들이 한스처럼 삶의 무게를 버티지 못하고 일찍 생을 접어 버린다는 보도를 접할 때가 있다. 한스가 짊어졌던 무게를 청소년들도 느끼기 때문에 특히 《수레바퀴 아래서》에 많은 공감을 하리라 생각한다. 하지만 인생이 꺾여 버린 한스의 모습으로 좌절을 정당화하지는 않기를

**| 헤세 동상**
헤세의 고향인 칼브의 니콜라우스 다리 위에 있다.

바란다. 헤세가 마음속에서 한스를 내쫓고 하일너를 만들어 문제 극복 수단으로 삼은 것처럼 청소년들도 저마다 마음속에 있는 하일너를 찾아내 인생의 수레바퀴를 힘차게 돌리기를 바라 마지않는다.

그런데 헤세는 이 작품에서 교육 제도와 그것에 편승하는 속된 어른들을 비판하고 고통 속에서 시름시름 시들고 마는 청소년의 우울한 모습만 묘사한 게 아니다. 헤세는 자신이 간직한 유년기와 청소년기의 추억도 낭만주의의 대가답게 섬세한 필치로 펼쳐 놓았다. 신학교에서 청소년기를 보내는 한스는 학창 시절이 아니면 얻을 수 없는 경험을 한다. 기숙 학교 공동체 속 다양한 성격과 기질을 지닌 소년들 사이에서 벌어지는 재미있는 일화, 혈기왕성한 학생들이 빚어내는 소소한 사건과 몸싸움에 슬며시 웃음이 난다. 장난기 넘치는 학생들은 크리스마스 송년 음악회에 선생님들을 모셔 놓고 엉터리 연주를 순서에 넣어 우스꽝스러운 장면을 연출한다. 하지만 동급생의 불행한 익사 사고에서 맞닥뜨린 죽음의 면전에서 삶과 죽음에 대한 묵직한 성찰도 한다. 하일너와 나누는 진한 우정을 통해 한스는 정신적으로 폭넓게 성장한다. 또 한스는 엠마로 인해 이성에 눈을 뜨고 첫사랑에 질풍노도와 같은 감정의 굴곡을 느끼며 성년으로 한 걸음 나아간다. 한스가 비록 과중한 공부에 짓눌리기는 했지만 그래도 짧은 기간에 집약적으로 청소년기 특유의 경험들을 얻은 것 같다.

　마지막으로 헤세는 한스의 회상을 통해 더없이 귀중한 자신의 어릴 적 추억도 우리에게 고스란히 전해 준다. 눈부신 햇빛 속에 다채롭게 빛나는 물고기를 잡다가 낚시질이 지루해지면 강물에 뛰어들어 헤엄치는 한스, 집에 돌아오는 길에 핀 들꽃과 계절마다 갖가지 나무에 핀 꽃을 눈여겨보며 자연이 선사하는 아름다움을 느끼는 한스, 푸른 초원에서 토끼에게 먹일 풀을 뜯고 뗏목에 몸을 싣고 상상의 나래를 펴는 한스, 아버지의 금지를 무릅쓰고 허름한 동네의 좁고 어두운 골목을 찾아가는 한스, 수수께끼처럼 비밀스러운 분위기 속에서 모험을 찾고 흥미진진한 이야기에 귀를 기울이며 뛰놀던 한스에게서 아직도 어린 헤세의 천진난만한 모습을 찾아볼 수 있다. 헤세의 펜이 그려 낸 한스는 다름 아닌 소년 헤르만 헤세라 하겠다.

ㅡ송소민

**┃수레바퀴 아래서 깊이읽기┃**

토론·논술 문제편

# 억압적인 교육이 인간에게 미치는 영향과
# 그 해결책을 말해 본다.

1. 〈수레바퀴 아래서〉에서 묘사되는 '자연(自然)'의 의미를 말할 수 있다.

2. '수레바퀴'의 의미와 그에 대한 자신의 생각을 말할 수 있다.

3. 자존감과 자존심의 차이를 살펴보고, 공부의 목적에 대한 자신의 생각을 말할 수 있다.

4. 한스의 죽음이 누구의 책임인지 토론할 수 있다.

5. 경쟁이 사회 발전의 원동력인지에 대해 토론할 수 있다.

6. 공교육의 목표에 대해 토론할 수 있다.

7. 〈수레바퀴 아래서〉와 우리 학교 교육 문제점을 연관 짓고, 해결 방안을 논술할 수 있다.

이해하기

**1.** 다음 설명에 해당하는 등장인물의 이름을 〈보기〉에서 찾아 써 봅시다.

> ┤ 보기 ├
>
> 에밀 루치우스 　　　 힌딩거 　　　 아우구스트
>
> 엠마 게슬러 　　　 헤르만 하일너 　　　 플라이크

(1) 머리가 비상한 소년이며 자연과 시(詩)를 좋아한다. 신학교 체제와 선생님들에게 반항하다가 결국 퇴학을 당한다.

.....................................................

(2) 수도원에서는 모든 강의가 무료라는 사실 때문에 음악을 좋아하지 않지만 바이올린과 피아노를 배워 소란을 일으킨 인물이다.

.....................................................

(3) 체구가 작고 얌전한 학생으로, 스케이트 타는 친구들을 구경하러 갔다가 발을 헛디뎌 호수에 빠져 익사한다.

.....................................................

(4) 구둣방 주인으로 고지식한 성격이며, 공부에만 매달리고 두통에 시달리는 한스를 걱정하는 유일한 인물이다.

.....................................................

(5) 한스에게 사랑의 감정을 느끼게 한 인물이지만, 한스를 진심으로 대하지 않았으며 아무 말 없이 훌쩍 고향으로 떠나 버린다.

.....................................................

(6) 한스의 어릴 적 친구로, 기계공 견습생으로 들어온 한스에게 조언을 해주며 주말에 함께 놀러 가자고 제안한다.

.....................................................

**2_** 다음을 읽고, 작품의 내용과 맞으면 ○표, 틀리면 ×표를 해 봅시다.

(1) 신학교에 들어가기 전에 한스는 플라이크를 좋아해 자주 찾아갔다. (　　　)

(2) 주 시험을 보고 난 후 한스는 자신의 합격을 자신했다. (　　　)

(3) 합격 소식을 듣고 나서 한스는 가장 먼저 낚싯대를 다듬었다. (　　　)

(4) 신학교 입학 전 방학에 한스는 낚시와 산책만 했다. (　　　)

(5) 신학교에서 한스는 친구들을 많이 사귀려고 적극적으로 노력했다. (　　　)

**3_** 제시문을 읽고, 하일너가 비판하고자 한 내용을 써 봅시다.

> "우리는 호메로스의 〈오디세이아〉를 마치 요리책 읽듯 하지. 한 시간에 두 구절 읽고 나서 단어를 하나하나 곱씹으며 구역질이 날 때까지 샅샅이 파헤치잖아. 수업 시간이 끝날 때는 항상 이래. 여러분들은 호메로스가 얼마나 세련된 언어를 구사했는지 알겠지요. 여러분들은 지금 시 창작의 비밀을 들여다본 것입니다! 쳇, 그건 단지 불변화사와 동사의 과거형 주위에다 소스를 조금 뿌린 것에 지나지 않아. 질식하지 않게 말이야. 그딴 식으로 나에게서 호메로스 작품을 죄다 훔쳐 가는 거야. 도대체 우리가 고대 그리스어 따위를 배워서 뭐 하냐? 우리 중에 누가 그리스식으로 살겠노라 시도만 해도 당장 퇴학당할걸."

.............................................................................................................................

.............................................................................................................................

.............................................................................................................................

.............................................................................................................................

**4_** 하일너가 감금형을 받은 이유를 써 봅시다.

.................................................................................................

.................................................................................................

.................................................................................................

**5_** 다음 중 옳지 <u>않은</u> 것을 골라 봅시다.

① 한스는 성적이 계속 떨어지자 불만이 쌓여 갔고 하일너의 영향으로 친구들과 더
욱 멀어졌다.

② 하일너는 둔스탄이 만든 신문인 〈고슴도치〉를 비난하며 그와 관련된 작업에는
일체 참여하지 않았다.

③ 한스는 의사에게 신경 쇠약 진단을 받고 산책을 권유받았다.

④ 교장 선생님은 한스의 산책에 하일너가 동행하는 것을 금지했다.

⑤ 교장 선생님은 한스가 집으로 돌아간 후 다시 오지 못할 것을 알고 있었다.

**6_** 〈보기〉의 사건들을 순서대로 나열해 봅시다.

| 보기 |

ㄱ 한스는 어렸을 적 추억이 남아 있는 '매의 골목'을 찾아간다.

ㄴ 술에 잔뜩 취해서 돌아오던 한스는 다음 날 강에서 죽은 채로 발견된다.

ㄷ 한스는 죽음을 결심한다.

ㄹ 한스는 신학교에서 신경 쇠약이라는 진단을 받고 집으로 돌아온다.

ㅁ 한스는 플라이크 씨네 과즙 짜는 일을 도우러 갔다가 엠마를 만난다.

.................................................................................................

**7_** 제시문을 읽고 한스가 '매의 골목'에 가지 않기로 결심한 이유를 추측해 봅시다.

> 오래전에 잊힌 그 세계에서 소년의 생각과 꿈이 되살아났다. 큰 절망과 좌절에 지쳐 좋았던 옛날로 도망친 것이다. 그 시절에 한스는 아직 희망에 가득 차 있었다. 세상은 마치 거대한 심연 속에 으스스한 위험과 마법에 걸린 보물, 에메랄드 성을 숨겨 놓고 아무도 들여다볼 수 없게 해놓은 어마어마한 마법의 숲처럼 보였다. (중략)
>
> 이제 다시는 어린아이가 되어 저녁마다 피혁 공장 마당에서 리제 아줌마 옆에 앉아 있을 수 없다는 사실을 깨달았다.

**8_** 하일너가 신학교에서 퇴학당하게 된 결정적인 계기를 말해 봅시다.

**9_** 빈칸에 들어갈 알맞은 단어를 써 봅시다.

> (    ㉠    ) 작업장에 들어가기로 한 금요일이 다가왔다. 아버지가 푸른색 리넨 작업복과 모직 모자를 사주었다. 한스는 모자를 쓰고 옷을 입어 보았다. 작업복을 입은 모습이 꽤 우스꽝스럽게 보였다. 이렇게 입고 예전 학교나 교장의 집, 수학 선생의 집, 플라이크의 작업장이나 마을 목사의 집을 지나가면 비참한 기분이 들 것 같았다. 공부에 쏟은 수많은 노력과 땀, 포기해 버린 수많은 소소한 즐거움들, 수많은 자부심과 명예욕과 희망에 부푼 꿈이 모두 헛된 것이 되고 말았다. 그 모든 것이 지금 한스가 모든 사람들의 비웃음을 받으며 다른 동료들보다 더 늦게, 가장 낮은 (    ㉡    )이/가 되어 공장에 들어가기 위해서였나!

㉠ : .............................................    ㉡ : .............................................

**10_** 빈칸에 들어갈 알맞은 단어를 써 봅시다.

> "매일 하는 공부가 너무 벅찬 거냐?"
>
> "아, 아닙니다. 전혀 그렇지 않아요." (중략)
>
> "그렇다면 도무지 이유를 모르겠구나. 얘야, 뭔가 문제가 있을 텐데 말이다. 앞으로 열심히 공부하겠다고 약속할 수 있겠니?"
>
> 한스는 자신을 진지하면서도 온화하게 쳐다보는 (    ㉠    )이/가 내민 오른손을 잡았다.
>
> "옳지, 그래야지, 암 그렇지. 제발 지금 여기서 맥이 풀려 버리면 안 된다. 그러다가 (    ㉡    ) 아래에 깔려 끝장날 수 있어."

㉠ : .............................................    ㉡ : .............................................

**Step 1** 한스와 하일너의 관계를 살펴보고, 한스에게 자연과의 접촉이 주는 상징적 의미를 생각해 봅시다.

**가** 지평선 위로 그리움이 묻어나는 우정의 나라가 강렬한 감정이 되어 떠올랐다. 조용한 충동이 한스를 그리로 끌어당겼다. 하지만 수줍음 때문에 곧 움츠러들었다. 어머니 없이 자란 엄격한 소년 시절을 거치며 나긋한 기질은 줄어들고, 특히 겉으로 보이는 열광적인 감정을 두려워했다. 게다가 거기에 소년다운 자부심과 야심이 더해졌다. 한스는 루치우스와는 달리 진정으로 지식을 추구했다. 하지만 루치우스와 마찬가지로 공부를 방해할 수 있는 모든 것과 거리를 두려 했다. 그래서 한스는 열심히 책상에만 딱 붙어 있었다. 하지만 우정이 깊은 다른 학생들이 서로를 다정하게 쳐다보는 모습을 보면 질투도 나고 동경하는 마음도 일었다. 카를 하멜은 한스와 맞는 친구는 아니였지만, 누군가 다른 사람이 와서 강하게 끌어당겼다면 한스는 기꺼이 따랐을 것이다. 한스는 수줍은 소녀처럼 앉아 자기보다 더 강하고 용기 있는 자가 나타나 자기를 데리고 가서 마음을 빼앗고 행복하게 해주기를 기다리기만 했다.

**나** 성격이 그리 복잡하지는 않았지만 눈에 띄었던 헤르만 하일너는 슈바르츠발트 지방의 부유한 집 아들이었다. 첫날부터 하일너가 시인이자 문예가라는 것을 알 수 있었다. 그가 주 시험에서 6운각으로 작문을 했다는 소문이 쫙 퍼져 있었다. 그는 활기차게 말을 많이 했고 훌륭한 바이올린을 가지고 있었다. 표면에 나타나는 성격은 미성숙한 청소년기의 감상과 무분별이 뒤섞여 있었다. 하지만 깊은 내면을 보는 능력도 있었다. 몸과 정신이 또래보다 성숙한 하일너는 이미 나름대로 자신의 길에 접어들기 시작했다. (중략)

그런 천성을 가진 이들이 으레 그렇듯 젊은 시인 하일너도 이유 없이 약간은 어리광 같은 우울한 감정에 휩싸이곤 했다. 일부는 아이의 영혼과의 소리 없는 작별 때문이고, 일부는 아직 목표를 찾지 못한 힘과 예감과 욕망이 끓어넘치기 때문이기도 했다. 또한 남자가 되는 과정에서 생기는 이해할 수 없는 어두운 충동 때문이기도 했다. 그럴 때면 하일너는 동정을 받고 어리광을 부리고 싶은 병적인 욕구로 가득 찼다. 예전에 그는 어머니의 애지중지한 사랑을 받았다. 그리고 여인과 사랑을 나누기에 아직 성숙하지 않은 지금은 자기를 따르는 온순한 친구가 위안을 주는 역할을 했다.

**다** 두 소년의 우정은 특이한 형태였다. 하일너에게 우정은 오락이자 사치였고 편안함 또는 변덕이었다. 하지만 한스에게 우정은 자랑스럽게 지키는 보물이기도 하고, 힘겹게 짊어지는 무거운 짐이기도 했다. 여태까지 한스는 저녁 시간을 늘 공부에 바쳤다. 그런 데 지금은 매일같이 하일너가 공부가 지겨워지면 한스를 찾아와 책을 빼앗으며 말을 걸었다. 한스는 친구가 너무도 좋았지만 결국에는 매일 저녁 찾아올까 봐 불안에 떨었다. 그리고 정해진 자습 시간에 어떤 과목도 소홀히 하지 않으려고 곱절이나 서둘러 열심히 공부했다. 하일너가 한스의 이러한 노력을 이론적으로 공격하기 시작하자 한스는 한층 더 곤혹스러웠다.

**라** 그는 시내에서 한참 떨어진 '저울'이라 부르는 곳으로 갔다. 높이 웃자란 수풀 사이 로 수심이 깊은 강물이 유유히 흐르는 곳이었다. 한스는 옷을 벗고 차가운 물 온도를 살 피며 천천히 손을 집어넣고는 이어 발을 담갔다. 소름이 약간 돋았다. 한스는 곧바로 강 물에 뛰어들었다. 느린 물살을 거슬러 천천히 헤엄치니 지난 며칠간의 땀과 불안이 다 씻겨 내려가는 기분이 들었다. 강물이 가냘픈 몸을 감싸며 서늘하게 식혀 주는 동안 그 의 영혼은 아름다운 고향을 되찾은 새삼스러운 환희로 가득 찼다. 한스는 잽싸게 물살 을 가르다가 쉬고, 또다시 헤엄쳤다. 기분 좋은 차가움과 피로가 온몸에 퍼졌다. 물 위 에 드러누워 몸을 맡기고 강을 따라 흘러갔다. 오후의 하루살이 떼가 황금빛으로 빙빙 돌며 나지막이 윙윙거리는 소리에 귀를 기울였다. 날쌔고 조그만 제비들이 늦은 오후의 하늘을 가르는 모습도 보였다. 어느새 해가 서산으로 기울며 하늘이 붉은 노을빛으로 물들었다. 한스는 다시 옷을 입고 꿈을 꾸듯 천천히 집으로 돌아갔다. 골짜기에 이미 땅 거미가 짙게 깔려 있었다.

**마** 깨끗한 침대에 누워 있는 아이는 여전히 반듯한 이마와 창백하고 똑똑해 보이는 얼 굴로 인해 뭔가 특별하고 여느 아이들과는 다른 운명을 가질 권리를 타고난 것처럼 보 였다. 이마와 손에는 푸르스름하게 긁힌 상처가 나 있었다. 곱상한 얼굴은 가만히 잠들 어 있었다. 눈을 덮은 하얀 눈꺼풀과 완전히 다물어지지 않은 입은 만족스럽고 차라리 즐거워 보이기까지 했다. 마치 소년이 한창 피어날 때 갑자기 꺾이는 바람에 즐거운 인 생길에서 벗어난 듯한 모습이었다. 아버지도 피로와 고독한 애도 속에서 소년이 미소를 짓고 있다는 착각에 빠졌다.

— 헤르만 헤세, 송소민 옮김, 《수레바퀴 아래서》

**1**_ 한스와 하일너의 관계를 정리해 보고, 두 사람이 서로 어떤 영향을 주고받았는지 말해
봅시다.

**2**_ 한스에게 강물은 무엇을 의미하는지 말해 봅시다.

# Theme 01_ 친구는 자신을 비추는 거울이다

**工欲善其事, 必先利其器. 居是邦也, 事其大夫之賢者, 友其士之仁者.**
공 욕 선 기 사　필 선 리 기 기　거 시 방 야　사 기 대 부 지 현 자　우 기 사 지 인 자

장인이 맡은 일을 잘하려고 마음먹으면 반드시 먼저 연장들을 잘 손질해 둔다. 어떤 나라에 살든 그 나라 대부 중에서 현명하고 유능한 사람을 섬기고, 그 나라 선비 중에서 어진 자와 어울려야 한다.　　　　－〈위령공(衛靈公) 15〉,《논어(論語)》

**主忠信, 毋友不如己者, 過則勿憚改.**
주 충 신　무 우 불 여 기 자　과 즉 물 탄 개

친구를 사귈 때 진실한 태도와 신의를 중요시해야 하며 선과 덕이 자신보다 못한 자와 사귀지 말고, 친구를 통해 잘못을 깨닫게 되면 즉시 고쳐야 한다.
　　　　－〈자한(子罕) 9〉,《논어(論語)》

　　자공(子貢, B.C.520~B.C.456)이 인(仁)을 행하는 것에 대해 물었을 때, 공자(孔子, B.C.551~B.C.479)가 대답한 말들이다. 이 구절들은 어질게 사는 것뿐만 아니라 친구의 영향력에 대해서 생각해 보게 한다.

　　첫 번째 구절은 공자가 뛰어난 외교와 언변 능력 때문에 많은 사람들을 만나야 하는 자공에게 현명하고 유능한 인물을 섬기고 선비 중에서도 어진 사람과 벗하라고 조언하는 부분이다. 목수가 뜻을 이루기 위해 거기에 알맞은 연장들을 준비하듯, 공자는 자공이 인이라는 목표를 실현하는 데 있어서 어떤 사람을 섬기고 어떤 사람과 사귀느냐가 상당히 중요한 일이라고 생각한 것이다. 두 번째 구절을 통해 공자는 친구로써 자신을 되돌아볼 수 있는 기회를 갖기를 충고한다. 친구는 신의를 바탕으로 하는 순수한 관계이기에 서로에게 솔직해야 하고, 상대방의 진실한 충고를 받아들일 수 있어야 한다. '친구는 제2의 나'라는 말처럼 서로에게 회초리와 같은 존재가 되어야 한다는 것이다.

　　《논어》의 두 구절을 통해 공자가 주변 친구에 따라 자신이 바뀔 수 있음과 친구의 올바른 충고를 수용해야 한다는 점을 중요시했으며 어질게 살아가는 데 좋은 친구가 꼭 필요하다고 생각했음을 알 수 있다.

**가** "어떻게 지내니? 이제 시험만 치면 끝이니 기분이 좋겠구나." 목사가 물었다.

"네, 좋아요."

"그럼, 끝까지 잘 유지해라! 우리 모두가 너에게 희망을 걸고 있다는 걸 잘 알고 있겠지. 특히 라틴어에서 뛰어난 성적을 거두기 바란단다."

"하지만 혹시 시험에서 떨어지면요." 한스가 조심스럽게 말했다.

"떨어져?" 목사는 깜짝 놀라 걸음을 멈추었다. "떨어지는 건 있을 수 없다. 절대로 있을 수 없지! 대체 왜 그런 생각을 해!"

"전 그냥, 혹시 그럴지도 모르니까요……."

"그럴 리 없다. 한스, 절대로 그럴 리 없어. 그런 걱정은 조금도 하지 마라. 그럼 아버지에게 안부 전해 다오. 용기를 내!"

한스는 마을 목사가 가는 모습을 바라보았다.

**나** 한스 기벤라트도 하일너 편을 들지 못했다. 한스는 이럴 때 편을 들어주는 것이 친구의 의무라는 생각에 자신의 비겁함이 부끄러웠다. 창가에 몸을 기댄 채 불행하고 수치스러워서 감히 쳐다보지도 못했다. 친구를 찾아가야 한다는 충동이 일었지만 남의 눈에 띄지 않게 찾아가려 했다. 하지만 무거운 감금 처벌을 받은 학생은 수도원에서 상당히 오랫동안 낙인이 찍혔다. 특별 감시 대상이 된 그와 어울리는 것은 위험한 일이고, 당연히 나쁜 평을 듣게 될 터였다. 국가가 베푼 은혜에 학생들이 정확하고 엄격한 교육을 받는 것으로 보답해야 한다는 사실은 입학식 연설에서 이미 강조된 내용이었다. 한스도 그것을 잘 알고 있었다.

**다** 평소보다 늦게 일어난 한스는 불행과 상실의 불분명한 느낌에 기분이 명했다. 마침내 엠마가 다시 떠올랐다. 엠마는 한마디 말도 없이, 작별 인사도 없이 떠났다. 지난번 한스와 같이 있던 밤에 이미 자신이 언제 떠날지 분명히 알고 있었다. 그녀의 웃음과 입맞춤, 능숙한 몸놀림이 떠올랐다. 엠마는 한스를 전혀 진지하게 생각지 않았던 것이다.

분노 섞인 고통, 흥분이 가라앉지 않는 사랑의 힘과 불안정한 기분이 뒤섞여 침울한 아픔으로 바뀌었다. 한스는 그 기운에 휩쓸려 집을 나와 정원으로 갔다가, 거리로 나갔다가, 숲으로 갔다가, 다시 집으로 돌아왔다.

**라** 선생들을 두고 인정도, 융통성도, 영혼도 없는 꽉 막힌 인간이라고 할 수는 없으리라! (중략) 선생의 임무와 국가가 부여한 사명은 바로 어린 소년의 거친 힘과 본능적 욕구를 제어하고 뿌리 뽑은 후 그 자리에 국가가 인정하는 침착하고 절제된 이상을 심어 주는 일이다. 이와 같은 학교의 노력이 없었으면 현재 행복한 생활을 하는 시민과 성실한 관리들 중에서도 어떤 이들은 제어할 수 없이 돌진하는 개혁가가 아니면 전혀 쓸데없는 생각만 하는 몽상가가 되었으리라! 아이들의 내면에 존재하는 거칠고 무질서하고 다듬어지지 않는 부분은 우선 파괴해야 한다. 위험한 불꽃은 먼저 끄고 밟아서 완전히 꺼뜨려야 한다. 자연이 창조한 그대로의 인간은 예측할 수 없고, 속을 들여다볼 수 없는 위험한 존재다. 자연의 인간은 미지의 산맥에서 터져 나오는 큰 강이자 길도 질서도 없는 원시림이다. 나무를 솎아 내 원시림을 트고, 정화하고, 강력하게 억제해야 하는 것처럼 학교는 자연의 인간을 깨부수고, 무찌르고, 강력하게 억제해야 한다. 학교의 사명은 자연의 인간을 정부에서 인정하는 법칙에 따라 유익한 사회 일원으로 만들고, 인간에 내재하는 특성을 일깨우는 것이다. 그런 다음 그 특성은 병영에서 세심한 양성을 거쳐 영예롭게 완성된다.

**마** 같은 시각, 아버지가 혼쭐을 내려고 벼르던 한스는 이미 차가운 주검이 되어 어두운 강물을 따라 고요하고 천천히 골짜기 아래로 떠내려가고 있었다. 모든 역겨움과 수치심과 괴로움이 한스에게서 떨어져 나갔다. 차갑고 푸른 가을밤이 어두운 강물에 실려 가는 한스의 가녀린 몸뚱이를 내려다보고 있었다. (중략)

"이해할 수가 없어요." 기벤라트 씨가 한숨을 내쉬었다. "참으로 재능이 많은 아이였어요. 학교며 시험이며 모든 게 다 잘 되고 있지 않았습니까. 그랬는데 갑자기 불행이 연달아 닥치다니요!"

구둣방 주인은 묘지를 벗어나는 프록코트 차림의 신사들을 가리켰다.

"저기 가고 있는 신사분들, 저들도 한스가 그 지경이 되는 데 한몫했지요." 구둣방 주인이 조그맣게 말했다.

"뭐요? 이런 세상에, 대체 그게 무슨 말입니까?" 아버지가 놀라서 펄쩍 뛰며 의심스러운 눈으로 구둣방 주인을 뚫어지게 쳐다보았다.

"진정하세요. 이웃 양반. 그저 학교 선생들을 두고 한 말입니다."

— 헤르만 헤세, 송소민 옮김, 《수레바퀴 아래서》

**1_** 한스의 수레바퀴는 무엇이었는지 말해 봅시다.

**2_** 한스는 안타깝게 생을 마감합니다. 그가 이를 피하기 위해서 어떻게 해야 했을지 생각해 보고, 만약 자신이 한스였다면 어떻게 살았을지 이야기해 봅시다.

**3_** 제시문 **라**에서 교장 선생님과 아래 보기에 나타난 곽탁타의 교육 방식의 차이에 대해 말해 봅시다.

┤ 보기 ├

　곽탁타는 곱사병을 앓아 허리를 굽히고 걸어 다녔는데, 그의 모습이 낙타와 비슷한 데가 있어서 마을 사람들이 탁타라고 불렀다. 그래서 아무도 그의 본래 이름을 알지 못했다. 곽탁타의 직업은 나무를 심는 일이었는데, 탁타가 심은 나무는 잘 자라고 열매도 많이 달렸다. 심지어는 그가 옮겨 심은 나무들도 잘 자랐다. 그러자 다른 사람들이 비결을 물었고, 그는 이렇게 대답했다.

　"내게 나무를 오래 살게 하거나 열매를 많이 열게 할 능력은 없소. 그저 나무가 제 천성을 따라 자라게 할 뿐이오. 무릇 나무는 뿌리가 퍼지고, 흙을 평평하게 북돋워 주고, 원래의 흙을 단단하게 다져 주기를 원한다오. 나는 처음에 그렇게 심은 다음 움직이지 않는 것뿐이오. 심기는 자식처럼 하고 두기는 버린 듯이 해야 한다는 것이오. 그럼 나무는 제 천성대로 자란다오. 그런데 다른 이들은 나무의 상태를 너무 염려하여 나무를 만져 보고, 심지어는 껍질을 찍어 보거나 뿌리를 흔들어 보기도 하지. 그러는 동안 나무는 제 본성을 잃어버리게 되오. 비록 사랑해서 하는 일이지만 그것은 나무를 해치는 일이며, 나무를 원수로 대하는 일이라오. 나는 단지 그것을 하지 않을 뿐이오."

**Step 3** 자존감과 자존심의 차이는 무엇일까요? 우리는 성공하기 위해 공부하는지, 아니면 행복해지기 위해 공부하는지 고민해 봅시다.

**가** 회복탄력성은 자신에게 닥치는 온갖 역경과 어려움을 오히려 도약의 발판으로 삼는 힘이다. 성공은 어려움이나 실패가 없는 상태가 아니라 역경과 시련을 극복해 낸 상태를 말한다. 떨어져 본 사람만이 어디로 올라가야 하는지 그 방향을 알고, 추락해 본 사람만이 다시 튀어 올라가야 할 필요성을 절감하듯이 바닥을 쳐 본 사람만이 더욱 높게 날아오를 힘을 갖게 된다. 이것이 바로 회복탄력성의 비밀이다.

우리의 삶은 온갖 역경과 어려움으로 가득 차 있다. 물론 행복한 일도 있지만 그보다는 힘든 일, 슬픈 일, 어려운 일, 가슴 아픈 일이 더 많다. 불행한 일은 항상 행복한 일보다 양도 더 많고 질적으로도 강도가 더 센 것처럼 느껴져서 우리를 좌절하게 만든다는 연구 결과도 있다. 하지만 우리 모두는 인생의 역경을 얼마든지 이겨 낼 잠재적인 힘을 지니고 있다. 그러한 힘을 학자들은 회복탄력성(resilience)이라 부른다. (중략)

한마디로 회복탄력성은 변화하는 환경에 적응하고 그 환경을 스스로에게 유리한 방향으로 이용하는 인간의 총체적 능력이라 할 수 있다. 학자들은 회복탄력성의 핵심이 결함이나 약점이 없는 것에 있다고 보지 않는다. 그보다는 변화하는 상황에 알맞고 유연하게 대처할 수 있는 개인의 능력이 회복탄력성의 핵심이다.   – 김주환, 《회복탄력성》

**나** 우리는 종종 자존심과 자존감의 개념을 혼동한다. 자존감은 스스로 자(自), 높을 존(尊), 즉 스스로를 귀하게 여기는 감정이다. 자존심 또한 사전적인 의미로 볼 때 같은 한자를 쓰기 때문에 두 단어를 같은 단어인 양 오해하기도 한다. 하지만 관습적으로 쓰이는 자존심은 '굽히지 않으려는 의지', '다른 사람과 자신을 비교했을 때 존중받고 싶어 하는 마음'을 전제로 한다. 자존심은 항상 무언가와 비교 대상이 있는 것이다. 많이 가진 사람, 더 많이 성취한 사람, 더 예쁜 사람, 더 똑똑한 사람 등 비교의 의미가 있기 때문에 자존심이 너무 강하다 보면 '열등감'이라는 부작용을 가져오기도 한다.

이에 비해 자존감은 자기 자신의 고유한 가치에 관심을 갖는다. 자기 존중, 자기 존경, 자기 사랑을 의미하기 때문에 남들과 비교하여 우월감을 갖는다거나 열등감을 갖지 않는다. 자신을 있는 그대로 인정할 줄 알고, 있는 그대로의 자기 모습을 사랑할 줄 아는 정서이다. 자신의 장점을 자랑스러워하는 것처럼, 자신의 단점은 부끄러워할 줄 알고 그것을 흔쾌히 극복하려는 노력도 할 줄 안다. 항상 긍정적이고, '최고'가 아니더라도 당당하게 행동한다. 반면 자존심이 높은 사람은 '실패'하면 좌절하고, 그 실패의 원인을 자기 자신이 아닌 다른 사람의 탓으로 돌리고 싶어 한다. 자존감이 높은 사람은 '실패'를 경험했더라도 솔직히 인정하고 받아들인다. 또한 자존심이 높은 사람은 자신보다 능력이 없는 사람을 무시하지만, 자존감이 높은 사람은 자신보다 능력이 없거나 실패한 사람도 존중할 줄 안다. 그렇기 때문에 우리는 내 아이를 자존심이 높은 아이가 아니라 자존감이 높은 아이로 키우려고 노력해야 한다.     – 정지은·김민태, 《아이의 자존감》

**다** 교육전문가들은 청소년기인 만 15세 때는 학업성취도가 조금 낮더라도 학생들의 정의적 태도 – 효능감, 흥미도, 내적 동기 등 – 가 높게 나오는 게 오히려 더 중요하다고 지적하고 있다. 스스로 재미있어서 즐기면서 일하고 공부하는 사람들을 당해 낼 수 없다. OECD 교육국의 PISA 관리 책임자인 베르나르 위니에는 이렇게 말한다. "한국 학생들이 세계에서 가장 우수한 학생들인 것은 분명하지요. 하지만 행복한 아이들은 아니에요."

**라** 산에 오르는데, 정상에 오르는 것만이 목적인 사람은 정상에 오르기까지 한걸음 한걸음이 모두 고통으로 다가온다. 모든 발걸음이 – 사실 이러한 발걸음 하나가, 한순간 한순간, 하루하루 모인 것이 바로 우리의 인생인데도 – 참아야 할 괴로움으로 여겨진다. 즉 인생 자체가 하나의 커다란 괴로움이 되고 만다.

그러나 나의 삶은 어디 먼 미래에 있는 것이 아니다. 하루하루, 한순간 한순간의 **적분**이 곧 나의 삶이다. 정상에 오르는 것을 '목표'로 두기는 하되, 내딛는 발걸음 하나하나를 즐기면, 즉 과정을 즐기면 힘들지 않고 정상을 향해 갈 수 있다. 이것이 칙센트미하이가 말하는 몰입 혹은 최적의 경험이다. 그렇기 때문에 행복은 '성공의 결과'라기보다는 '성공에 이르는 길'이라 할 수 있다. 성공한 사람이 행복하다기보다는 행복한 사람이 성공한다는 것이다. 회복탄력성이 높은 사람이 행복해진다기보다는 행복해져야 회복탄력성이 높아진다는 뜻이다.     – 김주환, 《회복탄력성》

---

• **절감**(切感) : 절실히 느낌.
• **적분**(積分) : 일정한 구간에서 정의된 함수의 그래프와 그 구간으로 둘러싸인 도형의 넓이. 또는 그 넓이를 구함.

**1_** 제시문 **가**, **나**를 근거로 제시문 **다**에서 우리나라 학생들의 학업 성취도와 행복 지수
가 달리 나타나는 이유를 추론해 봅시다.

.................................................................................................................

.................................................................................................................

.................................................................................................................

.................................................................................................................

.................................................................................................................

.................................................................................................................

.................................................................................................................

**2_** 제시문 **가**~**다**를 근거로 제시문 **라**의 밑줄 친 문장의 의미를 각자 말해 봅시다.

.................................................................................................................

.................................................................................................................

.................................................................................................................

.................................................................................................................

.................................................................................................................

.................................................................................................................

# Theme 02_ 함께 읽을 성장 소설들

### 《호밀밭의 파수꾼 The catcher in the rye》

《호밀밭의 파수꾼》은 영미 소설가 제롬 데이비드 샐린저(Jerome David Salinger, 1919~2010)의 대표 작품으로, 그에게 세계적 명성을 얻게 해주기도 했다. 또한 이 작품은 《수레바퀴 아래서》와 더불어 불안한 청소년의 성장을 심도 있게 다루었다는 평가를 받고 있으며, 지금까지도 청소년들이 즐겨 찾는 책 중 하나로 손꼽힌다.

홀든 콜필드는 영어를 제외한 모든 과목에서 낙제점을 받은 뒤, 자신이 다니던 명문 사립 고등학교에서 네 번째 퇴학을 당하고 사흘간 뉴욕에서 지내다 집으로 돌아온다. 이 작품은 그사이의 여정을 담고 있다. 그는 어른들의 속물적이고 위선적인 태도에 염증을 느끼고, 백혈병으로 죽은 남동생 앨리와 여동생 피비처럼 순수한 아이들의 세계를 지켜 주는 사람, 즉 '호밀밭의 파수꾼'이 되기를 꿈꾸지만 결국 현실의 벽에 부딪히고 만다.

### 《나의 라임 오렌지나무 O meu pé de laranja lima》

《나의 라임 오렌지나무》는 J. M. 데 바스콘셀로스(J. M. de Vasconcelos, 1920~1984)의 작품들 중에서 최고라고 평가받는다. 또한 감수성이 예민한 다섯 살 소년 제제를 통해 사랑, 인간과 자연의 교감, 우정 등을 잔잔하고도 아름답게 담아 내고 있다.

제제는 가난한 집에서 사는 아이로, 말썽을 부린다며 부모님께 종종 혼이 나곤 한다. 그런 각박한 생활 속에서 그에게 친구가 되어 주는 것은 라임 오렌지나무인 밍기뉴이다. 그러다 얼마 후 뽀르뚜가 아저씨와도 친구가 된다. 그런데 불의의 교통사고로 뽀르뚜가 아저씨가 세상을 뜨자 제제는 큰 슬픔에 빠지게 된다. 한동안 앓은 제제는 밍기뉴가 하얀 꽃을 피우는 것을 보며 그 꽃이 밍기뉴가 보내는 작별 인사라는 사실을 깨닫는다. 그 결과 밍기뉴는 어른 라임 오렌지나무가 되고, 제제는 철이 들고 성장한다.

**Step 4** 제시문을 읽고 한스의 죽음에 대한 책임이 어디에 있는지 토론해 봅시다.

> 주장 1 : 한스의 죽음은 개인의 책임이다.
> 주장 2 : 한스의 죽음은 사회의 책임이다.

**가** 같은 시각, 아버지가 혼쭐을 내려고 벼르던 한스는 이미 차가운 주검이 되어 어두운 강물을 따라 고요하고 천천히 골짜기 아래로 떠내려가고 있었다. 모든 역겨움과 수치심과 괴로움이 한스에게서 떨어져 나갔다. 차갑고 푸른 가을밤이 어두운 강물에 실려 가는 한스의 가녀린 몸뚱이를 내려다보고 있었다. 검은 강물이 일렁이며 그의 손과 머리카락과 창백한 입술을 어루만졌다. 아무도 한스를 보지 못했다.

— 헤르만 헤세, 송소민 옮김, 《수레바퀴 아래서》

**나** 개인의 불행이란 대개 당사자의 능력과 성격, 의지 및 습관에 기인한 것들이다. 모든 개인들이 불행하지 않다면 좋겠지만 현실적으로 그런 사회를 만드는 것은 불가능하다. 개인의 불행이 사회 때문이라면 사회는 일일이 각 개인의 불행에 책임을 지고 보상해야 한다. 그런 사회에서는 범죄자도 자신의 행위에 대해 처벌받을 이유가 없다. 노력하지 않아도 사회가 보상해 준다면 그 사회는 도덕적 해이의 늪에서 벗어날 수 없을 것이다. 현대 사회는 개인 스스로의 자유를 최대한 보장하지만 동시에 그 행위의 책임 역시 지우고 있다. 또한 불공정한 경쟁의 상황이 일어나지 않도록 각종 장치를 마련해 놓고 있기도 하다. 완벽하게 공정한 경쟁은 쉽지 않겠지만 개인들은 노력 여하에 따라 자신의 불행을 없앨 수 있다. 물론 개인의 불행에 대해 사회가 무관심해야 한다는 말은 아니다. 사회는 개인들의 불행을 돌보고 재기할 수 있도록 각종 지원을 아끼지 말아야 한다. 다만 이는 개인의 불행에 사회가 책임이 있기 때문이 아니다.

**다** 개인이 죽고 싶다는 충동을 느끼고 실행할 때에는 외부적인 요인에 의해 자살을 결심하는 경우가 많다. 최근 급증하는 자살의 유형을 보더라도 극명하게 드러난다. 잇단 연예인 자살의 배후에는 무분별한 악플과 여자 연예인을 비하하는 사회적인 인식이 있었다. 또 최근 급증하는 노인 자살의 대부분도 노인 정책의 부재로 인한 박탈감, 가족과 사회 속에서 보호받지 못하는 서러움이 깔려 있다. 청소년의 자살, 40대 가장의 자살이 많은 이유도 사회적인 현상과 무관하지 않다.

**라** 고대로부터 자살은 있어 왔지만 그것이 사회적인 책임으로 인식되지는 않았다. 사회적인 불안과 경제적 궁핍함이 지금 시대에만 있었던 것도 아니며 생활고에 시달린다고 모두 자살하는 것은 아니다. 또한 못사는 나라보다 복지 정책이 잘되어 있는 서구에서 자살률이 높다는 것은 자살의 원인이 사회 경제적 어려움과 관련이 적다는 증거다. 무엇보다 자살은 스스로의 선택으로 이루어지는 것이다. 온전히 개인의 자율적 의지이므로 행위의 결과에 대한 책임도 개인이 져야 한다.

**마** 1897년에 발표한 저서 《자살론》에서 뒤르켐은 자살을 '사회학적으로' 이야기한다. 그에 따르면, 자살은 엄연히 사회 현상이며 자살의 원인 역시 사회적이다. 뒤르켐은 자살이 사회적 현상이라는 것을 보이기 위해 여러 가지 통계자료를 조사했다. 그 결과 사람들이 생각하던 것과는 달리 정신병이나 신경 쇠약증 같은 것이 자살과 확정적인 관계가 없다는 것을 밝혔다. 또 유전적 요소, 개인의 체질, 밤낮의 길이, 계절에 따른 온도의 영향 등 다양한 신체적 물질적 조건들도 자살 현상을 설명하기에는 부적합하다는 것을 밝혔다.

그는 자살에는 이기적 자살, 이타적 자살, 아노미적 자살 세 가지가 있다고 했다. 이기적 자살은 사회 구성원들 사이의 유대감이 상대적으로 느슨한 경우, 그러니까 개인주의적 성향이 전반적으로 팽배해 있는 사회에서 자주 일어난다. 이와 반대로 이타적 자살은 집단주의적 경향을 강하게 지닌 사회에서 자주 일어난다. 이것은 과도한 집단화를 보일 경우, 즉 사회적 의무감이 지나치게 강할 때의 자살이다(자살 테러도 이 경우에 해당한다). 그리고 서로 다른 가치 규범이 뒤섞여 있는 사회, 급격한 변동의 와중에 있는 사회에서 아노미적 자살이 자주 일어난다.

---

- 기인(起因) : 일이 일어나게 된 까닭. 또는 어떠한 것에 원인을 둠.
- 해이(解弛) : 긴장이나 규율 따위가 풀려 마음이 느슨함. '풀림'으로 순화.

**S**tep **5** 한스는 신학교에서 남들을 앞서야겠다는 생각에 방학에도 공부를 합니다. 제시문을 읽고 경쟁이 사회 발전의 원동력인지 토론해 봅시다.

주장 1 : 경쟁은 사회 발전의 원동력이다.
주장 2 : 경쟁은 사회 발전의 원동력이 아니다.

**가** "하루에 한 시간씩, 많으면 두 시간씩 매일 읽어 나가면 돼. 더 이상은 필요 없어. 넌 지금 당연히 푹 쉬어야 하니까 말이다. 물론 단지 제안일 뿐이란다. 그 일로 네가 얻는 즐거운 방학을 망치고 싶지 않단다."

한스는 물론 그러겠다고 대답했다. 비록 누가복음 공부가 밝고 푸른 자유의 하늘에 떠오른 흐린 먹구름 같았지만 거절하려니 부끄러웠다. 그리고 방학에 새 언어를 배우는 것이 고된 일이라기보다는 즐거움에 더 가깝게 여겨졌다. 그렇지 않아도 신학교에 가서 배울 여러 가지 새로운 과목이 조금 걱정되던 참이었다. 특히 히브리어가 걱정이었다.

한스는 흡족한 기분으로 목사관에서 나와 낙엽송이 늘어선 길을 지나 숲으로 들어갔다. 아까 살짝 스쳤던 불만은 벌써 날아가 버렸다. 생각할수록 목사의 제안이 점점 더 괜찮아 보였다. 신학교에 가서도 동급생들보다 앞서려면 야망을 가지고 더 열심히 끈기 있게 공부를 해야 한다는 것을 잘 알고 있었다. 반드시 남보다 앞서고 싶었다. 그런데 대체 왜 그래야 할까? 스스로도 이유를 알지 못했다.

– 헤르만 헤세, 송소민 옮김, 《수레바퀴 아래서》

**나** "방금 이야기를 나눈 그 애벌레를 짓밟고 올라갈 수 있을까?"

호랑 애벌레는 노랑 애벌레를 피하려고 애를 썼지만, 어느 날 다시 마주치고 말았습니다. 노랑 애벌레는 위로 올라갈 수 있는 유일한 길목을 가로막고 있었습니다.

"그래, 네가 올라가느냐, 아니면 내가 올라가느냐, 둘 중 하나야."

호랑 애벌레는 이렇게 말하고는, 노랑 애벌레의 머리를 밟고 올라섰습니다. 노랑 애벌레가 슬프게 바라보는 눈빛에 호랑 애벌레는 그만 자신이 미워졌습니다. 그리고 문득 이런 생각이 들었습니다.

'저 위에 무엇이 있는지는 모르지만, 이런 짓을 하면서까지 올라갈 가치는 없어.'

호랑 애벌레는 노랑 애벌레의 머리에서 내려와 속삭였습니다.

"미안해."

– 트리나 폴러스, 김석희 옮김, 《꽃들에게 희망을》

**다** 경쟁은 인간 사회의 생존 양식 중 하나이고, 모든 사회 조직의 본질이며 동시에 부(富)를 창출하는 주요한 수단이다. 인류는 경쟁을 통해 눈부신 기술 진보를 이뤄 냈으며, 생산성을 향상시켜 풍요롭게 살게 되었고, 민주주의 발전에도 크게 기여했다. 경쟁 체제는 개인의 자발성과 창의성을 마음껏 발휘할 수 있는 **기폭제**가 되어 그들이 효율적으로 목적을 달성하게 했다.

경쟁이 없는 사회 집단이 정체되고 **도태**되는 예는 너무도 많다. 교육 과정에서도 경쟁의 원리가 도입되지 않으면 학업 능력이 하향 평준화되곤 한다. 경쟁이 없으면 인간은 쉽게 움직이지 않는다. 경쟁해야 할 상황일 때 더 열심히 하겠다는 동기가 유발되며 생산성이 높아진다. 기업과 기업 간 경쟁 상황이 조성될 때 개별 기업은 살아남기 위해 더 많은 노력을 하며 효율성을 추구한다. 또한 경쟁이 없었다면 인류가 그동안 쌓아 온 무수한 과학 기술의 개발도 쉽게 진척되지 않았을 것이다. 서로 더 나은 기술의 개발을 **독려**해 온 것도 경쟁이다.

**라** 협동하여 일할 때보다 서로 경쟁해 가며 일할 때 생산성이 높아진다고 생각하는가? 결론부터 말하자면 그렇지 않다. 사람들은 경쟁이 생산성을 더 높여 준다고 믿도록 길러져 왔기 때문에 그렇다고 느낄 뿐이다. 교육 분야의 많은 연구 결과를 살펴보면 경쟁과 성취 간에는 큰 **상관관계**가 없다. 오히려 과제가 복잡할수록 협동이 더 효과적이다. 실제로 생산력은 공동의 목표를 주고 협동하여 성취하도록 유도하고 공동으로 상(賞)을 주었을 때 효과가 더 크다. 또 기업에서 경쟁만 강조할 경우 일의 결과가 정확하지 못하고 대인관계가 파괴되는 경우가 많다. 최선을 다하는 것과 남을 이기려고 열심히 하는 것은 다르다. 어떤 방향의 생산성이 더 중요한가? 인간의 가슴속에는 경쟁만 있는 것이 아니다. 경쟁과 반대되는 이해와 타협, **공동선**의 추구 등 **상호부조**와 연대의 정신이 자리 잡고 있다. 경쟁과 상호부조의 정신 가운데 과연 무엇이 인간의 역사를 진보시켰을까? 상호부조의 원리가 역사 진보에 기여한 경우가 훨씬 많을 것이다.

---

- **기폭제**(起爆劑) : 큰일이 일어나는 계기가 된 일.
- **도태**(淘汰) : 여럿 중에서 불필요하거나 부적당한 것을 줄여 없앰.
- **독려하다**(督勵—) : 감독하여 격려하다.
- **상관관계**(相關關係) : 두 가지 가운데 한쪽이 변화하면 다른 한쪽도 따라서 변화하는 관계.
- **공동선**(共同善) : 개인을 위한 것이 아닌 국가나 사회, 또는 온 인류를 위한 선.
- **상호부조**(相互扶助) : 공동생활에서 개인들끼리 서로 돕는 일. 사회 진화의 근본적 동력이 된다.

사람마다 공교육의 목표를 달리 생각합니다. 학교 교육의 목표를 어디에 두어야 하는지에 대해 **토론해** 봅시다.

주장 1 : 공교육의 목표는 인성 교육에 있다.
주장 2 : 공교육의 목표는 경쟁력 있는 인간으로 키우는 데 있다.

**㉮** 회사후소(繪事後素)라는 말이 있다. 공자와 제자 자하(子夏)의 대화 중에 나오는 말로 '그림 그리는 일은 흰 바탕을 먼저 만든 후'라는 뜻이다. 또한 사람의 아름다움은 인품의 바탕을 튼튼히 만든 후에야 신경 쓸 일이라고 확장되어 해석된다. 우리 교육은 지금까지 '된 사람'보다는 '든 사람', '난사람'을 기르는 데 온갖 힘을 쏟아 왔다. 사실 우리나라가 단기간에 한강의 기적을 이루어 잘살게 된 것은 든 사람과 난사람을 많이 길러왔기 때문이기는 하다. 그러나 된 사람 교육을 소홀히 한 결과 우리 주위에는 도덕적 윤리적 바탕이 부족한 정치인, 기업인들이 문제를 일으키는 경우가 종종 있다.

미국 오바마 행정부에서 보건부 보건 담당 **차관보**로 임명된 고경주 씨와 국무부 법률 고문으로 임명된 고홍주 씨 형제의 어머니 전혜성 박사는 미국에서 4남 2녀를 훌륭하게 키워 낸 이민자 가족의 성공적 사례로 손꼽히고 있다. 전 박사는 평소 자녀들에게 다른 사람에게 봉사하며 살아야 한다고 강조하면서 '덕(德)이 재주를 앞서야 한다.'고 가르쳤다고 한다. 이처럼 된 사람의 바탕 위에 난사람의 덕목을 만들어 주는 게 진정한 교육이라고 할 수 있다. 사람됨을 기르는 교육이 더욱 절실해지는 요즘이다. 학교 교육에서 지식을 가르치는 일보다 인간으로서 갖추어야 할 바른 인성, 덕성, 가치관, 인생관 등 사람됨을 기르는 일이 우선되어야 한다.

**㉯** 초등학생인 아들과 딸을 모두 대안학교에 보내려고 생각 중인 A씨는 아이들의 '인성 교육'을 원하고 있다. 그는 일류 대학을 보내 주는 교육보다는 인간적인 매력을 키워 주는 교육을 원했다. 어느 순간 버릇이 없음에도 그 사실을 인식하지 못하는 아들의 태도에서 자신의 교육법이 잘못되었음을 깨달았기 때문이다.

서울 소재 유명 대학 교수인 B씨 역시 이웃과 사회를 배려하는 삶을 살게 해주기 위해 경기도 분당에 위치한 이우학교에 딸을 입학시켰다. 입시 경쟁에 자신을 혹사시키며 이기적으로 성장하기보다는 독립적이지만 남을 위하는 마음을 배우게 하고 싶었다.

**다** 경쟁을 기피하고 **안이한** 길만 가려고 하는 자는 반드시 낙오하고 멸망하게 마련이다. 인간뿐만 아니라 모든 생명체는 나면서부터 경쟁을 시작하는 것이다. 아니, 모태에 잉태하는 순간부터 정자의 경쟁이 시작되어 난자와 결합할 수 있는 수백만 대 1의 경쟁에 이긴 정자만이 고귀한 생명력을 창조하는 행운을 얻는 것이다. 이처럼 경쟁은 피할 수 없는 대자연의 섭리이며, 생존과 발전의 가장 원초적이며 불가피한 원리인 것이다. 그러므로 인간이나 생명체나 생존과 발전을 기약하기 위해서는 이러한 자연의 섭리나 원리를 절대로 거역해서는 안 되며, 또한 거역할 수도 없다. 이러한 이유로 생존을 위한 최선의 길은 경쟁이라는 자연의 섭리에 순응해서 최선, 최강의 경쟁력을 확보하도록 노력하는 길뿐이다. 적자생존(適者生存)의 원리란 바로 이 길을 두고 하는 말이 아니겠는가? 자연 현상이나 사회 현상에는 원래 평등이나 평준이란 결코 없다. 본래부터 대소나 강약, 고저나 장단(長短) 등의 우열이 있게 마련이다. 그것이 자연계와 사회의 다양성과 조화를 이루는 기본 요소인 것이다. 필연적으로 생길 수밖에 없는 다양성을 인위적으로 평준화하거나 평등하게 하려 할 때 그것은 반드시 '하향 평준화'와 '열등 평준화'의 결과를 낳아 종당에는 멸망의 나락으로 떨어지게 마련이다.

---

- **난사람** : 남보다 두드러지게 잘난 사람.
- **차관보**(次官補) : 장관과 차관을 보좌하며 각기 전담 사무를 맡아보는 기관. 또는 그 직위에 있는 공무원.
- **안이하다**(安易−) : 너무 쉽게 여기는 태도나 경향이 있다.

**1** ㉮를 통해 한스가 겪는 비극의 원인을 파악하고, ㉯를 바탕으로 우리 학교 교육의 문제점에 대한 논의를 포함시켜 극복 방안에 대해 논술해 봅시다.

㉮ Like a hamster, its cheeks distended by a store of provisions, Hans kept himself alive for a spell by drawing on his previously acquired knowledge. Then a painfully drawn-out death began, interrupted by brief ineffectual spurts whose utter futility made even Hans smile. He now stopped torturing himself uselessly, gave up on Homer and algebra as he had on the Pentateuch and on Xenophon, and watched with disinterest how his teacher's valuation sank step by step, from good to fair, from fair to satisfactory, and finally to zero. When he did not have a headache, which was rare, he thought of Hermann Heilner. Wide-eyed, he dreamed his lightheaded dreams and existed for hours on end as if he were only half-awake.

— Hermann Hesse, 《Unterm Rad》

㉯ 창조적인 인간들은 자신이 배우고자 하는 것은 스스로 배운다. 이것은 그들의 창의성과 천재가 요구하는 도구를 얻기 위해서인 것이다. 얼마나 많은 창조적인 힘들이 단순히 배우는 데에만 열중하는 교실 안에서 죽어 갔는가는 헤아릴 수도 없을 것이다.

어린이가 공부하지 않을 때는 시간 낭비라는 생각은 많은 선생과 장학관들의 눈을 멀게 하는 재앙이다. 50년 전에는 '행동을 통하여 배우라.'고 했었다. 오늘날에 와서는 '놀이를 통해서 배우라.'고 외치고 있다. 따라서 놀이는 목적 달성을 위한 수단으로써 이용될 뿐이다. 그러나 나는 이것이 무엇에 좋은지를 모르겠다.

어린이가 진흙을 가지고 노는 것에서 하천 바닥의 침식에 관하여 공부시킬 좋은 기회를 포착한 선생은 어떠한 목적을 추구하는 것일까? 어떤 어린이가 벌써부터 하천의 침식작용에 흥미를 가질 수 있단 말인가? 많은 교육학자들은 '그 무엇'을 어린이에게 주입시키기만 하면 될 뿐, 어린이가 무엇을 배우고자 하는지는 문제가 되지 않는다고 믿고 있다. (중략)

나는 우리 학교의 젊은 선생들이 어느 정도 반역적이기를 원했다. 우리 사회의 악이 목덜미를 잡으려 할 때는 보다 나은 교양이나 학위 따위는 아무 쓸모가 없다. 교육을 받은 노이로제 환자가 그렇지 못한 노이로제 환자보다 나은 점은 아무것도 없는 것이다.

　　자본주의든 공산주의든 또는 사회주의든 민주주의든 상관없이 모든 국가에는 정확히 잘 짜인 학교 제도들이 있다. 그러나 학교의 모든 훌륭한 실험실과 실습 공장들은 아이들의 정신적인 피해와 부모나 선생 혹은 우리 문명의 강제적인 성격에서 파생되는 사회악을 이겨 나가는 데는 아무 도움도 되지 않는다.　－A. S. 닐, 《서머힐》

| 개요표 | |
|---|---|
| 서론 | |
| 본론 | |
| 결론 | |

**아로파** 세계문학을 펴내며 |

# 一日不讀書 口中生荊棘

흔히 책 한 권이 한 사람의 운명을 바꿀 수 있다고 한다. 훌륭한 책을 차분하게 읽는 것이 개개인의 인생 역정에 지대한 영향을 미친다는 의미이다. 특히 젊은 날의 독서는 읽는 그 순간으로 그치는 것이 아니라, 독자의 인생 전반에 걸쳐 그 울림의 자장이 더욱 크다. 안중근 의사가 형장의 이슬로 사라지기 전 후대를 위해 남긴 수많은 경구 중 특히 '일일부독서구중생형극(一日不讀書口中生荊棘)'이라는 유묵이 전하는 바는 지금 이 순간에도 절절하게 다가온다.

고전은 시대와 세대를 뛰어넘어 당대를 사는 독자에게 언제나 깊은 감동을 준다. 시간이 흘러도 인간이 추구하는 근본적이고 보편적인 가치는 변하지 않기 때문이다. 이러한 고전 읽기는 가벼움과 효율성을 중시하는 담론이 지배하고 있는 시대에 우리에게 삶을 다시 한 번 돌아보게 한다.

**아로파** 세계문학 시리즈는 주요 독자를 청소년으로 설정하였다. 번역 과정에서도 원문의 맛을 잃지 않는 한도 내에서 최대한 청소년의 눈높이에 맞추고자 노력하였다. 도서 말미에는 작품을 읽은 뒤 토론하는 데 도움을 주는 '깊이 읽기' 해설편과 토론·논술 문제편을 각각 수록하였다.

열악한 출판 현실에서 단순히 차려진 밥상에 숟가락을 얹는 것이 아닌, 청소년들이 알을 깨고 나오는 성장기의 고통을 느끼는 데에 일조하고 싶었다. 아무쪼록 아로파 세계문학 시리즈가 청소년들의 가슴을 두드리는 북이 되었으면 하는 바람이다.

옮긴이 **송소민**

이화여자대학교에서 독문학 박사 학위를 받고, 독일 베를린 자유대학 독문과에서 공부한 후 독문과 강사를 지냈다. 지은 책으로 《물의 요정을 찾아서》(공저), 《독일 문학의 장면들》(공저) 등이 있으며, 옮긴 책으로 《젊은 베르테르의 슬픔》, 《카프카 단편선》, 《클림트》, 《팜파탈》, 《금서의 역사》, 《운명의 법칙》, 《수학과 세계》, 《우리의 관계를 지치게 하는 것들》, 《곡물의 역사》, 《미성숙한 사람들의 사회》 등 다수가 있다.

**아로파** 세계문학 **10**
## 수레바퀴 아래서

1판 1쇄 발행 2017년 2월 20일
1판 8쇄 발행 2024년 6월 30일

지은이 헤르만 헤세 | 옮긴이 송소민 | 펴낸이 이재종
편   집 김다애, 정경선 | 디자인 정미라

펴낸곳 도서출판 **아로파**

등록번호 제2013-000093호
등록일자 2013년 3월 25일
주소 서울시 강남구 도곡로 63길 23, 302호
전화 02_501_0996
팩스 02_569_0660
이메일 rainbownonsul@daum.net
ISBN 979-11-87252-05-4
     979-11-950581-6-7(세트)